BIBLIOTHÈQUE NORDIQUE

FRÈRE

Halldór ARMAND

FRÈRE

Traduit de l'islandais par
Jean-Christophe Salaün

Éditions Métailié
20, rue des Grands Augustins, 75006 Paris
www.editions-metailie.com
2023

Publié avec l'aide du Icelandic Literature Center

ICELANDIC LITERATURE CENTER

Titre original : *Bróðir*

ISBN : 979-10-226- 1305-7

À Þórdur Sverrisson

Merci à Pavel Ermolinski, Björg Magnúsdóttir,
Einar Adalsteinsson et Þórarinn Eldjárn.

Les guides touristiques islandais qui exercent à l'étranger affirment que rien n'égale l'étincelle dans le regard de leurs compatriotes lorsqu'ils sortent d'un aéroport avec leurs valises sous le soleil. Cette pure joie de vivre, ce soulagement si singulier évoqueraient presque la réaction des personnages d'un film au terme d'une longue guerre ou d'une difficile bataille pour la liberté. Ils ont laissé leurs soucis derrière eux, au cœur de l'Atlantique Nord. Ici, ni dettes ni devoirs, ni famille ni patron, ni indexation sur l'inflation. Tout est permis. C'est cette même étincelle que Skarphédinn Skorri décela à travers les lunettes teintées de son ami d'enfance Pétur, dit le Petit, lorsqu'il lui tendit son billet pour le match de foot, alors qu'ils attendaient un taxi devant le terminal de Nice en cet après-midi de juin 2016. Vêtu de son maillot islandais dans la chaleur du Vieux Continent, le Petit fumait avec l'expression euphorique d'un prisonnier placé à l'isolement durant sa sortie quotidienne de dix minutes. “Ces gens ne savent pas à quel point ils sont chanceux, soupira-t-il en soufflant une volute vers le ciel sans nuage. Tu sais que je ne fume plus qu'à l'étranger ?”

Skorri ne le savait pas, ayant gardé peu de contacts avec le Petit ces dernières années. Après avoir été ensemble au lycée et s'être tant bien que mal soutenus lors de leurs études de droit à l'Université d'Islande, ils avaient emprunté des chemins différents. Ces deux jeunes hommes qui, pendant des années, se parlaient tous les jours, passaient leurs journées à s'envoyer des messages et des blagues potaches, qui avaient écumé les bars, ri, voyagé à travers le monde, forgé leur expérience et leur humour ensemble, avaient disparu de leur radar respectif. Ils ne s'étaient pas revus depuis plus d'un an, sans doute presque deux. Leur amitié s'était enlisée sans véritable raison, ils éprouvaient toujours une tendresse mutuelle – Reykjavík est pleine de ces vieux amis qui habitent à dix minutes les uns des autres mais ne se voient jamais. Le Petit y occupait le poste de procureur. Skorri avait, quant à lui, quitté la capitale pour s'installer à Borgarnes quelques années auparavant, mais cela n'avait rien à voir. Ils s'étaient déjà éloignés avant cela. Levant les yeux de son téléphone pour observer son ami, Skorri eut l'impression de faire un bond dans le passé. Un souvenir disparu avait ressurgi.

– Je crois que c'est le plus beau jour de ma vie ! s'exclama le Petit avec excitation en ouvrant la portière du taxi après avoir lancé sa valise dans le coffre.

Avant de s'asseoir, Skorri retira sa veste en jean et son pull, dévoilant son maillot bleu, qui portait au dos le nom *Alfredsson* et le numéro 10.

– Merci pour le maillot, dit-il en remettant ses lunettes.

– C'est la moindre des choses, lâcha le Petit en le contemplant. Il te va comme un gant ! Il ne me reste plus qu'à essayer de te filmer en train de chanter l'hymne national et on aura vraiment tout vu. Mais s'il y a bien une chose qui n'a pas changé, c'est ta grandeur d'âme, mon pote. C'est incroyablement généreux de ta part.

Le Petit tapota la cuisse de Skorri dans un geste amical. C'était le match le plus important de l'histoire de l'Islande. En organisant ce voyage, Skorri avait clairement voulu lui faire plaisir – il n'avait jamais été un grand fan de foot, et par ailleurs il ne roulait pas sur l'or.

– Tout le plaisir est pour moi, répondit ce dernier. Je suis content d'être ici avec toi.

Lorsqu'il était devenu évident que l'Islande se qualifierait pour le Championnat d'Europe, Skorri avait soudain appelé son vieil ami et lui avait fait une offre qu'il ne pouvait refuser. Deux billets pour le match contre l'Angleterre ainsi qu'un aller-retour pour Nice. Criant de joie, le Petit avait immédiatement accepté. Devant sa réaction si soudaine, intense et univoque, Skorri s'était dit qu'il attendait peut-être depuis tout ce temps qu'il fasse le premier pas. Qu'il lui offre l'autorisation de ressusciter leur amitié.

– Et je suis prêt à tout donner, poursuivit-il. Je vais me peindre le visage, m'égosiller sur notre cher hymne après avoir descendu neuf bières et même priser du tabac avec un riche industriel dans la tribune.

– Que dirait Platon en te voyant ? s'exclama le Petit d'un ton faussement outré. Tu penses qu'il pardonnerait un comportement aussi bestial à un philosophe du droit ?

– Mais, voyons, ce vieux sage le comprendrait parfaitement, répliqua Skorri en indiquant le nom de l'hôtel au chauffeur avant de regarder la carte sur son téléphone tandis que le taxi démarrait. Platon saurait mieux que quiconque pourquoi il n'y a jamais de philosophe dans la loge d'honneur des démocraties.

Après s'être enregistrés à la réception, avoir pris une douche et s'être reposés un instant, ils descendirent dans les rues ensoleillées du centre-ville où déambulaient des groupes arborant les couleurs de diverses nations européennes. C'était un dimanche et le match était prévu pour le lendemain soir. Ils burent de la bière, bavardèrent aux terrasses des restaurants, écoutèrent les musiciens de rue, discutèrent avec des compatriotes reconnaissables à leur maillot et s'efforcèrent de passer le plus de temps possible au soleil, selon la coutume nationale en terre étrangère. En bon fumeur occasionnel, le Petit enchaînait les cigarettes, et il insistait pour payer tout ce que son ami mangeait et buvait pour montrer sa gratitude

– ça ne coûtait presque rien ici. Skorri buvait plus lentement et en plus petites quantités que son compagnon de voyage.

Le soir venu, le mécanisme de leur vieille amitié semblait de nouveau parfaitement huilé. Ils étaient redevenus les amis proches qu'ils avaient toujours été, des amis qui partageaient leurs rêves et leurs préoccupations, échangeaient des plaisanteries si noires qu'elles n'auraient pas supporté la lumière du jour, éclataient sans cesse de rire et attisaient une flamme ardente dans l'esprit l'un de l'autre. Assis dans un petit bar du vieux centre, ils sirotaient du vin à la lueur des bougies après un délicieux repas.

– Plusieurs fois, j'ai failli... avoua le Petit, dirigeant son regard sur deux femmes séduisantes buvant un cocktail au bar. Une pelle dans les toilettes lors d'un gala professionnel, la main sur une cuisse dans un bus, toutes sortes de gestes lubriques dont je n'ai pas vraiment envie de me vanter, tu me suis ? C'est toujours dangereux. Tu n'as pas envie d'agir, mais il y a ce désir qui bouillonne en toi. Tu comprends ? Il n'y a pas si longtemps, on était radicalement différents, la vie était excitante. On avait l'avenir devant nous, d'une certaine manière. Quelques années passent, et un beau jour on se rend compte qu'on est devenu ce type qui va au travail et revient du travail et boit une bière devant la télé le soir. On n'a plus d'énergie, on a la peau grise, toute passion s'est envolée. Et toi, tu as déjà failli ? Vous n'avez pas d'enfants, bien sûr, peut-être que ça change la donne.

Skorri suivit le regard du Petit vers les deux femmes qui leur sourirent timidement.

– J'ai eu mes démons, et ils étaient nombreux, dit-il en faisant tournoyer son vin. L'adultère n'en fait pas partie, aussi incroyable que cela puisse paraître.

Il but une gorgée, contempla le contenu de son verre un instant.

– J'ai toujours été fidèle à Kíara. Je n'ai jamais ressenti ce besoin.

– Sérieusement ? fit le Petit, dubitatif. Allez, vraiment rien ? Pas de message subliminal, pas de flirt, pas de main baladeuse ? Ça fait combien de temps que vous êtes ensemble ? Dix ans ?

– Tout ça sera bientôt terminé, répondit Skorri.

– Quoi ? Elle et toi ?

– Bon, cette fois, tu vas me laisser payer ma tournée, enchaîna Skorri avant de se lever. Tu sais quoi ? Je pense que l'Angleterre sera la première à marquer demain, pendant la première mi-temps, mais que c'est nous qui allons gagner. J'en suis certain.

Pêchant un billet de vingt euros dans sa poche, il adressa un sourire poli aux deux femmes accoudées au bar.

Lorsqu'ils furent de retour dans leur chambre d'hôtel, Skorri enjoignit à son ami de prendre le grand lit tandis que lui s'installait sur le canapé convertible. Après quelques protestations, le Petit accepta à contrecœur de se glisser sous les draps du lit et, allongé sur le dos, il contempla d'un air songeur le ventilateur du plafond qui tournait paresseusement.

– La seule étrangère avec qui je suis sorti, c'était une Colombienne rencontrée lors de mon échange universitaire à Lund. Juliana. Je ne l'oublierai jamais.

Il marqua une pause tandis que Skorri, uniquement vêtu d'un caleçon, fouillait son sac à la recherche de sa brosse à dents.

– C'est absurde, mais je pense tout le temps à elle, poursuivit le Petit. Est-ce que je penserai toujours à Juliana en me branlant sous la douche à soixante-dix ans ? Pourquoi doit-on toujours être aussi pitoyable ? Sérieusement, tu ne trouves pas ça pathétique ?

Il se redressa sur le lit, laissa échapper un rot et contempla le coin salon de la chambre d'hôtel, plongé dans l'obscurité.

– Ça ne te fait pas peur ? Le regret ? De vouloir faire toutes sortes de choses qui te sont interdites. Jusqu'au jour où tu te rends compte qu'il est trop tard. Toi qui es philosophe, tu as bien dû te poser la question.

Une lampe s'alluma et le visage de Skorri apparut, baigné d'une lueur chaleureuse. Armé d'une brosse à dents et d'un petit tube de dentifrice, il se dirigea vers la salle de bains.

– Nous n'avons aucun pouvoir dans ce monde, Petit, nous ne savons rien de ce qui nous attend ni de la raison pour laquelle nous sommes ici.

Il tourna le robinet, déposa du dentifrice sur sa brosse. Son visage réapparut dans le cadre de la porte tandis qu'il se lavait les dents.

– Mais nous sommes maîtres de la plupart de nos décisions. Il n'y a pas de véritable rôle à jouer dans le monde.

Il cracha l'écume blanche dans la vasque et alla s'allonger sur le canapé-lit.

– Si tu as l'intention de regretter quelque chose, regrette tout. Apprends à chérir le regret, toute ta vie, jusqu'à ta mort. Sinon, ne regrette rien. Ne te cache pas quelque part au milieu. Ne tripote pas la vie en douce, ne lui roule pas des pelles dans les toilettes. Tu as le choix : soit tu la baises pour de bon, soit tu la laisses tranquille.

Il éteignit la lumière, plongeant la chambre dans l'obscurité.

– La vérité est toujours marginale, c'est pourquoi les saints ne naissent pas sur les sentiers balisés.

– Putain, ce que tu m'as manqué, mon vieux, lâcha le Petit dans le noir. En parlant de marginaux, ta sœur habite toujours à Berlin ?

Aucune réponse.

Le lendemain matin, ils savourèrent un café sur une terrasse en feuilletant les journaux et en consultant les dernières nouvelles sur le Net avant de se fondre dans la foule bleu et blanc qui hurlait à tue-tête dans une lente progression au fil des rues. La journée embellit de seconde en seconde. Skorri n'avait jamais soupçonné à quel point il est grisant et libérateur de chanter avec des gens qui portent tous la même tenue que soi. Une énergie primale se dégageait du groupe, aussi délicieuse que brute ; le rythme, la mélodie, toutes ces voix déchaînaient un pouvoir fédérateur qui avait quelque chose de magique. Un instant, il s'oublia, oublia ses projets, se laissa emporter par l'euphorie générale.

Quatre heures avant le match, ils s'installèrent de nouveau à la terrasse d'un bar, et le Petit courut à l'intérieur chercher deux bières. Se recoiffant, Skorri contempla avec sérénité la vie qui s'agitait autour de lui, avant d'être pris d'une soudaine panique en voyant passer une vieille Mitsubishi Pajero couverte de boue séchée jusqu'aux vitres latérales. Il suivit de ses yeux bleu vif écarquillés le véhicule jusqu'à ce qu'il ait disparu de son champ de vision.

– Skorri ?

Il sursauta en entendant son nom. L'air enjoué, deux bières dans les mains, le Petit s'assit à la table.

– Ça va ? On croirait que tu as vu un fantôme.

Skorri esquissa un sourire froid avant de se forcer à rire. Passant une main sur son visage, il prétendit ne pas être encore habitué à la chaleur.

La procédure que devaient suivre deux amis pour profiter d'un match de foot se révéla terriblement longue et alambiquée : il fallait prendre un bus, marcher pendant une heure pour rejoindre le stade, attendre encore une heure. Il fallait se tenir ici, patienter là, montrer ce billet-ci, scanner ce code-barre-là, se présenter à tel vigile, emprunter telle porte, se poster derrière cette grille-là, etc. Le tout sous le regard attentif de militaires sévères équipés de bérets et de mitrailleuses. Le chemin du retour ne fut guère plus simple. Mais, entre les deux, Skorri et le Petit avaient savouré quatre-vingt-dix minutes d'une inoubliable tension dramatique, en plus d'être parvenus à prendre une superbe photo d'eux au cœur de la foule en liesse, avec les membres de l'équipe d'Islande tapant dans leurs mains sur le terrain en arrière-plan.

Le lendemain matin, le Petit s'extirpa de son lit et tituba jusqu'aux toilettes en se frottant les yeux. "Tu ne veux pas aller voir s'ils servent toujours le petit-déjeuner?" lança-t-il pendant qu'il urinait. Pas de réponse. Il jeta un coup d'œil dans le salon, le canapé-lit était vide. Ils étaient sortis faire la fête après le match, et leurs chemins s'étaient séparés à un moment, le Petit ne se rappelait plus exactement quand. Skorri lui avait payé tournée après tournée jusqu'à ce qu'il ne puisse plus avaler une goutte et qu'il aille se coucher d'un pas chancelant. Après s'être douché, il descendit déjeuner seul et essaya de téléphoner à son ami, sans succès. Il demanda à l'accueil si on l'avait aperçu. La nouvelle équipe avait pris le relais à 8 heures et la description que fit le Petit n'évoqua rien au réceptionniste. À bientôt midi, il commença à s'inquiéter, car l'heure de leur vol de retour approchait. Il envoya un message à Kíara, la petite amie de Skorri restée en Islande, et lui demanda si elle avait eu de ses nouvelles ces dernières heures. Elle répondit par la négative, non sans montrer une certaine appréhension, aussi tenta-t-il de la rassurer en lui disant que Skorri était probablement parti se balader.

Ce n'est pas la première fois qu'il ne répond pas au téléphone. Le connaissant, il a dû oublier son portable quelque part chez un bouquiniste :)

S'installant dans un café à l'angle de la rue, le Petit commanda un expresso et patienta. C'est là qu'il aperçut son ami qui approchait d'un pas rapide en regardant dans toutes les directions. Le Petit bondit sur ses pieds et l'interpella.

– Où t'étais, mec? Putain de merde, j'étais à deux doigts d'appeler la police, fit-il en éclatant de rire avant d'empoigner les épaules tremblantes de Skorri.

Sa chemise était trempée, et la sueur perlait sur ses sourcils noirs.

– Il faut qu'on se dépêche, on a un vol à prendre, répondit-il d'une voix faible.

I

LA LITTÉRATURE DE DIEU

C'est à l'été 2016, lors de mon séjour à Borgarnes, que j'ai fait la connaissance de Skarphédinn Skorri Alfredsson, ancien chargé de cours à la faculté de droit de l'Université d'Islande. Quelques années plus tôt, il avait créé un podcast consacré à la notion de rédemption qui avait éveillé mon intérêt. Cet été-là, il me confia qu'il n'avait plus parlé à sa petite sœur, Hrafntinna Helena, depuis de nombreuses années.

Je me souvenais bien de Hrafntinna, car nous étions ensemble au lycée. De deux ans mon aînée, elle avait été une sorte de modèle pour moi au début, même si je ne la connaissais pas du tout. Elle était différente, tant dans sa façon de s'habiller, son comportement, que dans sa manière de penser. Pour être précise, je dirais qu'elle suscitait l'admiration et le respect plus que la sympathie, car elle ne cherchait pas à plaire ni à attirer l'attention. Sérieuse, contemplative, réservée, elle passait le plus clair de son temps assise dans les couloirs à dévorer des livres ou à griffonner dans un calepin. Lors d'un concours de nouvelles organisé par le journal du lycée, une histoire empreinte de poésie signée d'un auteur sous pseudonyme avait gagné. Tout le monde était persuadé que c'était elle, mais personne n'en avait jamais eu la confirmation. On racontait qu'elle était dépressive. Plus tard, j'avais même entendu dire qu'elle avait tenté de se suicider dans les toilettes, une simple rumeur qui s'était révélée fausse.

Il émanait d'elle cette puissante aura que son silence semblait encore renforcer.

J'étais allée une fois chez elle, lors d'une grande soirée pour le nouvel an où une foule très diverse était réunie : fans de foot et punks, reines de beauté et rats de bibliothèque, dealers et nerds. Des gens qui occupaient en général des cases bien séparées, que ce soit dans l'enceinte de l'école ou dans la société. Mais ce soir-là, chez Hrafntinna, on avait l'impression que les murs et les catégories avaient disparu.

Il se peut aussi que ces souvenirs m'apparaissent aujourd'hui sous un jour romantique un peu artificiel.

Elle était d'une beauté époustouflante avec ses longs cheveux blonds qui ondulaient comme des flammes jusqu'au bas de son dos, ses joues de pomme rouge, ses lèvres pulpeuses cachant une dentition parfaitement dessinée, son ventre plat et musclé, ses hanches de sportive et ses cuisses robustes. Elle avait le regard à la fois perçant et rêveur, et ses paupières tombaient très légèrement sur ses iris d'un bleu intense.

Je ne la voyais pas souvent rire, mais lorsque c'était le cas, elle plissait les yeux et dévoilait des incisives blanches comme du marbre. Elle s'habillait généralement de vêtements d'inspiration hippie, de grands tee-shirts avec des images kitsch de rennes qu'elle rentrait dans des jeans clairs et amples, et ornait souvent ses cheveux de fleurs dont je ne connaissais pas le nom. J'ai découvert plus tard qu'il s'agissait de bégonias. Elle portait également de grandes boucles d'oreilles et un anneau scintillait dans sa narine gauche.

Une étoile brillante, nimbée de ténèbres.

La gamine boutonneuse et peu sûre d'elle que j'étais ne faisait pas le poids face à elle. Mais je me disais pouvoir apprendre quelque chose en l'observant.

L'impassibilité, la désinvolture, ne pas se laisser impressionner, être belle tout en restant indifférente au regard des autres.

Voilà ce qu'elle m'inspirait.

En vérité, elle était loin d'être indifférente à ce qu'on pensait d'elle. Je l'ai compris plus tard. Celui qui se fiche du regard des autres n'est généralement qu'un simple d'esprit égocentrique. Ce que Hrafntinna n'était pas. Elle était majestueuse et mystérieuse, comme un lac parfaitement lisse. Nos luttes les plus intimes ne sont pas visibles à l'œil nu. Plus notre souffrance est profonde, moins la surface ondule. Notre vie se déroule dans l'ombre.

On m'avait dit qu'elle écrivait un blog sous pseudonyme, ce qui ne faisait qu'étayer la théorie selon laquelle elle était à l'origine de la nouvelle ayant remporté le concours. Il s'agissait de brefs commentaires sur tout et rien à la fois, et l'auteur pouvait avoir n'importe quel âge. On y trouvait également des poèmes, en islandais et en anglais.

Était-ce elle ? Pourquoi se cachait-elle ?

Son style poétique, parfois lyrique, n'était pas dépourvu d'un certain humour, toutefois difficile à définir. Ce n'étaient pas des traits d'esprit qu'il fallait "saisir". Elle maniait l'absurde avec talent, et il m'arrivait d'éclater de rire sans savoir pourquoi. On pourrait dire que c'est là, allongée sur mon lit avec mon ordinateur, plongée dans la lecture des articles de ce blog, que j'ai attrapé le virus Hrafntinna.

L'autre souvenir d'elle qui reste gravé dans ma mémoire, c'est le tournoi de tennis de table. Margeir, le professeur de mathématiques, était considéré comme l'un des enseignants les plus sévères du lycée. Un type d'une quarantaine d'années qui ressemblait à un prisonnier politique, avec un look du genre intellectuel du Goulag, grand et mince, barbe de trois jours et petites lunettes, toujours vêtu d'une chemise incolore ouverte sur un tee-shirt noir. Il était connu pour ses coups de colère et sa manie de mettre les élèves dehors au moindre prétexte. Au printemps, un tournoi de tennis de table avait été organisé et Margeir figurait parmi les concurrents. Je me rappelle l'avoir vu ne faire qu'une bouchée d'un garçon qui, par ailleurs, jouait pour l'équipe nationale de football des moins de dix-huit ans. Ses services en coup droit étaient particulièrement imprévisibles. Pliant les genoux, il restait parfaitement immobile une seconde avant de lancer en l'air la balle légère comme le vent, puis il plissait les yeux derrière ses petites lunettes de révolutionnaire et ouvrait la bouche en brandissant sa raquette de la main droite. Dans l'autre groupe, c'était une gauchère au revers meurtrier qui avait remporté la victoire, et il fut rapidement clair que ces deux-là s'affronteraient lors de la finale. Hrafntinna et Margeir.

Alors que les deux adversaires se serraient la main, les grands sportifs du lycée se rassemblèrent autour de la table, visiblement perplexes à l'idée que cette fille inaccessible, belle et intelligente qui les mettait souvent mal à l'aise s'apprête à défier Margeir le mégalo. Les joueurs échangèrent un regard rapide avant de prendre place de part et d'autre de la table. Les cheveux réunis en queue-de-cheval, Hrafntinna portait un sweat à capuche noir, un short et des baskets hautes à lacets. Comme d'autres, elle eut au début du mal à répondre aux effets de rotation du professeur de mathématiques et se fit bientôt devancer de 5-1. Mais lorsqu'il servit à nouveau, elle se plaça cette fois presque sur le côté de la table et, changeant de tactique, envoya un revers décroisé d'une puissance phénoménale. Margeir sursauta, il n'était pas prêt à recevoir un coup encore plus fort que son service. Il parvint à peine à effleurer la balle qui termina sa course parmi les spectateurs. Au fil du jeu, il adapta sa technique, néanmoins son arme la plus affûtée ne lui était plus d'aucune utilité. Il menait encore 18-16, mais avec deux coups croisés fatals consécutifs, Hrafntinna égalisa avant de remporter la victoire 21-19. Elle leva les bras en l'air, la raquette toujours en main, souriant jusqu'aux oreilles, avant de s'écrier : "*Yes!*". Nous retenions notre souffle. La tête haute, Margeir s'approcha d'elle et lui tendit la main. Elle se jeta à son cou et s'exclama : "Très beau match, Margeir !" D'un naturel plutôt austère, l'homme ne savait visiblement pas comment réagir. Il lui tapota poliment l'épaule, la félicita et lui souffla qu'elle était l'adversaire la plus "efficace" contre laquelle il avait jamais joué.

Elle n'était évidemment pas consciente que la ridicule gamine que j'étais avait développé une telle fascination pour elle et la considérait comme une sorte de modèle intellectuel. Non, je crois que si elle avait vu une photo de moi à cette époque, elle aurait simplement haussé les épaules, même si nous nous croisions au moins une fois par jour. Lorsqu'elle passait devant moi dans les couloirs – où, le plus souvent, je mangeais ma soupe de nouilles vêtue d'une doudoune Spoutnic –, je faisais comme si de rien n'était, alors que j'étais obsédée par la pensée qu'elle se trouvait là, si proche que je pouvais sentir son parfum.

Me laissant aller à mes fantasmes, je l'imaginais allongée sur moi sous des draps blancs, la fenêtre ouverte en plein hiver. Elle portait toujours un débardeur blanc que je lui ôtais. Je me voyais ensuite glissant les doigts le long de son dos tout chaud pendant qu'elle dormait. Mais je nourrissais aussi des rêveries plus crues où, m'attrapant la main dans le couloir, elle m'emmenait aux toilettes, nous arrachions nos vêtements et ma tête descendait le long de son ventre comme je l'avais vu faire dans des films.

Elle n'était pas la seule – je m'intéressais aussi à d'autres filles. Mais elle était un repère, elle m'aidait à déterminer ce que je devais être et ce que je devais éliminer de ma vie. Le jour où une fille comme Hrafntinna me remarquerait, le jour où une fille comme elle poserait sur moi un regard de désir, me murmurerait continue de parler, encore, ne t'en va pas, reste, oui, le jour où une fille comme elle respirerait doucement au creux de mon cou sous une fenêtre ouverte en plein hiver, ce jour-là mes chaînes se briseraient et je deviendrais moi-même. Mais ce n'était pas encore près d'arriver. Oh, non. C'en était même si loin. J'étais seule, je frissonnais en tanguant dans cet océan qu'est l'adolescence sans parvenir à apercevoir un point de terre.

Ces souvenirs me sont revenus plus nets que jamais lorsque, ce fameux été 2016, Skarphédinn Skorri et moi nous sommes parlé pour la première fois. Il me rappelait beaucoup Hrafntinna, même si physiquement ils ne se ressemblaient pas. Il avait les cheveux et le teint beaucoup plus foncés qu'elle. Tous deux avaient les yeux du même bleu, mais son regard à lui était plus intense, avec une étincelle de folie sous ses épais sourcils. À vrai dire, on pouvait même être un peu mal à l'aise face à lui, et on n'oubliait pas facilement ses traits taillés à la serpe qui révélaient un caractère résolu. Grand, séduisant, il lissait toujours ses cheveux en arrière comme un danseur mondain. Il dégageait un certain charme, mais un rictus menaçant assombrissait son visage quand il riait. Sa joie avait quelque chose de cruel, c'est précisément pourquoi il attirait tous les regards : rien n'éveille plus la curiosité qu'un paradoxe. Lui et sa sœur avaient tous les deux une élocution limpide et parlaient exactement de la même manière : d'une voix plutôt basse et en laissant parfois passer un bref silence avant de répondre.

Quelles pouvaient être les pensées d'une jeune fille à qui les garçons de l'école – sûrement des dizaines, pour ne pas dire une bonne centaine – rêvaient de parvenir un jour à adresser la parole ? Quelles images flottaient dans son esprit lorsqu'elle allait se coucher ? La fille que toutes les autres imitaient. Qu'une fille comme moi observait sous toutes les coutures. Qui faisait trembler les garçons. Et soupirer les professeurs. Qui avait cette allure. Ce sourire ! S'en rendait-elle compte ? Tout au fond, était-elle en vérité diabolique, manipulatrice, pourrie gâtée ?

Ou bien, comme une enfant, totalement inconsciente de la magie qui émanait d'elle? Un tel soleil peut-il douter de sa propre luminosité? Hrafntinna pouvait-elle ignorer qu'elle était bien plus intelligente que nous tous? L'avait-elle toujours su? Y pensait-elle chaque fois qu'elle discutait avec quelqu'un? Au fait que son esprit était suffisamment ouvert et subtil pour relever n'importe quel défi. Que chaque réflexion, chaque phrase lui venait naturellement, et même que le pouvoir de ses mots était supérieur aux autres, simplement en raison de son époustouflante beauté. Que nous, ses camarades, n'avions pas la force spirituelle ni physique de faire face à cette citadelle qu'était Hraftinna Helena Alfredsdóttir et qui nous surplombait de sa hauteur. N'éprouvait-elle jamais de doute en contemplant silencieusement son reflet dans le miroir, en tee-shirt et bas de pyjama, sa brosse à dents dans la bouche, tandis qu'un filet d'air froid s'insinuait par la fenêtre? Que ce soit au sujet de son corps, de son avenir, de ses erreurs. Peut-être s'endormait-elle parfois en pleurant, comme nous tous? Avait-elle un jour été rejetée par quelqu'un qu'elle aimait de tout son cœur? Se trouvait-elle repoussante sur les photos? D'où lui venait cette aura qui me semblait de plus en plus insaisissable à mesure que mon admiration pour elle augmentait?

Il y avait ensuite son frère, Skarphédinn Skorri, de sept ans son aîné. Je savais évidemment déjà de qui il s'agissait. C'est comme ça, le lycée. On voit l'existence comme sous un microscope. Tout revêt une si haute importance. Les incidents les plus insignifiants deviennent une source intarissable de spéculation. Les gens cool sont *trop* cool. La fille ou le garçon que tu aimes est l'ange *le plus parfait* de l'univers. Le nom d'un inconnu qui habite dans le coin – comme Skorri – a le même pouvoir que celui des grands dirigeants. Il emmenait parfois sa sœur au lycée dans une Golf noire qui avait vingt ans et, tandis qu'elle attrapait son sac sur la banquette arrière, il restait assis derrière le volant, la mine sévère avec ses lunettes de soleil et ses manches retroussées. Cet homme était loin de simplifier le travail et l'énigme que représentait Hrafntinna pour les garçons de l'école. Pour avoir sa chance avec elle, il fallait commencer par avoir sa chance avec lui. Comment un jeune homme pouvait-il s'y prendre ? Sans parler d'une fille comme moi. C'était impossible.

En première, mes amies et moi avions entendu dire que Hrafntinna organisait une grande soirée pour le réveillon du nouvel an. Lorsque nous sommes arrivées vers une heure du matin, la maison – un joli pavillon dans une rue charmante – était déjà pleine à craquer. Jouant des coudes, nous avons réussi à nous frayer un chemin dans ce que j'aurais pu qualifier de sanctuaire. La moitié du lycée était là, ainsi que toute une foule de gens que je n'avais jamais vus auparavant. Je l'ai alors aperçue sur le canapé, à côté d'une bibliothèque qui recouvrait un pan de mur entier, du sol au plafond. Elle portait une robe vert foncé, et un bandeau coloré lui barrait le front. Des chaises avaient été alignées au pied de l'escalier pour empêcher l'accès à l'étage. Mon regard a monté les marches tandis que j'essayais d'imaginer à quoi ressemblait le décor là-haut. À quelques pas de moi se trouvait sa chambre.

Je me suis mise à fantasmer la vie dans cette maison. Hrafntinna pieds nus descendant l'escalier le matin, ses pas sur le parquet jusqu'à la cuisine pour se servir un bol de Cheerios avant d'aller au lycée. Une belle table ronde ornée de mosaïque, les rayons du soleil achevant leur course sur un journal ouvert, l'ombre des arbres. Un verre de jus. Jus de pomme de chez Bónus. Je me suis laissé happer par ces images. Au pied de cette monumentale bibliothèque, elle joue, enfant, pendant que ses parents regardent le journal télévisé. La porte donnant sur la terrasse ouvre sur une journée d'été avec un ciel parfaitement dégagé, les rideaux flottent dans la brise, une odeur de pâtisserie dans l'air, son frère et elle jouent au ballon dans le jardin. Son père sobre, chaussons aux pieds, odeur masculine, belle peau, visage séduisant, tend la main vers un ouvrage conservé en hauteur, un texte ancien de philosophie, peut-être même de la Grèce antique, il lit la quatrième de couverture, tapote du doigt le nom de l'auteur et caresse la joue de sa fille, un sourire plein d'amour aux lèvres, petit oisillon – c'est comme ça qu'il l'appelle. Viens me voir, mon petit oisillon. Lis cela, joli oisillon. L'été, ses parents ont le teint hâlé, ils s'aiment toujours. La buanderie déborde de chaussettes de football sales, de shorts humides, de chaussures à crampons tachées d'herbe séchée. Un livre sur le lit, Tintin, *On a marché sur la lune*, son frère, adolescent, laisse des empreintes mouillées derrière lui dans l'escalier après son entraînement, le visage rouge dégoulinant de sueur, ses cheveux longs noués en catogan, les mollets puissants, en silence il fait griller cinquante tranches de pain de mie après avoir pris sa douche, beurre, caviar en tube, cacao en poudre.

Évidemment, ces images ne s'appuyaient sur rien de tangible. Elles concernaient sûrement davantage ma propre vie que la sienne. D'une certaine manière, mon intérêt pour Hrafntinna représentait en fait un intérêt pour moi-même, le reflet des peurs et des doutes d'adolescente qui m'habitaient. Dans sa quête de vérité, il est tentant de mettre la charrue avant les bœufs, c'est pourquoi je projetais sur elle tout ce que mon existence n'était pas. À mes yeux innocents de jeune fille, Hrafntinna était une vraie femme qui pouvait tout faire, savait tout et avait tout essayé, mais bien sûr elle n'avait que deux ans de plus que moi, à peine la vingtaine.

Durant deux années, elle a dû remplir ce rôle : une reine de beauté ardente, indépendante, courageuse, d'une intelligence à toute épreuve qui avait un grand frère aussi menaçant qu'écrasant et était issue d'une famille privilégiée, nourrie de culture internationale.

Je fantasmais aussi sur les gens qui habitaient sa rue.

Atmosphère de majorité silencieuse.

Abonnements à *Der Spiegel*, deuxième réfrigérateur au sous-sol, opulence.

Baskets au théâtre, salaires mirobolants, positivité étudiée.

Diplômes étrangers accrochés au mur, sexe en missionnaire le vendredi soir, on aime la télévision publique mais on n'a rien contre la religion d'État.

Avoir le béguin pour quelqu'un, c'est lui mettre une croix sur les épaules. Accabler une personne du fardeau de son admiration n'est pas dénué de brutalité. La violence la plus pure dont on puisse faire preuve, c'est d'aimer quelqu'un, de l'admirer, de n'avoir d'yeux que pour lui, de le transformer en sa petite utopie personnelle. Le voilà soudain porteur de l'espoir du monde, responsable de ton bien-être ou de ton bonheur, qu'il le veuille ou non. On ne lui demande jamais son opinion, il n'a pas le choix, il n'a pas de voix. J'étais envers Hrafntinna comme le narrateur du poème de Yeats : j'étendais mes rêves fragiles à ses pieds en espérant qu'elle marche d'un pas léger.

Mais je me trompais à son sujet. Oh, comme je me trompais ! Bien évidemment. Tout ça n'était qu'un fantasme creux envers une inconnue, contaminé par un effet de halo, l'innocence de la jeunesse. Un soir d'hiver, je l'ai aperçue lors de la projection d'un film organisée par le club des arts. Vêtue d'une doudoune et adossée à un mur, jambes croisées, elle grignotait du pop-corn en bavardant avec des membres du comité directeur. C'est la dernière fois que je l'ai vue. Elle a disparu, et n'est plus revenue au lycée.

J'ai essayé de me renseigner à son sujet, mais je suis restée sans réponse. Je ne connaissais pas ses amis. Où était-elle passée ? Personne ne semblait le savoir. Elle avait simplement arrêté de venir en cours. Quitté le lycée peu avant les examens finaux pour ne jamais y remettre les pieds. Dans les couloirs, la rumeur disait qu'elle était partie vivre à l'étranger. J'ai fini par cesser de penser à elle et de m'interroger sur les raisons de son départ ou sa destination. Bien plus tard, j'ai essayé de la retrouver sur les réseaux sociaux, sans succès. Elle s'était volatilisée. Et ce fameux été 2016, elle s'apprêtait à recommencer.

Je pense avoir encore quelques années devant moi avant de déterminer précisément en quoi j'ai foi. Je ne le dirai sans doute jamais, n'en porterai pas l'étendard. La conviction la plus intime vit par-delà les mots. La seule tentative d'en faire un discours intelligible la corrompt. Le silence reste le meilleur conservateur de la foi.

Notre plus grande mission, c'est d'avoir la foi en l'inconnu. C'est dans les ténèbres de l'incertitude que nous brillons le plus fort. Rien n'est plus divin que la confiance que l'on accorde gratuitement, sans la moindre raison ! N'est-ce pas ? Il n'est pas question d'une voix qui guiderait nos pas, ce n'est pas un voyage pour lequel on a reçu une carte ou des instructions, mais plutôt une force gravitationnelle agissant sur le cœur.

Un fil de lumière nous pousse vers une destination nécessaire quoique inconnue, et pour y parvenir nous devons accorder notre confiance sans aucune contrepartie. Un mécanisme de ce genre était à l'œuvre lorsque j'ai sauté sur l'occasion de passer un été à Borgarnes. Je voulais cultiver quelque chose dans le terreau asséché de mon cœur, mais je ne savais pas exactement quoi. J'avais envie d'essayer – sans grande conviction – d'écrire un livre. C'est pourquoi j'avais accepté avec enthousiasme lorsque ma tante m'avait offert sa petite maison à Borgarnes pour la belle saison. Il était de toute façon temps pour moi de m'éloigner de Reykjavík, ville où l'on doit toujours tout partager, les amants, les souvenirs comme les rêves. Deux semaines plus tard, je hissais une valise dans le coffre de la Yaris vieille de douze ans que j'avais héritée de mon grand-père, enfonçais des écouteurs dans mes oreilles, une tasse de café dans le porte-gobelet puis me mettais en route, chantant à tue-tête avec Frank Ocean, la gorge serrée tandis que je quittais la capitale.

You showed me love.
Glory from above.
Good glory, dear.
It's all downhill from here.

J'ai rencontré Skarphédinn Skorri l'été de notre victoire à 2-1 contre l'Angleterre en France, l'été où Trump, politicien de l'absurde, s'affichait dans tous les médias, à longueur de journée, nécessaire produit du bouton *Like*, pulvérisant l'ordre mondial, avant d'être élu l'automne suivant. C'était l'été où, en public, nous nous exprimions comme des professionnels de la communication, tandis que dans nos messages privés nous nous laissions aller avec euphorie aux propos toxiques, aux tabous, aux blagues de mauvais goût, à tout ce qui frisait l'indécence, la grossièreté, l'obscène, oui, la part sombre de l'âme humaine tout en inventivité, mépris et captures d'écran. Nous nous baladions tous avec mille scandales dans la poche.

Le siècle de la peur !

Ou plutôt : l'époque à laquelle le temps lui-même s'était mis à muter. Le passé se réveillait de son sommeil. Le passé des nations, des cultures, des régions, mais aussi le nôtre, le tien et le mien, ce que nous avions un jour fait et dit et écrit revenait nous hanter. J'avais grandi dans un monde qui allait toujours de l'avant, je n'avais jamais connu de retour en arrière. Les ordinateurs devenaient plus rapides, les téléphones plus performants, les téléviseurs plus plats. Nos vidéos s'effaçaient à peine publiées afin de céder la place aux suivantes, et c'est ainsi que le monde m'apparaissait : un incessant renouvellement. Il naissait et s'autodétruisait de manière permanente pour que quelque chose de nouveau prenne le relais à l'aube. Puis, soudain, c'était comme si le passé avait ressurgi, avec toutes ses idées, ses personnages et son langage. Bien que l'avenir ait tenu un certain nombre de ses promesses au cours de ma vie, le passé reste finalement plus fort que tout.

Ce n'est pas exactement ce à quoi je pensais en arrivant dans le Kollafjördur, avec sous mes yeux la mer d'huile qui scintillait au soleil de midi. Mais au volant de ma voiture, j'avais quand même la sensation d'entrer dans un nouveau monde.

Ô divine terre.

Je le proclame : Borgarnes est la plus belle ville d'Islande.

Regardez ces reliefs, la manière dont l'église a été dessinée à l'emplacement parfait, le monstrueux mont Hafnarfjall et l'océan, si ravissant.

La maison se situait dans la vieille ville, vallonnée et pleine de charme. Je suis arrivée un vendredi et, me réveillant tôt le samedi matin, j'ai rejoint le salon sur la pointe des pieds et j'ai écouté un instant le silence. Puis je me suis habillée et suis sortie faire un tour en quête de café, pour respirer l'air de ce nouvel environnement. À la boulangerie, j'ai commandé un café à emporter et un roulé au fromage avant d'errer sans but, traversant le parc Skallagrímsgardur pour arriver rapidement au gymnase en bord de mer. Une sorte de marché de produits locaux s'était installé sur le parking. Une foule assez compacte serpentait au fil des stands et des tentes, contemplant les étalages. Des pick-up et des jeeps étaient garés tout autour, et les commerçants n'avaient pas encore fini de sortir leur marchandise. On vendait toutes sortes de babioles, de vêtements, des pulls traditionnels et des souvenirs divers, de la viande et du pain frais, des fleurs et des légumes. Les vendeurs, qui vivaient sans doute dans la campagne environnante, buvaient des boissons chaudes dans des gobelets en polystyrène, ils souriaient et riaient – des femmes en pull en laine islandaise en train de fumer, des garçons en bottes de caoutchouc, des jeunes filles au look hippie vendant des bracelets, des adolescents et des hommes allant et venant entre leur voiture et leur stand les bras chargés de caisses. C'était délicieux. Les touristes étaient nombreux, et tout autour de moi j'entendais un anglais teinté d'un fort accent islandais.

"*Oui, tout est fait main par ma merveilleuse mère de quatre-vingt-dix ans, elle est juste là.*"

"*Goûtez-moi ça, mes amis, ça s'appelle du* flatbraud *avec du* hangikjöt, *des pains plats et de la viande de mouton fumée, une bonne quantité de beurre, le secret le mieux gardé de tout l'hémisphère nord. Essayez, c'est un véritable orgasme gustatif, n'est-ce pas?*"

"*Le Blue Lagoon est fait de sperme d'elfe bouilli, attention à ne pas tomber enceinte!*"

"*Je vais vous dire, la chose la plus islandaise au monde, c'est le mot* skyrtuvedur. Skyr-tu-ve-dur. *C'est ça.* Skyrta, *c'est la chemise, et* vedur, *c'est la météo. Ça veut donc dire 'temps de chemise', vous voyez? Lorsqu'il fait assez beau pour porter une chemise sans risquer votre vie ou celle de votre famille.*"

"*Fermez les yeux et imaginez que vous êtes sur le point de mourir de faim, dans le noir, et que vous déterrez ce délicieux morceau de viande qui a passé neuf mois sous la terre.*"

"*Nous avons une appli qui nous aide à détecter les membres de notre famille avec qui nous n'avons pas eu de rapport sexuel!*"

L'ambiance était agréable et je déambulais sans but précis, écoutant les vendeurs. Je me figurais une existence où les gens conduisaient les voitures les uns des autres, où personne ne fermait sa porte à clé, où la radio restait allumée même quand la maison était vide. Enfant de la ville, j'affirmais parfois avec nonchalance vouloir un jour posséder une maison à la campagne et, sans pitié, je projetais à présent mes velléités d'une vie plus simple sur de parfaits inconnus.

Tandis que je contemplais une collection de savons artisanaux reproduisant les visages de différents ministres de l'Agriculture, quelqu'un se glissa derrière moi en demandant pardon. Me retournant sur son passage, je crus reconnaître sa démarche et la forme de son dos alors qu'il s'éloignait. C'était un grand sportif vêtu d'une polaire bleue, d'un jean noir et de bottines en cuir, une casquette à l'envers vissée sur la tête. Il zigzaguait entre les badauds, muni d'un gros plateau de fruits et de légumes qu'il posa sur un étalage avant d'aligner concombres et tomates en bavardant avec les gens autour de lui. Une femme d'une quarantaine d'années avec une cigarette à la main rit, puis lui tendit un gobelet en polystyrène fumant. Il but une gorgée et se brûla la langue. Non loin d'eux, une jeune femme jouait au ballon avec deux enfants. L'homme devait avoir la trentaine. Je le regardai quelques instants servir ses clients, encaisser les billets et rendre la monnaie, me demandant s'il s'agissait vraiment de celui que je soupçonnais. N'était-ce pas Skarphédinn Skorri ? Le frère de Hrafntinna, ma camarade du lycée ? Que faisait-il là, à vendre des fruits et légumes sur un parking de Borgarnes ?

À proximité, la portière ouverte d'une jeep vide diffusait "Life in the fast lane" des Eagles. C'était un beau matin d'été islandais. Brillant dans un ciel sans nuage, le soleil, qui à cette époque de l'année ne se couchait jamais, avait réchauffé la terre toute la nuit. Les concombres partaient comme des petits pains, il y avait des gaufres chaudes avec de la crème fouettée et de la confiture, des acheteurs cherchaient un pull à la bonne taille. Sur le terrain vert vif au loin se déroulait un entraînement de football, et on entendait des cris de joie et des rires d'enfants depuis le toboggan de la piscine. M'approchant du stand où se tenait Skarphédinn Skorri, je feignis de m'intéresser à la marchandise des vendeurs voisins et en profitai pour lui jeter un coup d'œil. Ça alors, aucun doute, c'était bien lui !

Tout près de moi, un homme dit :

– Admettons qu'on puisse garder Tommi et Robbi Lú. Et que Gummi, le directeur, arrive à convaincre Leó Heimis de faire une saison ici. On aura de quoi se battre pour un titre, et au moins prétendre à la demi-finale pour la coupe au printemps.

– Gummi a arrêté de fumer ?

Skarphédinn Skorri montrait ses concombres à un couple de personnes âgées en vêtements de randonnée, mais je ne distinguais pas ce qu'ils se disaient à cause de la musique et de la conversation à côté de moi.

– Il s'est mis à la vapote.

– Sa fille joue chez les jeunes. L'autre jour, ils racontaient au club que Gummi voudrait augmenter le financement des équipes seniors.

M'approchant du stand de légumes, j'entendis enfin la voix de Skarphédinn Skorri qui exhibait un beau concombre bien vert comme s'il s'agissait d'un énorme saumon, expliquant en anglais : "… et nos serres sont à vingt minutes d'ici." Je baissai soudain la tête lorsqu'il dirigea son regard vers moi pendant qu'il continuait de décrire ses légumes au couple américain volubile. Leur conversation passa bientôt de l'agriculture islandaise à la politique internationale. Ils s'excusèrent de la situation effroyable aux États-Unis. De mon côté, je remplissais un sac de tomates tandis que de la jeep verte parvenait l'écho d'une nouvelle chanson pop à l'ambiance *seventies* qui me fit penser au groupe Chic. Le couple parlait du financement des candidats aux élections par les grandes entreprises de l'autre côté de l'Atlantique. Acquiesçant à leur discours qu'il ponctuait de *aha, right,* Skarphédinn Skorri évoqua ensuite avec précision le jugement rendu dans l'affaire des Citizens United en 2010.

Les yeux écarquillés, le couple ne s'attendait sans doute pas à ce qu'un vendeur de légumes islandais en polaire connaisse les tenants et aboutissants d'un arrêt rendu six ans plus tôt impliquant le code électoral et le droit constitutionnel américains. Mais ils ne pouvaient évidemment pas être conscients de son parcours singulier.

Ils le quittèrent avec un geste amical de la main et poursuivirent leur promenade en emportant leurs légumes. Il se tourna alors vers la femme à la cigarette.

– Encore des Américains repentants, cousine, dit-il avant de retirer sa casquette pour prendre le soleil. Il fait drôlement beau aujourd'hui !

– Ça devait quand même être autre chose dans le sud de la France ! fit-elle. Les paysages devaient être magnifiques, non ? Vous avez réussi à visiter les environs ?

– Oui, je me suis un peu baladé en voiture, c'est un vrai paradis, répondit Skorri.

Il appartenait visiblement à la moitié de l'Islande qui s'était envolée pour la France afin d'assister au match contre l'Angleterre quelques jours plus tôt. La cousine lui demanda s'il voulait "sortir ce soir", mais il dit avoir d'autres projets. "J'avais promis aux gamins de venir jouer avec eux sur le terrain. On annonce du beau temps." Me jetant un regard, il sourit.

– *Can I help*… non, pardon, vous êtes islandaise, je me trompe ? Je peux vous aider ?

Je hochai la tête et lui tendis mes tomates ainsi qu'un sachet de carottes.

– Je vais peut-être vous prendre un de ces beaux concombres, aussi.

– Pas de problème, répondit-il sur-le-champ.

Il pesa les tomates puis les rangea dans un sac en papier à côté du concombre et des carottes.

– Ça nous fera 650 couronnes tout rond, mademoiselle.

Je retirai mon sac à dos, bourré d'appareils électroniques et de câbles en tout genre, ouvris la glissière et enfonçai les légumes dans la première pochette.

– Jamais de place dans ce fichu sac à dos, commentai-je pour moi-même.

Il but une gorgée d'eau pétillante à la bouteille.

– Vous transportez quoi là-dedans, une tête humaine ? demanda-t-il.

– Non, quelque chose comme huit appareils et cinquante fils électriques.

– Edward Snowden devait en avoir au moins autant en quittant Hawaï.

– Oui, il a sans doute tout le matériel nécessaire pour écrire un bon roman, fis-je en bataillant contre la glissière avant de lever les yeux sur lui. Il me faut juste un nouvel iPad Pro et un clavier sans fil, après ça je pourrai m'y mettre.

Éclatant de rire, il enfonça ses mains dans les poches arrière de son pantalon. Sur le point de se tourner vers un autre client, il hésita et me regarda de nouveau.

– Vous comptez écrire un bouquin ?

Je soupirai, haussai les épaules et soulevai mon sac à dos.

– Merci beaucoup, répondis-je simplement.

Il me souhaita une bonne journée et, m'éloignant, j'entendis une voix de fillette s'exclamer : "Skorri, tu peux nous faire ton tour de passe-passe ?" Il s'approcha des enfants et s'écria : "Envoie, Mæja !" La petite lui lança le ballon. Il courut avec quelques instants en commentant d'une voix tonitruante : "Et Skorri se détache ! Pas de hors-jeu ! Que fait-il seul face à Joe Hart ?" Prenant appui sur sa jambe gauche, il fit rouler le ballon sur le haut de son pied, le lança en l'air, le rattrapa avec son épaule puis ses cuisses et jongla ainsi un moment, martelant le sol comme un soldat. Il retira sa casquette et la jeta par terre. "Gauche, droite, gauche, droite, gauche, droite", ponctua-t-il, les yeux fixés sur le ballon avant de le laisser retomber sur son pied et de le renvoyer immédiatement vers les hauteurs. Il recula de quelques pas et, alors que le ballon revenait vers lui, il se pencha en avant et le rattrapa avec sa nuque. Les enfants hurlèrent de joie devant le spectacle, et il avança en titubant les bras tendus, le ballon toujours logé dans le creux de la nuque. Il parvint à propulser la balle vers le ciel comme un phoque dans un dessin animé, la suivit sur quelques pas avant de la saisir avec la jambe gauche et de la catapulter en direction du panier de basket rouillé qui se trouvait à proximité. Heurtant l'anneau, elle rebondit vers les enfants hilares.

– Quelqu'un aurait le numéro de Lars Lagerbäck? s'exclama une voix.

Je longeai la côte, grignotant des carottes avec un podcast de développement personnel dans les oreilles. De retour à la maison, je me mis en quête de Skarphédinn Skorri sur les réseaux sociaux. Comme pour sa sœur longtemps auparavant, je ne trouvai rien. Quelques années plus tôt, j'étais tombée sur une émission de sa création au sujet de la rédemption, où j'avais appris qu'il avait étudié la philosophie du droit à l'université d'Oxford. Dans de vieux résultats Google, on le donnait enseignant contractuel au département de droit de l'Université d'Islande, mais il n'était pas mentionné sur le site de l'établissement. Je dénichai également des nécrologies sur certains de ses proches où j'aperçus son prénom juste à côté de celui de sa sœur. Skarphédinn Skorri et Hrafntinna Helena.

Le soir même, mon téléphone portable éteint, j'ouvris la porte qui donnait sur la terrasse et écoutai le chant des oiseaux dans le silence du crépuscule. Je me sentais si bien après cette glorieuse journée, j'avais envie de profiter du calme environnant. Je fis chauffer de l'eau, enfilai un pull épais, un imperméable – des bancs de nuages parcouraient à présent le ciel – et un bonnet, puis j'allai chercher ma tasse de voyage dans mon sac et lançai un nouveau podcast dans mes oreilles.

J'errai au fil des rues désertes en sirotant mon thé. La musique en provenance du lycée au bord de l'eau attira mon attention, et je traversai d'un pas lent le plan d'herbe qui me séparait du bâtiment, où la rosée toute fraîche scintillait comme des milliers de perles. Une longue file d'attente serpentait devant l'entrée, les gens finissaient leur canette ou buvaient au goulot de leur flasque. Ce soir, c'était le bal du village. Resserrant les pans de mon imperméable, je poursuivis mon chemin et arrivai bientôt à un escarpement derrière des pavillons individuels avec vue sur le stade et la mer. Au pied des rochers, il y avait un autre terrain, plus petit, sur lequel je distinguai des silhouettes, les mouvements vifs de deux enfants et un homme qui courait avec la balle et la passa à l'un de ses coéquipiers juste avant le but. Un léger crachin tombait du ciel tandis que le soleil brillait encore, le silence environnant avait quelque chose de divin. On discernait de petits bruits secs dès qu'un pied heurtait le ballon et, au loin, l'écho du lycée mêlé au chant des oiseaux. Malgré la distance, je parvenais à entendre tout ce que disaient les joueurs de football en contrebas.

Je descendis les marches qui longeaient la roche. Au moment où j'arrivai en bas, quelqu'un manqua un but et le ballon roula sur l'herbe humide dans ma direction. Je l'arrêtai et le relançai vers les joueurs, le faisant légèrement décoller, d'un geste à la fois nonchalant et maîtrisé, pour montrer l'air de rien que je savais faire une passe. Il s'agissait de Skarphédinn Skorri et des enfants que j'avais aperçus au marché plus tôt. Il accourut derrière le but pour venir chercher la balle.

– Merci !

– Pas de problème.

Ses cheveux mouillés coiffés en arrière, il portait un sweat noir à l'effigie d'une université, un vieux short arborant un numéro écaillé, des chaussettes de foot qui lui tombaient sur les chevilles et des chaussures de course. Des brins d'herbe parsemaient ses jambes poilues et musclées. Machinalement, mon regard s'attarda sur ses cuisses épaisses.

– Dis donc, tu n'étais pas au marché aujourd'hui ? lança-t-il.

– Si, si, un concombre, des carottes et des tomates, c'était moi, Hanna... Hanna Sunnudóttir, répondis-je en lui tendant la main.

– Hanna Sunnudóttir, l'écrivaine avec tous ses appareils et ses fils électriques, dit-il en me la serrant fermement. Moi, c'est Skarphédinn Skorri, appelle-moi simplement Skorri. Content de te connaître.

Nous nous regardâmes dans les yeux tandis que le crachin chuchotait dans l'herbe, ponctué par les cris des enfants au loin. Il resta silencieux une seconde. Gênée devant son regard si intense, je ne savais plus quoi dire. Je m'apprêtais à le quitter et à poursuivre ma route, mais une sorte de pressentiment m'avait attirée ici, pressentiment qui me fixait à présent des yeux. Parfois, il faut poser les questions dont on connaît la réponse. Croisant une jambe sur l'autre, je me fis violence.

– Tu n'aurais pas une sœur du nom de Hrafntinna ?

Il arqua les sourcils.

– Euh... si. En effet. Tu la connais ?

Les enfants réclamèrent le ballon. Il le leur jeta pardessus le but avant de poser les mains sur ses hanches.

– Pas vraiment, en fait, répondis-je. Mais on était ensemble au lycée.

– Je vois.

– Pour moi, c'était vraiment la fille la plus cool.

– Elle n'a jamais manqué d'admirateurs. Tu habites ici ?

– Je suis arrivée hier, juste pour l'été. Et toi ?

– On vit un peu à l'extérieur de la ville.

Les gamins accoururent. Un bonnet sur la tête, les joues rouges et le sourire édenté, ils semblaient avoir de l'énergie à revendre. “On peut jouer à deux contre deux ? Elle peut venir avec nous ?” La petite fille me regarda dans les yeux, son visage encadré de mèches blondes ondulées. “Comment tu t'appelles ?” “Hanna, et toi ?” “Mæja. Tu es bonne au foot ?” “Tu sais quoi ? fis-je d'un ton mystérieux en posant les mains sur mes genoux. Je suis presque aussi bonne que Messi.” “Nooon ! s'exclama la fillette. Vraiment ?” “Preeeesque, répondis-je en formant un petit espace entre mon index et mon pouce pour illustrer mon propos. Tu devrais jouer avec nous, comme ça on pourra faire un match !” Skorri me regarda avec embarras. “D'accord, mais vous aurez été prévenus !” lançai-je. Les enfants se précipitèrent vers le terrain et je leur emboîtai le pas avec Skorri.

– Merci, me dit-il. Ça ne sera pas long. Si je les écoutais, ils passeraient leur temps à jouer.

– Ça me fait plaisir. Je n'avais rien de prévu ce soir.

– Tu disais que tu écrivais ? enchaîna-t-il, tandis que nous marchions.

– C'est l'idée, en tout cas.

– Un roman, ou bien ?

– Ce serait mon rêve. Comment va ta sœur ?

– Envoie, Mæja ! s'écria-t-il en courant sur le terrain.

Il arrêta le ballon et le passa au petit garçon.

– Vous êtes prêts, les enfants ?

En guise de buts, deux petites cages qui m'arrivaient à la taille délimitaient le terrain. Je fis équipe avec la fille, car elle était meilleure que le garçon au football, à la fois plus grande et plus forte. Le jeu se révéla plus amusant que ce à quoi je m'attendais, et nous passâmes une bonne partie de la soirée à courir sous la pluie. Le ciel était rouge comme un rideau de théâtre au-dessus de la mer paisible.

Skorri proposa de me ramener tandis que nous nous dirigions vers le parking. Je lui dis de me déposer à la station-service où je comptais m'acheter de quoi grignoter. Nous rejoignîmes une vieille Ford Explorer aux sièges en cuir marron équipée d'un boîtier automatique au niveau du volant. Elle n'était pas verrouillée.

– Que fait ta sœur maintenant ? demandai-je.

– Elle vit à l'étranger depuis longtemps.

J'avais l'impression qu'il ne voulait pas parler d'elle.

– Je me rappelle avoir écouté ton podcast à l'époque, c'était vraiment génial, dis-je.

– Merci. Un peu bâclé à mon goût, j'aurais aimé faire mieux.

– C'est un concept tellement fondamental – la rédemption. Ça a quelque chose de terriblement humain, le désir d'un nouveau départ, de se libérer de son sort. Il faudrait que je réécoute. D'où t'est venue l'idée ?

– J'ai commencé à m'y intéresser pendant mon master en philosophie du droit.

– Tu en retraçais l'origine au moment où Dieu confie à Moïse la mission de conduire les Israélites hors d'Égypte, si je me souviens bien ? C'est la première rédemption ?

Le visage de Skarphédinn Skorri s'éclaira, et une étincelle brilla dans son regard. J'avais réussi à mettre mon plan en œuvre : attiser l'intérêt de ce jeune homme en lui passant de la pommade.

– Oui, ça commence littéralement avec la libération des esclaves juifs, mais ensuite les penseurs chrétiens ont élargi la réflexion durant les premiers siècles de notre ère. La rédemption a pris un sens plus poétique et vaste. Il s'agissait alors de se libérer de l'esclavage qu'est la nature humaine, d'une certaine manière. Du mal qui règne dans le monde, du péché, de soi-même.

– De la déchéance ! glissai-je.

Hochant la tête, il dit avec une pointe d'hésitation :

– La déchéance, en effet. Ce qui nous mène à la renaissance. Les enfants, vous voulez quelque chose à la station-service ?

Il jeta un coup d'œil dans le rétroviseur.

– On peut avoir de la glace ? demanda le garçon, le nez plongé dans un numéro du *Journal de Mickey*.

– Un milk-shake au chocolat pour moi, marmonna la fillette, comme pour elle-même.

– Allez, glace pour tout le monde ! s'exclama Skorri en sortant de sa place de parking.

– Tu as eu de bons retours ? demandai-je.

– Le marché pour ce genre d'initiative est un peu limité en Islande. Mais oui, ça a plutôt bien fonctionné.

– J'ai connu plein de gens qui adoraient ton podcast.

Mes compliments avaient sans doute fini par lui sembler excessifs, car il changea brusquement de sujet.

– Tu ne veux pas aller jeter un coup d'œil au bal ? demanda-t-il en ouvrant sa vitre pour nous faire entendre l'écho des festivités.

– Non, je ne suis pas d'humeur pour ce genre de soirée.

Skorri baissa complètement la vitre et posa son bras sur le rebord. Nous n'étions qu'à quelques pas du lycée. Un groupe de fumeurs se massait devant l'entrée et, sur un carré d'herbe tout proche, quelques hommes en jean portaient secours à un fêtard ivre mort.

– Écoute ça, fit Skorri en tendant l'oreille – le son étouffé d'un ensemble de cuivres et d'un solo de guitare électrique parvenait du bâtiment. J'aurais adoré voir les Studmenn. Ils sont en train de jouer "Fljúgdu". Tu connais cette chanson ?

– Non.

– Elle est tirée de leur album *Sumar á Sýrlandi*. Attends une seconde, ça vient.

Il me regarda avec un sourire, puis baissa les yeux et patienta. Le solo de guitare prit fin et Skorri chantonna en chœur avec la voix dont je percevais l'écho lointain.

Seul au sommet – les gens sont à genoux.
Qui est ce type que personne ne voit ?
Jésus-Christ, Grettir le Fort,
Moha-mais dis, ne serait-ce pas
une simple illusion d'optique ?

Il ignorait bien sûr que, assis là à côté de moi, fredonnant avec Egill Ólafsson et Ragnhildur Gísladóttir dans cette vieille jeep américaine en route pour acheter de la glace à deux gamins, son visage était comme illuminé par le souvenir de l'unique instant que j'avais vécu avec sa sœur à une lointaine époque.

J'étais en première, il était midi et j'attendais mon tour devant le stand tenu par l'association d'élèves pour m'acheter une canette de Coca et une soupe de nouilles lorsqu'elle était apparue derrière moi, vêtue d'un tee-shirt bleu clair enfoncé dans un jean noir, des écouteurs blancs dans les oreilles. Elle portait une tresse où elle avait glissé des fleurs de toutes les couleurs. Quant à moi, j'avais la gueule de bois et n'arrêtais pas de bâiller, avec ma sempiternelle doudoune de ski sur le dos, cachant ce qui était sûrement un tee-shirt Led Zeppelin. Il régnait un vacarme assourdissant dans le couloir – les gamins de la chorale avaient mis une musique de dingue à fond dans le stand. J'avais fait tomber une pièce de cent couronnes par terre. Au moment où je me penchais pour la ramasser, elle m'avait tapoté l'épaule du doigt et dit, en me tendant l'un de ses écouteurs : "Eh, tu serais pas du genre à aimer ça, toi ?" Le cerveau en mode automatique, j'avais attrapé l'écouteur sans répondre en glissant la pièce dans ma poche.

She had rings on her fingers and bells on her shoes
And I knew without askin' she was into the blues
She wore scarlet begonias tucked into her curls
I knew right away she was not like other girls, other girls.

J'avais hoché la tête en rythme avec enthousiasme. J'ignorais de quoi il s'agissait, la regardais osciller d'avant en arrière tandis qu'elle maintenait l'écouteur contre son oreille et marmonnait les paroles. (Plus tard, j'ai compris que c'était la chanson "Scarlet Begonias" du groupe de rock hippie américain Grateful Dead, et qu'elle parlait des mêmes bégonias que Hrafntinna arborait dans ses cheveux.) Terrifiée à l'idée de ruiner ce moment, j'étais parvenue à bégayer ma commande – "Un gr-gr-grand Coca et des nouilles au poulet, s'il vous plaît" – sans retirer l'écouteur. Non seulement j'appartenais au même monde qu'elle depuis presque une minute, son intimité où ces combinaisons absconses de mots des *seventies* devenaient une planète entière, un système solaire entier, une galaxie entière dont nous étions les seules habitantes, mais c'était en plus la première fois que je parvenais à briser ma coquille dans l'enceinte de l'école. Toute mon année de seconde, je m'étais laissée porter par une flopée de vieux amis, craintive et angoissée, persuadée qu'à tout instant je risquais de commettre un harakiri social. Je n'avais rien fait pour mériter cette bénédiction. Un ange m'avait touchée. La plus jolie fille du lycée m'avait prise sous son aile protectrice en m'autorisant ainsi à écouter une chanson avec elle. Il devait bien s'agir d'une forme de validation, de cette acceptation que je désirais si ardemment ?

J'ai évoqué plus tôt la foi dans l'inconnu, le fait de rechercher et d'accepter sans condition ce qui n'a pas de sens, ce qui peut mal finir, précisément parce que ça n'a pas de sens et peut mal finir. Ça n'a pas besoin d'être un grand événement. De simples exemples : dire ce qu'on n'ose pas dire, parler à celui à qui on n'ose pas adresser la parole. Un seul mot courageux peut réduire notre ancienne vision du monde en poussière ! Et n'oublions pas que les autres, dans leur générosité, peuvent nous soutenir sur ce chemin sinueux.

La bonté des autres est une vitamine existentielle !

Après avoir senti les doigts de Hrafntinna sur mon épaule, j'étais euphorique et, les jours suivants, j'avais la sensation que ma bonne étoile brillait plus fort que jamais. J'étais parvenue à bafouiller un “Géiale ette anson” en lui rendant son écouteur, puis j'avais attrapé mon bol de nouilles brûlant et ma canette glaciale, déçue de ne rien trouver de plus intéressant ou original à dire. Elle avait acquiescé en souriant, et gardé le silence tandis qu'elle attrapait un chewing-gum avec ses lèvres directement dans le paquet – je l'avais souvent vue faire ce geste dans les couloirs. Après ça, elle avait disparu. Avais-je manqué une occasion ?

La fille pour qui j'avais le béguin avait soudain entrouvert une porte, que j'avais regardée d'un air stupide en commentant “*Oh mais quelle porte intéressante !*” avant de me retourner, lessivée, asséchée, une coquille vide en doudoune de ski. Avec le recul, je me suis plutôt bien débrouillée. Je ne me suis pas fait honte. J'ai souri, écouté, je l'ai regardée dans les yeux sans être prise de diarrhée.

Mais voilà ce que j'avais envie de lui montrer : Je suis comme toi – tu es mon autre moitié. J'existe dans ta tête.

Le silence régnait à présent dans la voiture, les enfants contemplaient le paysage par la fenêtre et Skarphédinn Skorri fixait la route d'un air distant, comme si je n'étais pas là. Nous nous garâmes près de la station-service et les gamins sortirent en courant. Dans la lumière rose du soir, des touristes alignaient matériel de camping et sacs de courses dans le coffre de leur véhicule de location. Portières qui claquent. Bermudas, jambes étrangères hâlées dont la couleur me rappelait celle du pain grillé, chaussures de randonnée, polaires Patagonia violet clair. Les montagnes mystérieuses au loin, leur couleur rougeoyante qui contrastait avec le sable noir à leur pied, vivantes, immobiles, interrogatrices, baignées d'une aura immémoriale ;

derrière elles, le soleil paresseux du Nord, mélancolique, faisait penser à un poème gravé dans les cieux. Skarphédinn Skorri avait retiré ses chaussures de course et les avait remplacées par des claquettes Adidas. Je m'apprêtais à lui dire au revoir lorsqu'il rompit soudain le silence.

– On pourrait prendre un café ensemble un de ces jours ?

La clé de la voiture dans la paume, il me scrutait sans cligner des paupières, le visage déterminé, les yeux profonds et brillants comme des lacs, et un malaise m'envahit – son regard avait sans doute déjà fait vaciller bien des genoux. Il dégageait une assurance et une énergie qu'un homme trop séduisant n'aurait jamais possédées. J'hésitai.

– Si tu as le temps, bien sûr, ajouta-t-il. Ne va pas croire que c'est… enfin…

Il baissa la tête, se tut et se gratta derrière l'oreille avec la clé.

– Tu as l'intention d'écrire un bouquin, n'est-ce pas ? C'est la raison pour laquelle tu es venue ici.

J'acquiesçai, fixant mes pieds. Cela me gênait toujours un peu de l'admettre à voix haute.

– Il se peut que j'aie une idée pour toi, dit-il, énigmatique. En tout cas, ça pourrait te servir d'inspiration.

– Tu veux que j'écrive un livre sur toi ?

– Je peux t'envoyer un mail dans les jours qui viennent, et on essaie de se trouver une date ?

Je sortis mon calepin, griffonnai mon adresse mail dans la pénombre et arrachai la feuille qu'il glissa dans sa poche. C'était assez amusant. Qui propose de se fixer un rendez-vous par mail ?

Un homme vigilant, comme je le découvrirais plus tard. Un homme qui avait passé tant de temps dans l'ombre du silence qu'il avait besoin d'un écrivain, d'un livre entier, pour sortir pleinement dans la lumière. Un homme qui, sous la surface paisible, menait une lutte sans merci contre son désir de révélation.

Cela a commencé comme ça. Je n'aurais jamais connu la tempête qui agitait l'existence décousue de Skarphédinn Skorri si une petite fille n'avait pas eu l'innocence de demander à une inconnue de jouer au foot avec elle. Certes, j'étais ce soir-là descendue vers le terrain dans l'espoir de l'y trouver – comme celle de sa sœur, son aura avait quelque chose d'hypnotique, et elle m'appelait. Mais si la fillette n'était pas intervenue, je me serais sans doute contentée de le saluer et j'aurais poursuivi mon chemin. Était-ce une coïncidence ?

Personne n'est tel qu'on le croit. Surtout pas nous-mêmes !

Nous avons nécessairement tort.

Dans notre esprit, les autres ne sont que des silhouettes, tracées en suivant des points, c'est pourquoi nous traversons l'existence la tête remplie de caricatures. Tandis que je quittais la station-service pour regagner ma maison, adressant un signe de main aux enfants qui mangeaient leur glace à l'arrière de la jeep, je me dis que Skarphédinn Skorri était finalement un type ordinaire et sympathique. De toute évidence, il était brillant – tout le monde n'enseignait pas à l'université à moins de trente ans – et oui, il avait toujours été cool et démontrait une assurance hors du commun, il avait toujours eu des petites amies canon, mais il n'en demeurait pas moins normal.

À ce moment, ce n'était pas l'homme qui éveillait ma curiosité, mais son environnement. Que fabriquait-il ici ? Pourquoi cultivait-il des légumes à la campagne ?

N'était-ce pas un intellectuel, un rat de bibliothèque? Le genre de type barbu qu'on voit dans les émissions culturelles?

Salut Hanna Sunnudóttir,

Content de t'avoir rencontrée! On a bien bavardé. Les enfants ont très envie de rejouer au foot avec toi. Tu as une voiture, j'imagine? Je te propose qu'on se retrouve à Café & Fleurs samedi prochain à 15 heures? C'est un café très sympa qui fait aussi fleuriste à Hvanneyri, ma petite amie Kíara en est la gérante.

Amitiés,
Skorri

PS: J'ai vu qu'un nouvel iPhone équipé d'un meilleur appareil photo va sortir cet automne. Il pourrait faire des miracles pour ton roman! :)

Je reçus ce mail vers une heure du matin et m'en réjouis.

Le Café & Fleurs de Hvanneyri était un lieu charmant, une grande pièce lumineuse remplie de plantes, un décor Instagram, pensé et fabriqué comme une photo, équipé de nombreuses prises et d'un Internet rapide. J'y rencontrai sa petite amie Kíara, qui me salua chaleureusement avant de me tendre une tasse de café. “Skorri connaît les archives de la Cour suprême par cœur, me dit-elle dans un rire. Il devrait avoir de quoi t'inspirer un bon roman.”

Skarphédinn Skorri était habillé de manière plutôt décontractée – jean et sweat à capuche. Assis dos au mur, il parlait à voix basse et jetait régulièrement des coups d'œil autour de lui. Il finit toutefois par se détendre et s'appuya contre le dossier de son siège, les mains derrière la nuque. Il était facile de se laisser séduire lorsqu'il parlait, c'était un homme diablement intelligent, cultivé, amusant et éloquent. Il savait rire de lui-même, et je retrouvais dans son discours certaines des réflexions qui m'avaient tant fascinée dans son podcast. Mais il y avait aussi ces silences, plus difficiles à gérer, durant lesquels nous inspections le contenu de notre tasse. Notre conversation éveillait en moi l'image d'une rangée de petites flammes s'embrasant et diminuant tour à tour. Nous étions simplement deux êtres humains qui faisaient de leur mieux. Dans ces moments, je l'interrogeais avec hésitation sur son passé. Avec le recul, c'était un peu comme se retrouver face à un vaste glacier, qui surplombe paisiblement un paysage : rien à sa surface ne suggère qu'il pourrait s'effondrer à tout instant. J'étais consciente que son envie de me revoir était liée au fait que je m'étais présentée comme une sorte d'écrivain.

Mais que savais-je vraiment de ses motivations ? Peut-être s'était-il convaincu que seuls les écrivains prennent Kant au sérieux et traitent les gens comme une fin, et non comme un moyen. Que de fait ils ne jugent pas, ne considèrent les autres que comme les personnages de ce roman qu'est leur vie. Il pouvait alors parler, partager l'indicible sans craindre de devenir l'objet d'une publication sur le Net.

Kíara et lui résidaient à Borgarnes depuis un an car il avait perdu son emploi à l'université en raison d'un différend avec ses supérieurs. Ils étaient en couple depuis longtemps. Après ses études de philosophie du droit, on lui avait offert un poste à l'Université d'Islande. Les premières années, il suivait le programme à la lettre, mais plus tard il avait commencé à transmettre à ses étudiants des messages considérés comme inappropriés. Accusé de faillir à sa mission, il avait rétorqué qu'il ne faisait qu'enseigner la pensée critique, pour stopper ces "tentatives de lavage de cerveau" si fréquentes au sein du département. Le conflit avait fait quelques remous dans les médias – "Un enseignant accusé de propager des théories complotistes", avec un portrait de Skorri collé sur une photo de l'université –, mais pas vraiment de vagues. Ses alliés au sein de la faculté de droit avaient pris sa défense, et ses étudiants l'aimaient bien. Finalement, on avait quand même décidé d'un commun accord qu'il valait mieux pour tout le monde qu'il se tourne vers une autre activité. Kíara rêvait depuis longtemps d'ouvrir un café et un magasin de fleurs, et Skorri n'avait rien contre changer de vie. Voilà comment ils avaient atterri ici.

Que racontait-il donc à ses étudiants en cours ?

– C'étaient des confrontations incessantes, j'avais vraiment à cœur d'être populaire, ironisa Skorri avant d'éclater de rire. Par exemple, je démontrais fréquemment à mes étudiants que la Constitution islandaise est un travail bâclé. Ce que beaucoup n'appréciaient pas, comme tu peux l'imaginer. J'avais aussi des théories marrantes que j'aimais partager. Le fait que le droit islandais était selon moi né avec Thorgeir Ljósvetningagodi, qui avait acté la christianisation de l'Islande, mais tout de même permis au peuple de vénérer les dieux païens en cachette. Apparemment, ce n'était pas très professionnel de ma part. Pour finir, j'ai souvent dénoncé la propagande politique – pour ne pas dire le lavage de cerveau – qui avait cours dans le département. J'avais l'impression d'être investi d'une mission, seul contre tous !

Il me racontait tout cela d'un ton léger, un sourire espiègle aux lèvres, comme si ça l'amusait. Je comprenais ce que ses élèves percevaient en lui. Les pontes du système ne devaient pas apprécier qu'un jeune enseignant cultive des idées aussi radicales dans l'esprit des étudiants. La directrice du département avait fini par le convoquer.

– Une femme vraiment géniale, Snæbjört Nordann. Je l'adorais. Il n'y a plus beaucoup de gens comme elle en Islande. Peut-être cinq ou six, ajouta-t-il après s'être resservi une tasse. Elle avait même été ma prof lorsque j'étais en première année, et elle se souvenait de moi, car lors du premier cours j'avais affirmé qu'il fallait rétablir la peine de mort dans notre pays ! J'étais à vrai dire très sérieux, mais c'est une autre histoire. Quoi qu'il en soit, Snæbjört m'a convoqué. Elle était assise derrière son bureau. Une grande dame avec un cerveau à cinq cents chevaux et deux jambes artificielles de chez Össur, plutôt fluette, les épaules voûtées mais robuste, la mâchoire inférieure légèrement protubérante, et le visage comme sculpté dans du fer sous ses cheveux bouclés et bruns qui tombaient le long de ses joues. Pas un cheveu gris, et une élocution d'actrice. “Personnellement, je pense que le département de droit a bien besoin d'un homme original comme vous, Skarphédinn Skorri, m'a-t-elle dit. D'un autre côté, vous devez comprendre que de telles idées n'ont pas leur place dans un cours de licence. La gymnastique cérébrale de ce type se pratique en un lieu et un temps donnés.” J'ai défendu mon approche, arguant que je ne faisais qu'encourager les étudiants à garder un esprit critique et créatif face au contenu de leur cursus. Elle m'a demandé si je considérais que nous lavions le cerveau des étudiants, ou pour la citer très exactement : “Pensez-vous que le département de droit répande des mensonges ?” Je lui ai dit que non, que mes collègues étaient intègres, mais que parfois la vérité elle-même était le plus gros des mensonges.

Souriant, Skorri me regarda et marqua une pause, comme pour me laisser le temps de digérer cette dernière phrase, avant de poursuivre :

– Parfois, il est plus simple de mentir aux gens en leur disant une vérité littérale. Quand je lui ai dit ça, elle a éclaté de rire en tapant du poing sur son bureau. “Décidément, les inepties coulent de vos lèvres comme du miel !” Elle s'est penchée en avant, le poing collé au bureau, la mâchoire inférieure saillante, le regard aussi affûté qu'un couteau. “Le droit, c'est de la littérature. Ça ne fait aucun doute pour quiconque a un peu de jugeote. Une bonne loi, c'est la littérature de Dieu !" Elle a hurlé si fort que j'ai senti un courant d'air m'effleurer le visage et que les poils de mes bras se sont hérissés. "Mais vous le voyez vous-même, a-t-elle ajouté avec douceur. Pour des étudiants de première année, on ne peut pas envelopper le savoir légal de théories littéraires d'avant-garde. Ça ne fonctionne plus. Il faut leur faire confiance, les laisser s'approprier le contenu et en tirer leurs conclusions. Votre rôle, Skarphédinn Skorri, m'a-t-elle dit en enlevant ses lunettes et en m'adressant un sourire maternel, ce n'est pas d'élever les étudiants, si vous me permettez d'être directe. En fin de compte, votre vérité est aussi flottante que ce que vous estimez qu'elle décrit." Une femme brillante, vraiment extraordinaire. À ce moment-là, j'avais très bien compris ce qui m'attendait. C'est pourquoi je ne me fixais plus aucune limite en cours. Et nous avons mis fin à mon contrat d'un commun accord.

Skorri retrouva le silence, serrant les lèvres tandis qu'il hochait la tête.

Un vendeur de légumes à Borgarnes. Un philosophe du droit déchu. Un radical avec un bon compte en banque.

Le cœur tourmenté.

Ainsi voyais-je les choses, c'était ma première théorie : Skarphédinn Skorri subissait ce que j'appellerais la souffrance des pays nordiques, à savoir la souffrance de celui qui ne souffre pas assez. Une souffrance philosophique qui n'a d'autre fondement que sa propre absence. Le désespoir de l'insouciance ! La culpabilité de ne pas être en danger de mort à longueur de journée. Lorsque rien ne va du fait que tout va. Voilà pourquoi il avait façonné ses propres obstacles, fait en sorte d'être expulsé d'une situation dans laquelle il n'avait jamais voulu être, et d'une certaine manière, c'était une preuve de force mentale.

La souffrance des pays nordiques : vouloir se tuer précisément parce qu'on n'a aucune raison de le faire.

Quels avaient été les rêves de jeunesse d'un tel homme ? Sans doute pas de devenir avocat, c'est pourquoi je l'interrogeai sur ses ambitions passées.

Réponse : Ambulancier.

Skorri comptait s'inscrire au centre de formation des secouristes après avoir eu son bac. Il voulait acquérir de l'expérience en Islande, puis voyager vers des régions en conflit au sein d'une structure telle que la Croix-Rouge et mettre à profit ses connaissances auprès de personnes en difficulté. Son objectif à long terme était de travailler comme ambulancier dans des camps de réfugiés et pourquoi pas accepter de nouvelles responsabilités plus tard, disons par exemple un poste de superviseur dans une de ces missions exaltantes que l'ONU mettait en place dans le tiers-monde.

J'écarquillai les yeux. Un tel idéalisme ne me semblait pas aller à un jeune juriste, et d'un coup j'entrevoyais les rêves de cet homme. Comme je l'ai dit plus tôt : les gens ne sont pas tels qu'on le croit.

Ah, l'idéalisme. Je me figurais un jeune homme zélé aux cheveux longs, dans un centre de premiers soins, ses mains tremblantes guidées par un désir de justice et un altruisme exacerbé. Je le voyais nettoyer au jet les ambulances et camions de pompiers devant le garage d'un hôpital, poussant des vieillards déments en fauteuil roulant à la sortie d'une maison de retraite, portant des footballeurs quadragénaires en short sur des terrains couverts d'herbe artificielle, glissant dans un tourbillon de flocons de neige des coussins gonflables sous des blessés en surpoids pour les aider à se relever d'une mauvaise chute, comptant avec impatience les secondes entre chaque nouvel appel au numéro de secours, acceptant toutes les gardes de crainte de manquer une intervention où des victimes mal en point n'attendaient qu'une chose pour rester en vie : que le brave et inlassable Skarphédinn Skorri Alfredsson grimpe l'escalier d'un immeuble en feu, le visage couvert de suie, ou fonce sur les trottoirs, sirènes hurlantes, pour dépasser un embouteillage. Puis je vis ce rêve s'effondrer en imaginant le jeune homme assis à la bibliothèque universitaire pendant cinq longues années à potasser la subrogation en droit des obligations, l'évolution du code de la route et les conclusions du comité islandais de réévaluation fiscale.

Le regard perdu dans le vague tandis qu'il sirotait son café, il semblait retenir un rire ironique en évoquant cette version de lui depuis longtemps enterrée.

Son désir de faire le bien n'était toutefois pas complètement mort. Ils n'avaient pas emménagé directement ici lorsque Skorri avait fait ses adieux au bâtiment de droit de l'Université d'Islande. Que fait un trentenaire lorsqu'il arrive à un carrefour de sa vie ? Il va puiser à la source de ses vieux idéaux. Skorri était tombé sur une annonce ayant pour titre "*VOUS ÊTES ALTRUISTE ?*" La Croix-Rouge recherchait des bénévoles pour rendre visite aux personnes isolées, à domicile ou en maison de retraite, et passer une heure avec elles une fois par semaine, leur apporter un peu de chaleur et de compagnie. Feuilletant le journal à 6 heures du matin après une nuit sans sommeil, Skorri n'avait pas vu dans ce titre un simple slogan cherchant à attirer son attention, mais une question intime et fondamentale qui lui était destinée personnellement, comme si une sorte de juge existentiel s'était extirpé de ces pages pour lui demander s'il avait accompli des bonnes actions. Le jour même, il avait contacté la Croix-Rouge et, après un entretien au siège de l'association, après avoir rempli des formulaires dans la salle d'attente à l'aide d'un stylo presque sec, après un cours préparatoire de deux heures, il avait été accepté. En offrant ses services aux autres, il pourrait reconquérir ce qu'il avait perdu dans son cœur, comme beaucoup avant lui. C'étaient les pensées qui occupaient son esprit – le fait que la plupart des bénévoles de la Croix-Rouge devaient être des gens comme lui qui, malgré leurs trois diplômes universitaires, ne savaient toujours pas qui ils étaient – tandis qu'il arpentait les rues de Sandgerdi au volant de sa Toyota Avensis argentée en ce jour de pluie, Google Maps allumé sur son téléphone, à la recherche de la maison de son premier bénéficiaire, un dénommé Vahid, réfugié politique iranien de son âge – selon les informations fournies par son responsable. Cet homme devait avoir tant d'histoires bouleversantes à raconter, et Skorri se disait qu'ils partageaient sans doute une vision semblable du monde ; peut-être forgeraient-ils une amitié, peut-être qu'ils iraient ensemble à la piscine, ou voir des films engagés au cinéma d'art et d'essai Bíó Paradís, avant d'en discuter en se baladant tranquillement dans le vieux centre de Reykjavík. Skorri lui transmettrait ses connaissances en droit ; quant à Vahid, fort de son expérience, il l'aiderait à mieux comprendre ses crises existentielles. Non seulement la belle mission dont il était investi, apporter chaleur et compagnie à une personne seule, prouverait sa valeur, mais un lien sincère et réel se serait tissé entre eux. L'idée ne cessait de tournoyer dans son esprit tandis qu'il ajustait sa veste devant chez Vahid, un sourire entraîné aux lèvres qu'il maintint presque cinquante secondes, soit la durée pendant laquelle il attendit sous la pluie qu'une femme d'une quarantaine d'années lui ouvre. Le regard médicamenteux, vêtue d'un tee-shirt de la banque Arion, elle ne répondit rien lorsque Skorri lui expliqua qu'il était venu "tenir compagnie à Vahid" et disparut à l'intérieur d'où elle ne revint que six minutes plus tard accompagnée d'un octogénaire au teint mat, mal rasé avec un bonnet sur la tête, qu'elle lui confia avant de refermer la porte sans prononcer un mot. Le vieil homme fila droit vers l'Avensis et prit place sur le siège passager sans répondre aux questions que tentait le bénévole pour établir un contact – avait-il soif, voulait-il aller quelque part en particulier, avait-il vécu longtemps en Islande. Il se contentait de regarder devant lui, et Skorri le soupçonna un instant d'être sourd, avant qu'il se mette à lui indiquer la route en marmonnant "droite" ou "gauche" en islandais, mais pas assez clairement pour déterminer s'il parlait vraiment la langue. Doutant qu'on lui ait confié le bon dossier, Skorri n'eut d'autre choix que d'obéir aux instructions et d'emmener l'homme à sa destination, qui se révéla être le concessionnaire Hekla. Vahid ou pas-Vahid se jeta presque hors du véhicule en marche et se précipita dans le magasin. Terrifié à l'idée de perdre son premier client qui avait si longtemps manqué de chaleur et de compagnie, Skorri dut abandonner sa voiture sur le trottoir et courir à sa recherche. Il le retrouva derrière le volant d'une Volkswagen Touareg flambant neuve et attendit ainsi deux heures pendant que le vieillard allait d'un véhicule à l'autre, avant de le ramener chez lui. Pour sa deuxième tâche, Skorri s'était rendu dans un immeuble de la rue Austurbrún où il avait sonné avec insistance jusqu'à apprendre des voisins du sixième étage que son bénéficiaire avait été écroué la semaine précédente. Après cela, il avait conclu que l'importante mission de bénévole n'était pas faite pour lui, et il avait réclamé qu'on le retire des registres de la Croix-Rouge.

La défaite.
C'était le sujet de notre conversation.
Les rêves qui ne se réalisent pas.
L'instant où un rêve meurt.
Les choses qui ne se déroulent pas comme prévu.
Nous avons ri du destin des hommes.

Je comprenais bien ce qu'il voulait dire. J'étais jeune, néanmoins mon passé se conjuguait au présent. Le souvenir est une drogue incomparable. Une course-poursuite avec un rêve, ou plutôt un fantôme, un jeu auquel on perd toujours, mais c'est aussi grâce à lui que je suis devenue écrivaine. C'était du moins ce que je croyais.

Dans mon esprit pendant qu'il parlait : La vie elle-même n'est qu'illusion. Nous sommes un reflet, une façade, une surface au-dessus de rien, c'est pourquoi nous pouvons devenir n'importe quoi. Nous sommes la nuit du monde ! Nos rêves sont les étoiles.

Je me dis que ce n'était pas une si mauvaise affaire. Vivre une vie simple à la campagne, jouer au football avec ses petits-cousins, cultiver des légumes, mettre en location son appartement de la capitale.

Si on a la chance de trouver la paix un jour, autant ne plus bouger.

À ce moment-là, l'histoire de Skorri était pour moi celle d'un homme qui avait eu le courage de tout recommencer à zéro. Un scénario assez classique. Les gens nourrissent des idéaux dans leur jeunesse, puis ils étudient et se mettent à travailler dans un domaine qu'ils n'auraient jamais imaginé, le temps passe, ils accumulent des regrets et de la rancœur, mais tous ne sont pas équipés pour agir. Lui s'était révolté contre son environnement, peut-être était-ce une manière de se défier lui-même ; ils avaient emménagé ici, entamé une nouvelle vie et, assise avec ma tasse de café à discuter avec lui, je ne pouvais m'empêcher d'éprouver une certaine admiration pour eux.

Naturellement, cette histoire était fausse, mes théories étaient toutes erronées. Il manquait un élément, le principal, le sujet qu'il évitait toujours, la raison pour laquelle j'étais là face à lui, ce que ses silences abritaient – sa sœur. Je ne soupçonnais pas qu'une telle ombre flottait sur son existence. Un homme qui avait atterri dans la mauvaise case, un homme aux désirs contradictoires, un passionné qui se heurtait sans cesse aux autres, un rêve de magasin de fleurs, oui, tout ça était juste et vrai, mais ces événements n'étaient pas partis de rien. Pourquoi s'était-il soudain mis – alors que tout allait bien dans sa vie – à provoquer volontairement ses collègues et étudiants et à tout faire pour être licencié ? Juste comme ça ? Bien sûr que non. D'où lui venait cette pulsion autodestructrice ? D'où venaient ces silences, ces secrets ? La réponse était sa sœur. Les tourments de son cœur étaient liés à elle. Elle était la raison pour laquelle il ne pouvait s'autoriser à aller bien. Il avait frôlé la dépression nerveuse à cause d'elle, il avait défié son environnement à cause d'elle, il se consumait à cause d'elle ; c'était à son sujet qu'il se taisait, et cela expliquait ce chaos. Habiter à Borgarnes n'avait rien à voir avec les rêves de Kíara, non, cela avait tout à voir avec lui.

Mais mes théories n'étaient pas les seules à être erronées. Le jeu lui-même était faussé, comme je le découvrirais plus tard. La surface n'était que mensonge, et j'étais sur le point de découvrir ce qui se dissimulait dessous.

Un soir, alors que je consultais mon compte bancaire sur Internet, une cigarette à la main, on frappa à la porte. J'ouvris, et Skorri s'avança en titubant, dans un état second. Son visage écarlate était déformé par la colère. Il allait et venait à pas rapides comme si je n'étais pas là, marmonnant, jurant, enfermé dans son monde jusqu'à trébucher sur un tapis et tomber les mains en avant. Sous le choc, j'avais presque peur en le voyant aussi déchaîné. Comme si j'avais laissé un tigre sauvage entrer chez moi. Il rampa sur le sol, frappa du poing contre le parquet, renifla, pleura.

« Oh, puissé-je changer en porcelaine
ces sanglots futiles, ces larmes vaines,
ou en poème au pouvoir d'attiser
l'étincelle d'une étoile passée.
Cette fureur dans ma poitrine – Dieu !

Oh, Dieu ! Laissez-moi vite la dompter
pour ne pas ensemencer de misère
un noir terreau déjà décomposé.
Ores la terre a avalé Tinna.
J'aurais voulu ne jamais l'arracher
au chalet pour plonger dans la nuit noire,
ce cauchemar que ma main et mon âme
ont forgé, nourries de sourde fureur.
Puissé-je ralentir le cœur du temps,
comme une chaussette le retourner.
Chaque instant mute à lointaine distance,
te cache sans cesse son vrai visage
jusqu'à nouer des liens à tes poignets.
Comme la lune traverse les brumes
et salue la terre après la tempête.
Il s'était révélé flic, le Danois
qui telle une mouchette la suivait
et, comme le sbire de Hallgerdur,
l'exhortait à me haïr toujours plus.
Je dois. Oh, Dieu ! Non ! Viles larmes fourbes.
Elles coulent sans cesse de l'œil fragile.
Quelle pitoyable image que l'homme !
Il pleure le plus fort quand il choisit
et comprend le rude impact de son acte.
Car la raison ne l'empêchera pas
d'embraser tout ce qui lui est si cher
si déjà son cœur brûle d'un feu vif.
Déjà le sommeil emporte la peine,
il s'étend sur l'oreille d'Alexandre
alors que tout près le danger se cache
et le sang bout comme une mer houleuse.
Oui, je le sens, le doux parfum des rêves."

Il se hissa sur le canapé, s'allongea, passa la main sur son front et se cacha les yeux.

Ses mains tremblaient. Vêtu d'une chemise vintage à carreaux rouges et d'un Levis 501, il était mal rasé et avait les cheveux emmêlés. Je ne savais pas comment réagir, car je ne comprenais évidemment rien à sa logorrhée. Allumant la lumière faiblarde de la cuisine, je sortis une bouteille entamée de Coca du réfrigérateur. "C'est qui, ce flic?" demandai-je en remplissant deux verres. "Viktor. Cet enfoiré de Viktor. Si c'est bien son prénom." "C'est qui, Viktor ou pas-Viktor?" "L'ex-petit ami de ma sœur."

Sa sœur qui habitait Berlin. Leur père avait appelé Skorri plus tôt ce soir-là pour lui annoncer que Hrafntinna Helena avait disparu. Longtemps en couple avec un Danois prénommé Viktor, elle avait mis fin à leur relation quelques semaines auparavant en apprenant qu'il avait une double identité. Militant au sein d'un groupe d'activistes de la ville, il avait organisé toutes sortes d'événements, des lectures publiques aux manifestations contre la politique migratoire, ou le traitement infligé par l'Union européenne à la Grèce après la crise financière, les opérations des banques internationales, etc. Il avait initié Hrafntinna à ces activités et tout fait pour qu'elle y prenne part. Pendant des années, cela avait marché. Mais peu à peu, l'infrastructure de son mensonge s'était fissurée. Skorri ignorait la manière précise dont le secret avait été dévoilé, mais Viktor s'était révélé être un policier qui fournissait des rapports réguliers aux autorités sur les groupes politiques marginaux. Ces hommes-là ont souvent des petites amies qui leur permettent d'asseoir leur crédibilité. Il avait fini par devoir admettre son forfait, et avait disparu depuis. À présent, Hrafntinna s'était elle aussi volatilisée.

Le dénommé Viktor était en outre la raison pour laquelle Skarphédinn Skorri et sa sœur ne s'étaient pas adressé la parole depuis des années. Leur relation avait volé en éclats lors du soixantième anniversaire de leur père.

Cela s'était passé à peu près comme ça : Hrafntinna et Viktor sont arrivés en Islande une grosse semaine avant et le jour de la fête, c'est la deuxième fois que Skorri rencontre son beau-frère. Viktor se montre plutôt discret en entrant, il salue avec politesse les gens que Hrafntinna lui présente. Le frère et la sœur n'échangent pas un mot. Skorri et lui se serrent la main près de la bibliothèque qui m'avait marquée à la soirée du nouvel an. Une dispute éclate. Viktor dit quelque chose et Skorri le jette par-dessus le buffet, lui saute dessus et le roue de coups de poing. Un cousin éleveur à la forte carrure s'interpose. Dans une fureur noire, Hrafntinna se précipite sur son frère, lui martèle le torse en hurlant : "C'est quoi ton problème ? Pourquoi faut toujours que tu te comportes comme un gros con ?" Sa chemise déchirée, il fixe droit devant lui comme un fantôme. Lorsqu'il baisse enfin les yeux sur sa sœur, son regard dit tout.

Abasourdie, elle le dévisage, ses lèvres s'entrouvrent, elle sait de quoi il est question. Quelques instants plus tard, on voit ses empreintes dans la neige s'éloigner de la maison et quitter la vie de Skorri.

Je visualise la scène comme si j'en avais été témoin : une fête de famille islandaise en plein hiver, la vérité au cœur de cette petite société bien sous tous rapports, le seul drame, l'unique péril flottant comme une menace au-dessus des quiches, des biscuits secs, du plat de rosbif et des bacs de crème glacée en train de fondre dans le salon. Des vieux au bord de la nuit éternelle quittent leur maison de retraite pour être entassés à l'arrière de voitures comme des pizzas dans un congélateur, des enfants sur leur trente et un courent partout avec de la crème pâtissière jusqu'aux oreilles, transportent avec leurs deux mains de grosses bouteilles de Sprite comme s'il s'agissait de bombes, remplissent des gobelets en plastique pour des enfants encore plus petits, et à présent j'entrevois le père de Skorri et Hrafntinna, un médecin sexagénaire aux cheveux poivre et sel devant son miroir à l'étage, un bourreau de travail islandais enfonçant sa chemise dans un jean bleu foncé parfaitement repassé avant de passer une main sur ses joues fraîchement rasées, beau visage, peau bronzée, traits qui inspirent la puissance, il pourrait faire de la pub pour un rasoir, mobilier en bois massif, sons étouffés, et le voilà qui enfile ses chaussons Birkenstock et descend l'escalier avec une dignité affectée, songeant *je suis un sexagénaire qui a réussi et je descends l'escalier de ma maison avec dignité*, les invités retirent leur manteau dans l'entrée, ça alors, bonjour à tous, soyez les bienvenus.

La caméra se dirige vers le salon où son fils Skorri se tient près de la bibliothèque, un imposant verre en cristal à la main, l'air soucieux comme un pâle et ténébreux prince, il voudrait être ailleurs, éprouve même un certain dégoût, il porte une large chemise noire, ses cheveux luisent comme du velours et il a les joues lisses. Kíara aide sa belle-mère Sigrídur dans une tâche quelconque. La sonnette retentit et Hrafntinna apparaît ; à côté d'elle, son petit ami danois souriant, vêtu d'une veste en jean doublée de fourrure. Skorri méprise ce type, qui lui fait penser à un chien de traîneau avec ses cheveux ébouriffés et son air brave, ce rebelle de pacotille en tee-shirt à l'effigie des Ramones, arborant sans doute des tatouages ironiques, venu ici pour faire bonne impression auprès de la belle-famille. Hrafntinna se jette au cou de son père, “mon papa chéri, mon papa adoré”, Viktor retire son écharpe après avoir soigneusement fermé la porte d'entrée, tend la main à son beau-père, *tillykke Alfred*, des cris d'enfants, des proches qui ne se connaissent pas parlent réparation de voitures.

La fête de famille islandaise : des inconnus essayant de sauver les meubles.

La neige scintille sur la terrasse dans les ténèbres, des médecins âgés qui à une époque jouaient au basket rient en évoquant de vieux souvenirs, une poétesse renommée s'esclaffe, humour noir.

Quelqu'un dit : "Cinq étoiles ? Ce film, c'est pire que l'Holocauste !"

Une autre voix : "... que les prières de Geir Haarde, *Geir fucking Haarde*, soient entendues reste un mystère équivalent aux plus grandes énigmes de la Bible – j'en ai passé des nuits blanches à ressasser la question ! Des gamins atteints du cancer des os, des attentats-suicides, des catastrophes naturelles... Dieu n'en a aaaaabsolument rien à foutre, non, attends, que je formule ça mieux : ce genre d'horreurs lui *rentre par une oreille et ressort par l'autre* ; et voilà que Geir Haarde* débarque et demande à Dieu de bénir l'Islande comme Bill Pullman dans *Independence Day* et... que le vieux barbu acquiesce. Ok ! Dieu a entendu Geir ! Plus de chômage, une croissance qui explose, des réserves infinies de maquereau, le pays blindé de touristes, les restrictions abrogées en moins de deux ans... Bon d'accord, les voies du Seigneur sont impénétrables et tout ça, je sais bien, mais quand même... *sérieusement* ? Geir Haarde ? *Geir Haarde ?*"

La poétesse se lève alors et fait tinter une cuillère sur son verre :

* Premier ministre islandais de 2005 à 2009, Geir Haarde prononce en octobre 2008 un discours annonçant l'imminente faillite des principales banques islandaises qui entraînera une grave crise économique et la chute du gouvernement quelques mois plus tard. Il conclut ce discours avec la formule "Dieu bénisse l'Islande". (*Toutes les notes sont du traducteur.*)

En rêve j'ai vu se consumer notre tank,
et nos cris d'orfraie ont assourdi les rochers.
Sous l'aile protectrice de la Deutsche Bank,
des montagnes d'euros j'ai d'un coup transféré.

Chutant comme un bonbon du haut d'un gratte-ciel,
la króna condamnée me fut très favorable !
Le bon Dieu, devant ce discours ministériel,
a offert sa miséricorde impénétrable !

On applaudit, on siffle, wouhou !, hourra !, une bonne ambiance qui fait taire la nervosité d'Alfred – cette crainte renfermée qu'un de ses invités s'ennuie – et la mue en joie mêlée d'excitation, il est heureux, exalté, la pensée libérée, tout le monde l'aime, son épouse lui apporte un verre et l'embrasse sur la joue, on parle du temps et des souvenirs, oh, le monde, le monde, où est passé le monde ?, où est-il passé ? The Kinks sur la chaîne stéréo, *thank you for the daaaays*, le mari d'une quelconque parente tient à accompagner le "Joyeux anniversaire" au piano et se débrouille étrangement bien, et ainsi se poursuit la soirée, les inconnus se connaissent soudain, on a retroussé les manches des chemises, carafe de whisky scintillante sur la table basse, un nouveau carton de vin rouge ouvert, les enfants regardent un film à la télé à l'étage, près de la bibliothèque une dispute que personne ne remarque éclate entre Skorri et Viktor.

À quel sujet ? Les mots fusent, la température monte d'un coup comme dans un four à micro-ondes. Tel un faucon, Skorri domine Viktor, enfonce un doigt dans son torse, mais le Danois ne montre aucun signe de peur. Skorri serre les poings tandis qu'un sourire se dessine sur les lèvres de son interlocuteur qui le saisit par le coude et l'écarte avant de lever la tête et d'appuyer à son tour un doigt contre son torse. C'est à cet instant qu'il prononce la phrase. D'une voix si basse, presque un murmure, que personne ne l'entend si ce n'est l'homme qui le toise. Les mots interdits ont été lancés ! Ici, en ce jour de décembre, près de cette bibliothèque dans un pavillon de la capitale islandaise, la terre se fend sous les pieds d'un juriste islandais. Skorri inspire si fort que c'est tout juste si les livres ne décollent pas de leurs étagères. Ses pupilles se contractent en une fraction de seconde, ses narines laissent échapper un filet d'air, les poils se soulèvent un par un sur ses doigts puis ses mains, tressaillant jusqu'en haut de ses bras. En un éclair, il a attrapé le col de Viktor avec une telle énergie que ses jointures virent au blanc. L'instant suivant, il jette le Danois à travers le buffet garni, le regard enflammé comme un million d'étoiles, et ils entrent en lévitation.

Délecte-toi de ta fureur, jeune homme !

À bout de forces, Skorri me dit ne pas pouvoir rentrer dans cet état. Je lui préparai le canapé du salon et lui prêtai deux grandes couvertures qu'il remonta jusqu'à son menton. Quelques instants plus tard, il avait rejoint le pays des rêves, l'expression grave.

Je fumai une cigarette en regardant des vidéos sur YouTube avant de me coucher.

Au moment de me brosser les dents, je l'observai depuis le cadre de la porte. Le visage tourné vers le dossier du canapé, il respirait profondément, sa poitrine montait et descendait comme une barque amarrée à un quai. C'était donc ça qui le tourmentait. L'histoire qui pesait comme une pierre dans son estomac. La raison pour laquelle il avait besoin d'un écrivain ; à présent qu'il venait d'apprendre la disparition de sa sœur, dont les amis berlinois n'avaient plus de nouvelles depuis plusieurs jours, son cœur avait enfin lâché.

Il marmonna dans son sommeil. Je me brossai les dents avec une application exceptionnelle. De quoi pouvait-il bien rêver, quelles pensées assaillent un trentenaire de Reykjavík que le monde a déçu, et quelle était cette phrase qu'on n'avait pas eu le droit de lui dire lors de l'anniversaire de son père quelques années auparavant ?

Nous sommes tous à la recherche de ce qui ne se trouve pas. Mais lui, que cherchait-il ? Était-il comme moi ? Pensait-il que le monde ne pouvait avancer qu'en empruntant les chemins de son passé ? Que seul ce qui était ancien était véritablement nouveau ? Espérait-il recevoir un jour le double de tout ce qu'il avait eu, comme Job, naguère ?

Le bois craqua sous mes pieds lorsque je retournai dans la salle de bains. Crachant le dentifrice dans le lavabo, je réfléchis à l'idée que le passé était un rêve – j'étais inspirée ! J'essayais de mettre des mots sur le lien entre rêves et souvenirs. Quelque chose comme ça : le passé se range comme un rêve dans notre cerveau. Le passé est une illusion vivante que nous tissons de divers souvenirs, comme un patchwork, oui, une sorte de mosaïque qui change d'un jour à l'autre. Tandis que je contemplais mon reflet dans le miroir, Skorri et Hrafntinna m'apparurent dans leur maison d'enfance, lors d'une rude soirée d'automne au tournant du siècle. À quatorze ans, Skorri est affalé sur le canapé du salon en train de regarder *Friends* avec une camarade de classe, une bouteille de Coca et un saladier de pop-corns sur la table basse devant eux, lorsqu'il entend sa sœur encore toute petite pleurer à l'étage.

Dire que cette tragédie a commencé par un simple rêve, une fillette se réveillant d'un cauchemar.

Le passé se range comme un rêve dans le cerveau.

– Oh non, pas encore ! s'exclama Skorri en jetant un rapide coup d'œil vers l'escalier – les sanglots provenaient de l'étage.

– Quoi ? fit Unnur, posant la main sur son bras.

Ils étaient dans la même classe. Skorri avait le béguin pour elle depuis des années. Après avoir parcouru la ville dans la pénombre – coupé à travers la cour d'école, longé la colline d'Öskjuhlíd en direction du centre de météorologie puis s'être enfoncée dans un tunnel souterrain qui donnait sur un *skate-park* déserté à deux pas du cimetière de Fossvogur –, elle était arrivée. Skorri lui avait ouvert la porte vêtu d'un pull blanc à côtes torsadées, ses longs cheveux ondulés maintenus derrière les oreilles. Son père lui avait dit devoir s'absenter pour le travail et qu'il ne serait de retour qu'après minuit. Il avait son téléphone si besoin, Skorri était chargé de veiller sur sa sœur en attendant.

C'était un mensonge. Son père était en vérité à son premier rendez-vous galant depuis que Ragnheidur, son épouse et la mère de ses enfants, avait succombé à un cancer quatre ans plus tôt.

– Ma sœur est réveillée.

Serrés l'un contre l'autre sur le canapé, ils s'étaient enveloppés d'un plaid. Peu attentif à la série télévisée, Skorri menait en fait une bataille intérieure – où trouver la force d'embrasser cette fille ? Alors que, tremblant de tout son corps, il s'apprêtait à tourner la tête, les sanglots avaient éclaté à l'étage supérieur. Il baissa le son du téléviseur qui baignait le salon de lueurs fantomatiques. Aucun doute, la fillette pleurait. "Merde."

– C'est pas grave, dit Unnur. Va la consoler.

Pourquoi as-tu choisi ce moment précis, Hrafntinna? Pourquoi fallait-il que cela arrive? Pourquoi maintenant?

Lâchant un soupir, Skorri marmonna qu'il n'en aurait que pour une minute. Unnur remonta le plaid jusqu'à son menton. Il se leva, jeta la télécommande sur le canapé et se dirigea vers l'escalier, lançant un dernier regard à son amie avant de monter.

Au moins, elle est ici. Ce n'est pas rien.

Il grimpa les marches quatre à quatre et sauta sur le palier en prenant appui sur la rampe.

– J'arrive, Hrafntinna, j'arrive! lança-t-il.

Depuis la porte, il vit sa petite sœur en pyjama assise au bord du lit, les yeux gonflés de larmes. Il alluma la lampe de chevet et s'installa à côté d'elle. "Salut, petit lion." "J'ai encore fait un mauvais rêve", hoqueta-t-elle. "Tu as fait un cauchemar?" "Oui." Elle enroula ses bras autour de son frère dans une étreinte tremblante. "Chut, mon joli lion. Tout va bien." D'un geste tendre, il éloigna une mèche de cheveux de son visage. Cela faisait partie des surnoms que lui donnaient leurs parents, il avait entendu son père consoler la fillette avec les mêmes mots quelques nuits auparavant, lorsque ses cauchemars avaient réveillé la maison pour la première fois. Depuis la mort de leur mère, c'était une enfant silencieuse et angoissée, et on aurait dit qu'un mal obscur la tourmentait dans son sommeil.

La petite fille était secouée de sanglots dans les bras de son frère tandis qu'il lui murmurait que ce n'était qu'un rêve, que tout allait bien, en gardant un œil fixé sur la porte. Ils restèrent ainsi quelques instants, le temps qu'elle se calme. "Tu penses pouvoir te rendormir?" murmura Skorri après un long moment, espérant retourner sous le plaid avec Unnur. "Non, dit la fillette. Je ne veux pas dormir. J'ai trop peur." "Mais Tinna, je regarde la télévision en bas avec mon amie. J'ai une invitée. Je ne peux pas l'abandonner." "T'en va pas. Je veux pas être toute seule." Elle se réfugia contre lui, enfonça sa tête contre son torse. Grinçant des dents, Skorri inspira profondément et contempla la faible lueur que la lampe projetait sur le mur.

Où était leur père ? Assis près de la fenêtre dans un restaurant du centre de Reykjavík, il fixait le regard lumineux de la femme face à lui, silencieux, et pensait "*Je ne peux pas être ici, qu'est-ce que je fais ici ?*", leurs doigts mollement entremêlés sur la nappe blanche, dans le halo doré d'une bougie noire, son pouce lui caressant la main. Elle s'appelait Sigrídur Róbertsdóttir. Comme une enfant, elle essayait de contenir son rire. Elle portait une robe rouge, un joli collier, et ses cheveux sombres descendaient en cascade sur sa poitrine. Avec autodérision, il venait de lui raconter le quiproquo malheureux qu'il avait vécu avec un caissier à Stockholm, et elle avait ri pour la première fois de la soirée. Il avait alors pensé : *Enfin, elle a ri ! À une époque, j'étais drôle, très drôle. N'est-ce pas ? Qu'est devenu mon humour ? A-t-il disparu avec Ragnheidur, ou bien avant ?*

Quelques minutes plus tôt, il s'était passé de l'eau sur le visage dans les toilettes éclairées à la bougie et avait observé le cheminement des gouttes ruisselant sur ses joues avant de tomber dans la vasque. Le teint naturellement hâlé, la barbe grisonnante, les traits burinés, les sourcils épais et les yeux bleu vif.

Et si je ne voulais plus aller de l'avant ? La question tournait en boucle dans sa tête face à son reflet. Elle était morte depuis quatre ans. Il était temps de poursuivre sa vie. Pour les enfants. Pour eux. C'est une bonne chose pour eux, si leur père va de l'avant, s'il refuse de se laisser aller et qu'il se rend à un rendez-vous galant. Si papa arrive à oublier, à recommencer à zéro.

Aller de l'avant. Aller de l'avant. *Aller de l'avant...* Qu'est-ce que ça signifie ?

C'est ce que tout le monde dit. *Tourne la page, Alfred. Il faut que tu ailles de l'avant.* Mais pourquoi ? Et si je n'ai pas envie de l'oublier ? Et si je n'ai envie de vivre que pour elle, même si elle n'est plus là ?

Je disais toujours : Mon amour est infini.

Qu'est-ce que cela signifiait, si ce n'est que j'étais prêt à souffrir pour l'éternité ?

Mais elle l'aurait voulu. Ragga aurait voulu que tu continues de vivre. Que tu t'épanouisses.

Vraiment ? Sérieusement ? N'est-ce pas le même raisonnement qui incite sans cesse à racheter un nouveau téléphone ? Une nouvelle voiture ? Un nouveau téléviseur ? Nous devons tous aller de l'avant, peu importe la destination. Aller de l'avant pour le simple fait d'aller de l'avant. Et lorsque l'amour t'échappe et s'effondre... il t'en faut juste un nouveau !

Dois-je vraiment poursuivre ma vie ?

Dois-je forcément fuir le chagrin, la tristesse ?

L'amour ne devrait pas obéir aux lois du consumérisme.

Il essaya de remettre un peu d'ordre à ses pensées.

Arrête un peu. Tu passes une excellente soirée. Une soirée précieuse.

– J'ai passé un moment délicieux, dit-il avec un sourire en caressant la main de Sigrídur.

– Et nous n'avons pas encore commandé le dessert ! répondit-elle, ouvrant le menu afin qu'ils puissent le lire à deux.

Dans sa tête : Je dirai aux enfants de jeter mes cendres dans le caniveau devant le garage.

Toutes ces années avec elle.

Sa respiration dans la nuit silencieuse.

Sa chaleur, le miel de ses mots.

Sa voix qui fredonne avec l'autoradio tandis qu'elle contemple le paysage derrière la vitre lorsque nous faisons le tour de l'Islande. La maternité, à l'hôpital. Le baiser sur une piste de danse poisseuse.

J'avais eu tout ce que je voulais. Tout ce que je demandais. Puis on me l'a prise.

Cendre. Poussière. Rêve.

Et maintenant je dois aller de l'avant. Trouver quelqu'un. Une femme qui ne me rende pas complètement fou. Qui veuille bien porter ma tristesse, mon deuil, et puis quoi ? Pour quoi faire ? Juste pour la compagnie ? Quelqu'un avec qui bavarder sur l'oreiller, se changer les idées pendant quelques décennies supplémentaires ? Pour les enfants. Je me lève bien avant eux. J'achète des chaussures de foot pour mon fils. J'emmène ma fille au centre commercial pour qu'elle rencontre cette chanteuse mignonne, là – Berglind Haukdal, non, Birgitta. Je prépare des pâtes au thon. Je vote lors des élections. J'organise des anniversaires d'enfants. J'émince des légumes. Je regarde le JT de 22 heures. Je bois du Pepsi Max. Je raconte des blagues lors des soirées organisées par le boulot. Je sors ma basse et je joue en écoutant de vieux disques. Je vais voir les pyramides d'Égypte. Je lis de la philosophie antique au lit. J'achète beaucoup de chemises et de chaussettes. Je pense à elle chaque jour. Je ris plus fort que je ne pleure. Je vais au cimetière. Je vais à un concert de Noël. Je fais des étincelles, parfois. Je me pose les grandes questions. Pourquoi ? La beauté de la Création. La vacuité de tout. La pizza du vendredi. Je regarde le bêtisier de Noël. Je me balade dans la forêt d'Öskjuhlíd. Le British Museum sous la pluie. Des photos de la petite Tinna avec les lions de Trafalgar Square. Je plie le linge. J'essaie de ne pas trop boire. J'essaie de dormir cinq, six heures. J'essaie d'écouter les autres. J'essaie de manger sain. J'essaie ceci, j'essaie cela. J'essaie toutes sortes de choses. Je passe ma vie à essayer. D'exister. Je me branle sous la douche. Je dis merci pour les cadeaux. Avec sincérité. Ils sont nombreux. Je remercie du fond du cœur. Je fais tout ce qu'il faut. Je fais tout. Sans cligner de l'œil. Sans douter.

Mais je ne vais pas de l'avant. Je ne peux pas. Je ne veux pas.

Les enfants comprendront, un jour. Notre bon vieux papa était là. Toujours là. Mais il ne pouvait pas.

Après avoir jeté un coup d'œil au menu des desserts, il contemplait à présent son reflet dans la fenêtre. Avançant doucement, la circulation éclairait les ténèbres.

– À quoi tu penses ? demanda Sigrídur, le regard scrutateur par-dessus la bougie.

Il se tourna de nouveau vers elle, garda le silence quelques secondes.

– Au gâteau au chocolat, dit-il en tapotant le menu de son index. Tu crois qu'il y a de la crème pâtissière à l'intérieur, ou seulement dessus ? N'est-ce pas un restaurant trop chic pour qu'il y ait deux couches de crème ?

"Je te présente ma sœur Hrafntinna." Skorri descendait l'escalier avec la couette de la petite fille enroulée sous le bras, tandis que celle-ci s'accrochait à sa taille. Unnur les observa. Lui était grand et mince, plutôt musclé, les membres longs et fermes comme un insecte. Elle était deux fois plus petite, les joues rouges et l'air timide dans son pyjama Donald Duck. "Ça ne te dérange pas qu'elle regarde la télé avec nous ? Elle n'a pas vu cet épisode." Il caressa les cheveux de sa sœur et regarda Unnur qui se redressa sur le canapé, un sourire aux lèvres. "Bien sûr que non ! Venez, on va s'installer confortablement. On peut peut-être refaire du pop-corn. Ça te dit, Hrafntinna ?" La fillette hocha la tête, lâcha son frère et grimpa sur le canapé. Rejoignant la cuisine, Skorri mit un deuxième sachet dans le four à micro-ondes. Lorsqu'il revint s'asseoir et qu'Unnur tâtonna à la recherche de sa main sous le plaid, il pria pour que le micro-ondes oublie de biper.

– Lorsque mon mariage s'est effondré, j'ai cessé de me connaître. Pour moi, c'était ça, la grande révélation. À notre séparation, je pensais *redevenir moi-même*, tu vois ce que je veux dire ? Me retrouver, car pendant si longtemps j'avais été une autre femme, enfermée dans un rôle qui n'était pas le mien. En fait, il ne restait plus rien de moi. J'étais debout, indépendante et libre, mais je n'étais qu'un champ de ruines, tout ce que j'avais été avait disparu, et je ne me reconnaissais plus.

Sigrídur marqua une pause pour faire tinter son verre de cognac contre celui d'Alfred. D'un geste délicat, elle enfonça sa petite fourchette dans le moelleux au chocolat.

– Je me croyais prête à faire face. Je lisais toutes sortes d'articles brillants sur le Net qui me promettaient plein de choses excitantes dans cette nouvelle vie de célibataire ; une porte se ferme et une autre s'ouvre, tu connais la chanson… Et puis j'ai commencé à…

Elle baissa les yeux sur ses paumes grandes ouvertes.

– À m'évaporer. À disparaître. Oh, pardon, je te fatigue ?

Alfred secoua la tête, l'air à la fois sévère et songeur.

– Non, pas du tout. Je t'écoute avec attention. Continue, je t'en prie.

La conversation avait pris un tournant. L'heure des bavardages sans conséquence était passée, Sigrídur tenait désormais les rênes, elle avait cessé d'énumérer de simples faits et ouvert son cœur.

Alfred comprenait sincèrement ce qu'elle disait, et il en éprouvait un immense soulagement. Il pensait souvent la même chose.

S'éparpiller comme un nuage de fumée vers le ciel chaque soir, mais se réveiller à nouveau chaque matin.

Travailler pour oublier, car que faire d'autre ?

Il évitait généralement les discussions sur son mariage et sa défunte épouse, il y avait tant de choses qu'il ne pouvait dire à voix haute. Tout au fond de son cœur, les secrets étaient comme enfermés dans une cage. Sous la surface apaisée, il agonisait dans une tornade de mots et de phrases que nul n'entendait.

Pourquoi craignait-il tant la vérité ? Pourquoi est-ce si difficile de dire à voix haute ce qui est pourtant vrai ? Parce qu'une vérité importante ne change pas seulement l'avenir, elle transforme aussi le passé. Voilà son véritable pouvoir, son irréfutable miracle. La vérité ne frappe pas seulement au sein du monde, elle en déchire la toile, en quelque sorte, et modifie notre façon même d'en faire l'expérience. Tout ce qui se passe *jusqu'à* ce qu'elle émerge est autant bouleversé que tout ce qui vient *après*. Et Alfred ne voulait pas toucher au passé, il trouvait consolation dans l'image erronée que se faisaient les autres de Ragga et de lui. Il inspira profondément. Ses yeux se remplirent soudain de larmes et sa voix se brisa.

– Je… Ma défunte femme… Ragga…

Il se tut, baissa la tête, inspira de nouveau, se fit violence. Puis, avec hésitation :

– Elle m'a trompé. Peu avant de tomber malade. Je n'ai jamais trop su comment gérer ça.

Il fixa la nappe et, ses lèvres se descellant, il poussa un léger soupir.

Ses mains tremblantes.

Sigrídur s'en empara. Il releva les yeux sur elle.

– Les bons jours, je me sens comme une moitié d'homme. Parfois, je me dis que je suis mort, que je l'étais déjà depuis longtemps quand ce cauchemar a commencé.

Unnur laçait ses baskets Fila dans l'entrée. Le froissement de son manteau, le sifflement du radiateur. Hrafntinna dormait à poings fermés sur le canapé, allongée sur le dos en position d'étoile de mer. Skorri se demanda s'il avait tout foiré. Que pensait son amie agenouillée par terre en fredonnant le générique de *Friends* ? Avait-elle compté les minutes tout au long de la soirée ?

Elle semblait s'amuser, riait devant la télé, mais elle ne lui avait pas repris la main sous le plaid. Aurait-il dû prendre l'initiative ?

– Au fait, tu ne m'as pas dit de quoi elle avait rêvé, dit Unnur en se relevant.

– Hrafntinna ? Elle fait régulièrement des cauchemars, mais elle ne s'en souvient jamais. Elle a juste peur en se réveillant.

– C'est vraiment triste.

Unnur enroula ses bras autour du cou de Skorri. Il hésita. Il avait la sensation de devoir dire quelque chose, mais pas un mot ne lui venait. Prudemment, il posa les mains sur ses hanches comme s'il touchait un vase Ming vieux de sept cents ans.

– P-p-papa dit parfois qu'elle n'a jamais eu de beau temps dans sa vie, souffla-t-il tandis qu'elle le scrutait. E-e-elle n'a jamais connu de jour heureux.

Unnur se mit sur la pointe des pieds, l'attira à elle et déposa un petit baiser sur ses lèvres.

– Je suis sûre que ça va bientôt changer, dit-elle.

Puis elle disparut dans la nuit.

Lorsque je me réveillai le lendemain, Skorri était parti, non sans avoir replié ses couvertures sur le canapé. Je me fis la remarque que, dans ce genre de circonstances, la frontière entre l'aide et l'ingérence est d'une finesse extrême.

Skorri, Hrafntinna et leur père passablement névrotique me hantaient. L'histoire de gens bien réels prenait simplement forme devant moi comme une assiette apparaît dans la main d'un serveur, elle se déroulait sous mes yeux telle une pièce de théâtre, sans que j'aie besoin de prendre position sur ce qui se passait ni sur les motivations des personnages. Je ne les connaissais pas vraiment, voire pas du tout, j'étais extérieure à l'action, mais en même temps suffisamment proche pour pouvoir relier les points et deviner ce qui se dissimulait entre eux. Précisément parce que Skorri m'avait ouvert l'accès. Il avait choisi de me montrer cette nouvelle facette de lui en s'effondrant dans mon salon après avoir appris la disparition de sa sœur. J'avais entendu le cri du lion. Le rêve d'enfance de la fillette m'était ensuite venu pendant que je me brossais les dents. L'histoire avait commencé.

Tu m'accuses d'inventer les éléments manquants? De m'offrir une certaine licence poétique avec le drame ordinaire de ces gens et de compléter à ma guise la mythologie qui les unit?

Tu ne sais pas trop ce qu'il faut croire?

Je t'entends me demander: Dans tout ce que tu me racontes, quelle est la part de fiction?

La même question pourrait être posée au sujet de ta vie. Replonge dans tes souvenirs. Que vois-tu ? Tout ça est-il vrai ? Absolument vrai ?

Le passé se range comme un rêve dans le cerveau.

Lorsque je revis Skorri, il avait reçu un message d'un ami de Hrafntinna à Berlin, qui aidait leur père à tenter de retrouver sa trace. Après avoir appris la trahison de Viktor, elle avait donné des nouvelles à son père de temps en temps, mais à présent, elle semblait s'être volatilisée, ne répondait plus ni au téléphone ni aux mails.

Bonjour Skarphédinn Skorri,

Je m'appelle Romain, je suis un ami de ta sœur Hrafntinna. Nous sommes sans nouvelles depuis plusieurs jours et nous nous inquiétons. Si ta famille et toi avez une idée de l'endroit où elle est passée, nous aimerions avoir la confirmation qu'elle va bien.

Merci d'avance,
Romain

La jeune fille avait disparu en Allemagne. La sœur à qui Skorri n'avait pas parlé depuis des années était perdue quelque part en Europe. Ce fourbe qu'il avait jeté en travers du buffet d'anniversaire de son père s'était révélé être un flic infiltré qui espionnait les collectifs politiques de Berlin pour les services de renseignement européens. L'homme que Hrafntinna aimait avait vécu une double vie et rédigé en secret des rapports au sujet de ses amis – des végétariens tatoués vêtus de noir, au crâne rasé et aux narines percées qui n'avaient rien d'autre à se reprocher que… qu'en sais-je ? Que font ces "marginaux" du Vieux Continent ?

Ils s'impliquent, se sacrifient pour des causes, des combats auxquels d'autres n'ont pas le courage de réfléchir ? Ils ne se laissent pas bercer par ces conneries, ces idées fausses, ces mensonges auxquels d'autres consacrent leur vie ?

Ou est-ce pure naïveté de ma part ?

Hrafntinna était en couple depuis des années avec un imposteur qui en plus était responsable de sa brouille avec son frère. Un choc immense. Que ressent-on lorsqu'on se réveille un beau jour face à une telle réalité ? Cette trahison l'avait-elle anéantie pour de bon ? Et comment son frère, qui avait méprisé Viktor depuis leur première rencontre, devait-il réagir ?

Assis sur son canapé, Skorri relisait le mail de Romain.

Continuer sa vie. Ne jamais regarder en arrière. Abandonner son travail. Essayer quelque chose de nouveau. Recommencer à zéro. Ouvrir un magasin de fleurs avec sa petite amie. Tout cela semble si facile. Ici, à Borgarnes, il s'était dit qu'il pourrait peut-être trouver la paix, respirer plus facilement. C'était un homme qui fuyait ses souvenirs de jeunesse. Mais le passé n'obéit pas aux mêmes lois que ce que nous croyons ou espérons. Nous partons du principe qu'il est derrière nous, que la vie ne fait que nous en éloigner. Ça nous semble logique. Que la vie soit une histoire simple – toujours linéaire.

Seulement, c'est tout le contraire.

Aujourd'hui, je rends régulièrement visite à Skorri à la prison de Litla-Hraun où il purge sa peine, et c'est à lui que je dois ces considérations sur le temps. Skorri affirme que, si le temps demeure un tel mystère pour nous, c'est parce que nous l'analysons par le biais de nos désirs d'un côté, et de nos souvenirs de l'autre. C'est de là que vient notre manière de séparer le passé et l'avenir. En vérité, désirs et souvenirs sont le même phénomène. Tu te souviens de ce que tu désires, tu désires ce dont tu te souviens. Non, la vie n'est pas une histoire simple qui se déroule toujours de manière linéaire.

En vérité, le passé attend devant nous.

La vie nous en rapproche sans cesse.

II

GLADYS BRYNJOLFSDAUGHTER, ÉTOILE D'HIVER

Le lendemain de sa crise de panique dans mon salon, Skorri était parti à l'aube au volant de sa jeep pour la capitale, où il avait rendez-vous avec son ami le Petit, au sixième étage du siège du procureur de la république sur le boulevard Sudurlandsbraut. Chaque été et en parallèle de ses études de droit, celui-ci avait travaillé pour le préfet de police de Reykjavík, Skorri avait donc immédiatement songé à s'adresser à lui. Entre son job passé auprès de la police et sa carrière au sein de l'Administration, il devait bien pouvoir lui livrer quelques conseils sur la meilleure façon de retrouver la trace d'une Islandaise perdue à l'étranger. Le Petit ne passerait pas par quatre chemins avec lui.

Il l'accueillit à 8h17, les cheveux soigneusement coiffés, vêtu d'une chemise blanche fraîchement repassée, d'une cravate marron, d'un pantalon de costume noir et de chaussures en cuir. Ils s'enlacèrent, puis le Petit alla chercher deux tasses dans un placard de la cuisine. Ils commencèrent par évoquer leur formidable voyage en France.

– Je regrette encore d'avoir manqué cette *after* à laquelle tu es allé le jour de notre départ, dit-il en tendant à Skorri un café brûlant. Tiens, il est noir comme la conscience.

– Chaud comme la justice, répondit celui-ci par habitude, avant de trinquer.

Il suivit le Petit jusqu'à un bureau au nom d'Adalbjörn Pétur Adalbjörnsson. Skorri contempla un instant l'écriteau, toujours aussi étonné que son ami porte en vérité un nom si sérieux, si éloigné de son surnom.

Une fois à l'intérieur, il lui annonça la disparition de Hrafntinna, expliqua qu'elle ne répondait à aucun message et que son père ne parvenait pas à la joindre. Le Petit l'écouta avec attention, hochant régulièrement la tête, les mains croisées sur son bureau avec les pouces tendus vers le ciel. Il resta bouche bée lorsque Skorri lui raconta que l'ex-petit ami de Tinna s'était révélé être un flic infiltré.

– Nooon, tu plaisantes ? Sérieusement ? Putain, c'est pas croyable ! s'exclama-t-il en se laissant tomber contre le dossier de son fauteuil. Vous n'avez pas beaucoup été en contact ces dernières années, Hrafntinna et toi, je me trompe ? J'ai essayé de te poser deux ou trois questions à son sujet quand on était en France, et j'ai eu l'impression que tu ne voulais pas répondre.

– Nous ne nous sommes pas parlé depuis longtemps, fit Skorri avant de s'éclaircir la gorge. C'est comme ça, mais maintenant elle a disparu… peut-être volontairement, à vrai dire je n'en doute même pas, elle ne veut probablement pas qu'on la joigne. Mais je dois aider mon père à retrouver sa trace. Il est sur les nerfs, le pauvre vieux. Elle va vraiment finir par réussir à le tuer. Tu dois connaître tout ça par cœur, après tout tu as bossé dans la police. Tu sais comment s'y prendre dans ces circonstances ? Tu pourrais m'aider à contacter les autorités ? Je ne me vois pas me pointer au commissariat les mains dans les poches pour dire que je ne retrouve pas ma sœur…

Le Petit resta un instant songeur, le regard dirigé vers la fenêtre. Il lui expliqua ensuite comment les forces de l'ordre de différents pays collaboraient, et oui, bien sûr, ça ne lui poserait aucun problème d'appeler les bonnes personnes à la préfecture de police, qui à leur tour contacteraient les autorités allemandes et leur enverraient les documents nécessaires par le biais d'un réseau d'information paneuropéen, etc., etc.

– Mais comme tu peux l'imaginer, c'est un système lent et inefficace, et trouver une Islandaise qui semble simplement vouloir couper les ponts avec sa famille et ses amis, si j'en crois ce que tu me dis, ne fera jamais partie de leurs priorités.

– C'est ce que prétend mon père, je n'en sais rien du tout, mais n'oublions pas ce mail que son pote m'a envoyé hier… glissa Skorri.

– Si en plus de ça, ce que tu viens de me dire est vrai, à savoir que son petit ami avec qui elle était en couple depuis des années était en fait flic… Crois-moi, ce genre de mission d'infiltration est ultraconfidentiel, et en général les autorités n'admettent même pas publiquement l'existence des services impliqués. On a déjà eu des types comme ça en Islande sans que la police locale en soit informée. Des flics étrangers – des espions avec des dreads et des piercings – qui grimpaient sur des grues et coupaient les grillages autour du chantier du barrage de Kárahnjúkar, ce genre de choses. Un truc de dingue. Si je me base sur mon expérience dans la police, elle se préoccupe surtout de se protéger elle-même. Tu risques de te heurter dès le début à un mur, ils vont essayer d'enterrer cette affaire vite fait bien fait. Si son ex était flic, la police n'a aucun intérêt à la retrouver. Bien au contraire. Mais ça ne me pose aucun problème de passer deux ou trois coups de fil et de lancer le dossier, si c'est ce que tu décides. Je t'annonce juste le résultat le plus probable.

Skorri resta muet durant les explications du procureur, qui baissa les yeux sur ses mains avant de se racler la gorge. De l'autre côté de la porte, on entendait ses collègues arriver un à un.

– Il faut que je parte à sa recherche tout seul.

– Tu sais quoi, Skorri ? fit le Petit, en regardant son ami d'un air grave. Je vais briser la règle que je m'impose, à savoir ne pas donner de conseils qu'on ne m'a pas réclamés et ne pas me mêler de la vie des autres. On va retrouver Hrafntinna. Ça arrive fréquemment que des gens ne donnent pas de nouvelles. Et ce n'est pas comme si c'était la première fois qu'elle vous causait du souci. En ce qui concerne son ex, tu peux l'oublier immédiatement, tu n'arriveras jamais à te venger de cet homme.

Se penchant sur le bureau, il baissa la voix.

– Tout le monde sait ce qui s'est passé, Skorri. On est en Islande. Tout le monde sait toujours tout. Je suis au courant que tu as tabassé ce type et qu'elle a cessé de te parler après ça. Je sais que tu sais que je le sais. Tu ne veux pas en parler, ce que je comprends parfaitement. Mais laisse-moi te dire une chose. Tu as une bien meilleure tête qu'à l'époque. Je l'ai tout de suite remarqué quand on est allés en France. Tu avais meilleure mine que la dernière fois où je t'avais vu. Je te dis ça en tant qu'ami qui ne veut que ton bien et voit les choses de manière un peu plus claire que toi, simplement parce que j'ai du recul. Laisse tomber cette affaire, retourne à Borgarnes, Hrafntinna finira par réapparaître. Elle est en plein chagrin d'amour, elle a sûrement le moral à zéro, mais elle a quoi… vingt-trois, vingt-quatre ans ? Elle a encore toute la vie devant elle. Le vieil Alfred supportera bien encore un peu d'angoisse, ça ira. Si elle ne refait pas surface rapidement, on passera ce coup de fil. Mais ne songe pas une seule seconde que tu as des comptes à régler avec son ex. Si ce type est flic…

Le Petit pinça les lèvres, secoua la tête et écarta les mains en position de défense.

– Garde tes distances. Crois-moi. Oublie-le. Garde. Tes. Distances.

Il s'étira et recroisa les doigts, l'air sévère. Jetant un regard circulaire, Skorri s'arrêta sur la bibliothèque derrière lui. Son ami était-il de bon conseil ? Bien entendu. Mais il ne savait rien du tiraillement auquel il était en proie.

– Et sinon, on aura bientôt droit à un autre podcast ? enchaîna le Petit en se levant et en se dirigeant vers la fenêtre. Tu travailles sur quelque chose de nouveau ?

– Pas pour le moment, non.

– Ça ne te titille pas ? C'était tellement génial. Tu es au top quand tu nous fais de grands discours.

– J'ai plein d'idées, fit Skorri, pensif, en croisant les bras, le pied tremblant sous sa chaise.

– Tout ira bien, mon pote, ne t'inquiète pas, dit le Petit avant de consulter sa montre. Tu as une voiture ? Je peux te demander un service ?

Il devait rendre visite à sa mère malade à l'hôpital. Attristé par la nouvelle, Skorri lui témoigna son affection.

Devant l'entrée des visiteurs, le Petit lui répéta que, si c'était son souhait, il n'hésiterait pas à faire le lien avec la police islandaise et à s'assurer que la communication soit rapide et efficace d'un service à l'autre. Ils échangèrent une accolade par-dessus l'accoudoir entre les deux sièges, puis Pétur sortit de la voiture et se dirigea d'un pas rapide vers les portes automatiques.

Bercé par la radio et le ronronnement du moteur, Skorri resta un instant assis à contempler les soignants vêtus de blanc qui allaient et venaient avec précipitation. Il n'était que rarement entré dans ce bâtiment depuis qu'il y avait travaillé, adolescent. À dix-sept ans, il avait postulé pour un job d'été afin de se familiariser avec le domaine auquel il voulait consacrer sa vie.

C'était une autre époque, un autre rêve, un autre monde, qu'il avait finalement abandonnés derrière ces portes vitrées.

Début du XXIe siècle

Le grand dadais qui livrait les médicaments égayait le quotidien de nombreux patients, même si certains supportaient mal de le voir ainsi exhiber sa jeunesse et sa santé insolente. Il ignorait tout de ce rôle sans nom qu'on lui attribuait. Les malades l'apercevaient lorsqu'ils se mettaient en route pour leur douloureuse randonnée dans les couloirs de l'hôpital afin de recouvrer leurs forces après une opération, lorsqu'il doublait sur sa trottinette visiteurs et déambulateurs comme dans un rallye et slalomait tel un skieur entre les fauteuils roulants, les médecins, les lits et les infirmières dans les longues allées, ou encore lorsqu'il rompait la monotonie de tel ou tel service, tirant derrière lui un imposant chariot croulant sous des cartons de toutes tailles et de toutes formes, pour réclamer une signature du soignant de garde avec la même expression qu'un basketteur saluant ses co-équipiers, avant de repartir à la vitesse de l'éclair avec son chargement vers la réserve, sifflotant la chanson diffusée dans ses écouteurs blancs. Le plus souvent, c'était le personnel et non les patients qui le réprimandait, même s'il arrivait fréquemment que des vieillards tout fripés en chemise d'hôpital montrent leur museau à la porte de leur chambre pour lui lancer un “chenapan” ou un “galopin” que Skorri n'entendait pas, grâce à la musique de son iPod bleu.

Son titre officiel n'était ni “chenapan” ni “galopin” mais gestionnaire de stocks, ni plus ni moins. Après l'entretien avec le postulant vêtu d'une veste en velours bleu marine décorée d'un badge à l'effigie de Lénine, Gísli Gudmundsson, responsable de la sécurité à l'hôpital, avait conclu que ce jeune homme était parfaitement taillé pour assister la bonne vieille Harpa Glódís à la pharmacie avant de prendre la relève lors des congés de cette dernière, et qu'il pourrait même probablement endosser le rôle de surveillant pour quelques gardes. Un poste à responsabilité, sans doute plus que le candidat ne l'imaginait, mais il avait expliqué que son rêve à terme était de devenir secouriste, qu'il voulait donc se familiariser au mieux avec les diverses missions de l'hôpital.

Si ce gamin prétentieux veut acquérir de l'expérience, avait songé Gísli, nous devons lui donner un job qui lui fera voir du pays. En tant que responsable des stocks pour la pharmacie, il devrait parcourir le bâtiment entier et visiter chaque service, en dehors de ceux qui sont fermés l'été.

On peut affirmer sans l'ombre d'un doute que Skorri était soulagé d'être en vacances. Lors du dernier trimestre, il avait fait la guerre à l'association des élèves pour avoir signé un contrat de subvention avec la banque Kaupthing, ce qui lui avait valu une certaine impopularité. Tout avait commencé lorsque des employés de la banque en question s'étaient soudain vu attribuer un stand au sein de l'école. Skorri et d'autres élèves ne s'étaient pas privés de faire part de leur mécontentement, mais la situation avait dérapé lors de la vente des tickets pour le bal du lycée. Les élèves clients de Kaupthing bénéficiaient d'un tarif à cinq cents couronnes tandis que les autres devaient en débourser cinq mille. On pouvait toutefois ouvrir un compte directement à la billetterie afin de profiter de la promotion. Skorri avait réagi en placardant partout dans l'école des affiches montrant un ticket et le slogan : "Une dignité à cinq cents couronnes ?" Si ce cri de guerre n'avait pas vraiment provoqué un soulèvement, l'affaire avait tout de même fini dans les journaux, qui avaient publié des entretiens avec Skorri, le représentant de l'association des élèves et le proviseur. “Je trouve complètement fou qu’on discrimine les lycéens en fonction de l’établissement bancaire dont ils sont clients. Beaucoup d’entre nous ne sont même pas majeurs”, déclarait Skorri. Grinçant des dents en sortant un billet de cinq mille couronnes pour acheter son ticket, il avait refusé d’ouvrir un compte chez Kaupthing. Une bataille perdue qui avait attisé la médisance et les commentaires sardoniques. Dieu merci, il avait quitté cet environnement.

Le personnel de la pharmacie de l’hôpital était tenu de porter une blouse blanche, contrairement aux surveillants qui arboraient tous le même uniforme bleu clair. Skorri était le plus jeune employé de l’institution à revêtir ce costume chargé d’histoire, symbole d’espoir et d’hygiène. Il était mince et fin comme un pied de lampe, et la blouse qu’on lui avait donnée, de taille Large, pendait sur lui comme une tente. Il faisait penser à un gros kangourou en suivant à grands pas Harpa Glódís qui lui enseignait tout ce qu’il ne devait pas oublier lorsqu’elle serait partie prendre le soleil aux îles Canaries. C’était une sexagénaire vigoureuse, volubile et travailleuse qui remplissait bien sa blouse. La peau mate et parcheminée après d’intenses bains de soleil, elle avait les cheveux gris en bataille, la tête toute ronde, et lorsqu’elle souriait, on devinait la petite fille en elle. D’une voix sonore, elle expliqua à Skorri qu’elle n’entendait rien de l’oreille gauche. Avec innocence, le garçon lui demanda ce qui avait causé sa surdité.

– Explosion de gaz.

Sans plus de détails.

– Viens voir, mon ange. Voilà notre réserve.

Elle enfonça une clé dans une serrure à côté de ce qui ressemblait à une porte de garage au sous-sol de l’hôpital, à deux pas de la pharmacie. C’était un dépôt de la taille d’une belle salle à manger où des piles de cartons de toutes sortes, disposés sur des palettes, s’élevaient jusqu'au plafond, arborant des logos et des noms qui semblaient à Skorri issus de la mythologie grecque. Rodaris. Altalon. Opanultor.

– Nous gardons toujours un œil sur notre stock, en plus de nos autres missions. Nous le veillons comme une mère veille son enfant endormi.

Depuis toujours, Harpa Glódís mettait de l'enthousiasme dans son travail, et elle fredonnait parfois une petite comptine le matin pendant qu'elle ouvrait la porte de la réserve :

Liquide stérile, lavements et tuyaux,
Lots et stocks avec soin je conserve.
Radio, porte, table et godillots
– j'aime bosser dans ma réserve !

Harpa Glódís Brynjólfsdóttir avait étudié la culture des roses en Californie au début des années 1970, c'était là qu'elle avait adopté le surnom de Gladys avant de passer les années suivantes à parcourir les États-Unis avec ses amis pour voir Grateful Dead, à bord d'un vieux bus scolaire peint aux couleurs du groupe et équipé de couchettes, d'un coin-cuisine, d'une quantité phénoménale de saucisses végétales et de matériel d'enregistrement. Elle tressait dans ses cheveux des bégonias écarlates et allait pieds nus, vêtue de robes hippies. Ces *deadheads*, comme on les appelait, gagnaient leur pain en vendant des burritos et des hot-dogs cuisinés dans le bus, ainsi qu'en réparant des vélos sur les lieux de concert entre deux trips au LSD au son d'un rock hippie libérateur, qu'ils enregistraient dans des zones dédiées, où ils se passaient le relais pour surveiller les micros. Ils se fournissaient en saucisses auprès d'une librairie adventiste du septième jour dans le Maryland, elles étaient conservées dans des boîtes de taille industrielle qui contenaient chacune quatre-vingts saucisses. C'était une vie d'aventure. Un jour, l'un des essieux du bus avait cédé sous le poids de leur marchandise, sur une nationale au milieu de nulle part. "Gladys Brynjolfsdaughter" était bien connue au sein de la petite communauté qui entourait le groupe, dont elle avait fréquemment rencontré les membres, elle possédait une lettre manuscrite de Bob Weir qui la surnommait *Gladys, the Winter Star*, et elle avait fait découvrir le poisson séché à Phil Lesh, bien que végétarienne depuis l'adolescence. "Il a du goût, ton poisson séché, Gladys, lui avait-il dit en le mâchonnant à l'arrière d'un minibus Volkswagen. Mais c'est sacrément dur, j'ai l'impression de manger une serviette de bain." Plus tard, elle s'était mise en couple avec un juif russe également *deadhead* qui avait fui l'URSS. Elle avait tenu avec lui un refuge pour animaux abandonnés pendant quelques années avant de revenir vivre en Islande, célibataire, pour s'occuper de sa mère à la fin des années 1990. Depuis, elle travaillait ici à l'hôpital, en plus de cultiver des roses et des bégonias dans la vallée de Mosfellsdalur. Jamais on n'aurait pu deviner les frasques de l'étoile d'hiver Gladys Brynjolfsdaughter en la voyant.

– Chaque service envoie sa commande à la pharmacie, mon petit coucou, puis les filles rassemblent tout et nous transmettent l'info. Regarde ça, A1, B2, C5. Ce sont les services. A1, cinq caisses de fluide. Vancomycine. Tubes à échantillons. Gants. B2, quatre cartons de fluide, ampicilline, métronidazole, céfazoline. Trois boîtes à seringues. Les jaunes, là-bas. Solution saline pour le rectum. Après ça, le côlon est comme un canon de fusil fraîchement poli. Quatre kits de lavement. Sur l'étagère du milieu, là, attrape quatre boîtes. On prend le chariot ici, et on aligne nos trésors dessus, un par un. Lorsque tout est prêt et que nous sommes équipés pour notre voyage, on passe d'abord à la pharmacie où les filles contrôlent et enregistrent la marchandise comme des douaniers est-allemands. Essaie de tirer le chariot, comme ça, voilà.

Skorri suivit Harpa Glódís dans le couloir du sous-sol de l'hôpital jusqu'à la pharmacie, où elle sonna. Un instant plus tard, une femme entre deux âges apparut à la porte, sortit un stylo de sa poche de poitrine et leur dit bonjour. "Je te salue bien bas, ma chère Dagga, répliqua Harpa Glódís avant de tendre le bras vers Skorri. Ce renardeau aux cheveux hirsutes m'accompagnera ces prochaines semaines avant de reprendre le flambeau sanitaire pendant que je me fais dorer la pilule cet été. Je te présente Skarphédinn Skorri." L'intéressé se força à sourire et lui adressa un signe de la main. La femme inspecta le contenu du chariot en prenant diligemment des notes sur son formulaire. "Très bien, merci beaucoup", conclut-elle avant de retourner à l'intérieur d'un pas précipité. "À présent que la bureaucratie nous a donné sa bénédiction, nous sommes fin prêts, petit renard, et il est temps pour nous de prendre la route tel le Sauveur afin d'offrir nos remèdes sponsorisés par Big Pharma."

Ainsi cheminait ce fascinant binôme dans les méandres de l'hôpital, en bas puis en haut, volant avec les ascenseurs d'un étage à l'autre, d'un service à l'autre, et Skorri se chargeait de transporter les cartons dans la réserve à médicaments de chacun d'entre eux, généralement située dans une minuscule pièce contiguë à la salle de pause du personnel.

– N'oublie pas de jeter le reçu à la secrétaire en passant, mon petit poisson, disait Harpa Glódís avec douceur à son apprenti.

Parfois, dans l'après-midi, la pharmacie recevait des commandes plus spécifiques, et Harpa Glódís l'envoyait seul livrer un petit sachet de médicaments. Il avait réussi à télécharger des albums de Grateful Dead sur son ordinateur et à les transférer sur son iPod. Tandis qu'il filait à toute allure sur sa trottinette, un sac en papier rempli de flacons divers enfoncé dans la poche de son pantalon, un rock psychédélique résonnait dans ses oreilles.

Il lui arrivait, lorsqu'il montait vers les étages supérieurs, de devoir soudain partager l'ascenseur avec un patient sur un lit d'hôpital. Il feignait alors de ne rien voir, regardait droit devant lui, impassible, remuant la tête au rythme de la musique. Ces instants-là lui semblaient durer une éternité. Il décelait comme une contradiction entre la vue intime de ces gens allongés sous un drap et la cabine de l'appareil baignée d'une vive lumière froide. Un drap chaud, un être humain sans défense, le néon blafard de l'ascenseur. Parfois, un orteil ou un doigt orné d'un anneau dépassait du tissu. C'était dans ces moments qu'il ressentait le plus d'empathie pour les malades, et il ne pouvait s'empêcher d'éprouver de la honte en les toisant ainsi de toute sa hauteur tel un ange ou un juge. Il n'était pas au bon endroit, cela ne le regardait pas, il était trop près de ce qu'il n'aurait normalement pas dû voir, témoin silencieux de la souffrance et de la solitude des autres ; lorsque la sonnette retentissait et que les portes de l'appareil s'ouvraient, ses lèvres muettes laissaient échapper le seul mot qui lui venait alors à l'esprit : pardon. Bien sûr, il n'avait aucune raison de s'excuser. Ce n'était qu'un gamin avec un job d'été, qui faisait ce qu'il avait à faire, un petit rouage dans le mécanisme du plus grand centre hospitalier du pays. Néanmoins cela le mettait mal à l'aise, et pour y échapper il baissait les yeux sur les roues du lit d'hôpital, dont il admirait la haute technicité. C'était le même objet que celui sur lequel il s'allongeait chaque soir, son téléphone Nokia à côté de lui, et en même temps il s'agissait d'un phénomène radicalement différent, avec toutes sortes de réglages et de possibilités.

Après le départ en vacances de Harpa Glódís, Gísli, le chef de la sécurité, demanda à Skorri de s'équiper d'un biper pour une mission supplémentaire. Lorsque l'appareil sonnait, il devait abandonner sa tâche en cours et, où qu'il se trouve dans l'hôpital, se précipiter à la pharmacie pour recevoir une caisse en plastique jaune scellée qu'il devait apporter directement au service d'oncologie. En général, on confiait ce travail à un surveillant, mais en raison des congés d'été, Skorri s'était vu temporairement attribuer cette responsabilité. La caisse en question ressemblait à celles recouvertes d'autocollants des Tortues Ninja où il conservait ses figurines petit. Elle était légère comme une plume entre ses mains, et il n'arrivait pas à imaginer ce qu'elle contenait. Des pilules ? Du liquide ? En tout cas quelque chose qui finirait dans le corps d'un malade du cancer. Une sorte de bombe atomique confiée à un adolescent qui devait l'apporter au plus vite à destination, sans jamais s'arrêter en chemin.

Contrairement aux autres services, il ne pouvait jamais entrer en oncologie. Les portes étaient verrouillées, il devait sonner et attendre qu'une infirmière ouvre, lui prenne la caisse jaune des mains et lui en tende une autre vide en échange. La même question l'assaillait alors qu'il jetait un coup d'œil à l'intérieur de cette boîte en redescendant vers la pharmacie : que contenait-elle ? Comment était-ce fabriqué, qu'est-ce que ça faisait ? Si Skorri était libre de ses mouvements au sein de l'hôpital, certaines zones, certaines pratiques, certaines dimensions lui restaient inaccessibles. Les malades qu'il apercevait dans leur chambre, qu'il toisait dans l'ascenseur ou voyait chanceler dans les couloirs étaient en convalescence. Il ne voyait rien de ce qui faisait le cœur de cette institution, n'assistait jamais aux interventions, à la prise de médicaments, ou à tout ce qui pouvait bien se passer derrière ces portes closes. Il n'avait pas la moindre idée de ce qu'un traitement impliquait réellement. Chaque service avait ses caractéristiques, son odeur, son atmosphère, ses bruits. Certains étaient si calmes que le seul son qui perturbait le silence était le clapotis du distributeur d'eau dans le couloir lorsque les visiteurs se désaltéraient. Ailleurs, l'ambiance était plus chaleureuse, on entendait le bourdonnement d'une machine à laver et des rires enregistrés en provenance des téléviseurs allumés dans les chambres. D'autres services appartenaient strictement à l'imagination, comme l'oncologie – ils étaient cachés du monde. En chirurgie, tout le personnel était habillé en vert, et il n'avait pas le droit d'y mettre un pied en raison des risques de contamination. Lorsqu'il jetait un coup d'œil par le hublot sur la porte, il avait la sensation que tout y brillait : le sol brillait, les yeux brillaient, l'acier brillait, les scalpels brillaient et les ciseaux brillaient sur leur plateau métallique brillant. Il songeait alors au bruit sourd et froid que fait un scalpel scintillant et ensanglanté lorsqu'on le pose sur une serviette blanche étalée sur un plateau gris. La chair, l'acier et le tissu. La chair, l'acier et le tissu sous la lumière blanc fluo et brûlante des néons.

La meilleure amie de Harpa Glódís était une Dominicaine trentenaire aux cheveux frisés nommée Elisa Rodriguez qui portait des anneaux dorés aux oreilles et avait les bras recouverts de tatouages. Elle travaillait à la blanchisserie de l'hôpital. Après le déjeuner, toutes les deux s'enroulaient dans une polaire, traversaient le parking avec une tasse fumante en direction d'un tunnel à l'abri des regards, où elles roulaient à tour de rôle de puissants joints. Pas plus que le reste de sa vie privée, Harpa Glódís ne cachait cette activité à son apprenti, tout en lui signifiant clairement qu'il était hors de question qu'il s'y essaie. “Ça n'affecte pas votre travail ?” demanda un jour Skorri avec naïveté en donnant des coups de pied dans des cailloux sous le soleil et un épais nuage de fumée. “Énormément, répondit Harpa Glódís. Ça transforme radicalement notre journée.” “Dans ce cas, je veux essayer.” “N'y pense même pas, mon petit coucou.” “Vous n'avez pas peur de vous faire choper ?” “Ça ne regarde personne”, commenta Elisa en soufflant une volute. “On ne devrait jamais avoir peur de faire ce qui nous donne satisfaction et sérénité, donc non, nous n'avons pas peur", renchérit Harpa Glódís. "Mais vous pourriez vous faire renvoyer." "Ah oui ? Et pourquoi donc ?" "Parce que c'est interdit." "Qui l'interdit ?" "L'hôpital, j'imagine. Le directeur, ou quelqu'un du genre", répondit l'apprenti. "Et tu trouves normal qu'il puisse contrôler ce que nous faisons durant notre pause ?" "C'est lui qui décide, en tout cas." "Doit-il décider de tout ? Tu penses qu'il devrait par exemple pouvoir te dicter combien de biscuits tu as le droit de manger à la cafétéria ?" "Ben non, on n'interdirait jamais à personne de manger des biscuits." "Pourquoi ?" "Parce que ça n'a pas de sens." "Et que ça, ce soit interdit, ça en a ?" "Oui." "Pourquoi ?" "parce que le cannabis est illégal." "Et pourquoi c'est illégal ?" "Sûrement parce que c'est nocif si on en consomme trop." "Et les biscuits ? Tu penses que c'est nocif en trop grande quantité ?" "Probablement." "Pourtant, on ne les interdit pas." "C'est vrai." "Regarde." Le joint incandescent entre ses lèvres, elle se tourna vers l'hôpital et pointa la bâtisse de la main. "À peu près tous les individus entassés entre ces murs reçoivent des médicaments pour aller mieux. Ils en reçoivent dans leurs veines, dans leur bouche et même dans leur cul. Une grande partie de la mission de ce lieu est de donner des médicaments aux gens en espérant que ça les aide à se sentir mieux. Presque tout le système de santé s'articule autour de cette idée. Même les employés le font. Ils ont des choses dans le sang, dans la bouche, dans le cul. Elisa et moi fumons une herbe naturelle dans le même but, pour nous sentir mieux lors d'une longue et dure journée de travail. C'est notre instant de paix. Qui cela regarde-t-il ? Qu'est-ce qui justifie de nous interdire cette activité ?" Plissant les yeux, Harpa Glódís scruta son apprenti. "Peut-être rien", répondit-il. "Dire que quelque chose est interdit ne suffit pas. Le poids de la preuve pèse sur celui qui a le pouvoir, pas sur celui qui le subit, et n'oublie jamais, mon petit bec, que toute personne douée de pensée se doit de remettre en question les règles arbitraires qu'on impose aux opprimés."

Ce simple raisonnement politico-philosophique, qui pénétrait ce jour-là pour la première fois l'esprit de Skorri à travers un épais nuage de marijuana à deux cents mètres de l'hôpital public, puisait évidemment ses racines dans les années californiennes de Harpa Glódís et dans ces divers courants de contre-culture et d'idéalisme que le vent chaud de la côte ouest américaine soufflait sur la cuisinière Gladys Brynjolfsdaughter tandis qu'elle faisait griller ses saucisses derrière la vitre du bus, qu'elle faisait l'amour parmi la foule ou dansait l'esprit libre et serein jusqu'au petit matin au son d'un rock psychédélique, sans parler de ces étranges créatures et de ces drôles d'oiseaux divins dont elle croisait le chemin et qui idolâtraient avant toute chose la créativité sans entrave, la pensée, l'expression et l'amour libres en plus de lui instiller joyeusement des doutes profonds sur les conventions et l'usage de la force contre les autres. Et le garçon comprenait où elle voulait en venir. Ce n'était pas l'un de ces petits instants qui ouvrent de grandes portes dans la vie intérieure de l'adolescent, déjà si réceptif à la nouveauté et qui s'imprègne chaque jour de connaissances fondatrices et transformatrices, non, ce n'était pas ça, mais le début de quelque chose, la porte s'était entrouverte et laissait passer la lumière d'un autre monde. Il n'avait jamais entendu un adulte parler ainsi. Remettre en question ce qui est légal et ce qui ne l'est pas ?

Lors d'une autre de ces pauses où les deux comparses fumaient pour trouver la paix, elles demandèrent à Skorri s'il avait une petite amie à serrer dans ses bras au terme d'une longue journée. Elles l'avaient observé de loin à la cafétéria alors qu'il bavardait avec une jeune et charmante secrétaire médicale à côté du réfrigérateur à jus de fruits ; il hochait frénétiquement la tête, souriait d'un air gêné et transpirait tant il mettait d'effort à essayer de faire bonne impression. Harpa Glódís avait par ailleurs remarqué que, malgré sa tendance à filer comme un fou dans les couloirs de l'hôpital sur sa trottinette, il se montrait toujours d'une extrême politesse et ne rechignait jamais à exécuter les tâches qu'on lui confiait.

"Non, non, j'ai juste, non, rien de tout ça" fut la réponse du responsable des stocks. "Tu ne dois pas être trop bon avec les filles, répliqua Elisa. C'est important qu'elles soient…" L'air pensif, elle regarda droit devant elle et gesticula prudemment en l'air à la recherche des bons mots. "… *inciertas, casi, casi nerviosas.*" "Oui, nerveuses, tu veux dire stressées, angoissées ?" "Non, non, non, pas e-stressées, répondit Elisa avec son accent espagnol prononcé qui rendait la langue islandaise presque enchanteresse aux oreilles de Skorri. Incertitude ! s'écria-t-elle. Tu dois être incertitude." "Donc, je dois être méchant avec elles, c'est ça ?" "Non, non, e-Skorri, jamais méchant, mais pas trop gentil, *no* ? Jamais trop gentil." Skorri regarda dans les yeux lumineux de son mentor. "Elisa a raison. On t'a déjà parlé des filles ? Tu es populaire auprès d'elles ?" "Non, pas vraiment. Enfin, jamais de cette manière. Et non, je… les filles du lycée ne me remarquent pas tellement." "Tu n'as jamais abordé le sujet avec tes parents ?" "Ben… non." "Il y a quelque chose que tu voudrais savoir ?" Skorri baissa les yeux sur ses chaussures et croisa sa jambe droite sur la gauche. "Oui… enfin, je veux bien… j'aimerais bien comprendre un peu mieux ce qu'il faut faire, tu vois, ce que les filles veulent en général." "Comment tu t'y prends pour parler à une fille mignonne ?" "Euh, je sais pas trop, j'essaie juste d'être sympa et de dire quelque chose de pas trop bête, mais souvent je panique parce que j'ai peur de lâcher une connerie." "Ne sois pas toujours d'accord, dit Elisa. Ne dis pas oui à tout." "Je devrais dire non ?" "Oui ! Sois pas d'accord !" Elle avança vers lui et donna un petit coup d'épaule contre son torse. "Sois vivant. Sois libre. Dis ce que tu penses. N'aie pas peur." "Les gens sont tous différents, et mon Dieu, encore heureux ! s'exclama Harpa Glódís. Nous sommes attirés par ce qui nous surprend, pas par ce qui est confortable, sans danger, toujours d'accord. Voilà ce qu'Elisa entend quand elle te dit de ne pas être trop gentil. Les filles ne cherchent pas des toutous, du moins la plupart d'entre elles. Celles qui valent la peine ne veulent pas d'un coussin, tu vois ce que je veux dire ?" "Si tu es trop prévisible, e-Skorri, elles perdent l'intérêt. Et pas de parfum. Parfum, *no*", insista Elisa en secouant le doigt. "Pas de parfum ? Mais dans ce cas, je vais avoir une odeur de vieille basket !" "Les phéromones, e-Skorri, *importante*." "On ne résiste pas à un homme qui sent vraiment comme il sent, chéri."

L'un des services que Harpa Glódís rendit à Skorri fut de lui présenter les secouristes qui travaillaient à l'hôpital. Le garage des ambulances se situait près de la réserve, et le jeune homme les observait souvent tandis qu'ils allaient et venaient, vêtus de leur uniforme bleu marine muni de réflecteurs. L'un d'eux, Bóas Leó, était un trentenaire aux longs cheveux blonds noués en catogan, la barbe teintée de reflets roux, qui portait des bracelets aux poignets. Dans son temps libre, il escaladait des montagnes et grimpait des falaises glaciaires escarpées. Harpa Glódís avait également mentionné qu'il faisait partie de l'unité d'élite de la police islandaise, cependant Skorri ne devait surtout pas lui poser de questions à ce sujet.

Il avait une présence sereine mais faisait tout vite. Il marchait vite, travaillait vite, pensait vite. Montrant à Skorri l'équipement de bord de son ambulance, il lui expliqua les rudiments de sa mission. "On ne s'ennuie jamais", lui dit-il, assis derrière le volant dans le garage, les pieds croisés sur les pédales et la bouche pleine en mangeant un sandwich aux crevettes. Skorri furetait parfois dans les parages à la recherche de sa nouvelle idole, mais Bóas Leó n'était que rarement présent. Les ambulanciers passaient leur journée sur la route.

Il en profitait alors pour observer l'espace désert, les tasses vides, les plannings couverts de barbouillages, les journaux ouverts et les outils suspendus aux murs. Il s'imaginait au volant d'une de ces ambulances, sortant du garage à l'aube, un gobelet en plastique à la main, échangeant une plaisanterie avec son partenaire, Bóas Leó, puis sautant du véhicule dans une tempête aveuglante, avançant sans crainte vers la scène, quelle qu'elle soit, et enfin retirant son uniforme trempé de sueur, le visage rouge à la fin de sa journée de travail. Ce sentiment d'être là pour les autres, de s'en occuper, de les soigner, de les remettre au plus vite entre les mains d'un médecin. De faire quelque chose qui compte.

Voilà ce qu'il désirait. Son père voulait bien sûr qu'il emprunte une voie plus avantageuse, offrant plus de débouchés. "Pourquoi tu n'essaies pas de faire médecine ?" avait proposé le vieux, mais non. Cela ne l'intéressait pas, et les matières scientifiques l'ennuyaient. "C'est bien d'avoir des idéaux, Skorri, très bien même, mais passer des décennies à se traîner dans une ambulance… crois-moi, lui avait-il dit récemment lors d'un dîner en attrapant la salière. Ce n'est pas ce que tu imagines, c'est un travail épuisant et mal payé. Pourquoi ne pas devenir médecin ? C'est très respecté, mieux rémunéré, plus stable." Skorri avait simplement marmonné "ouais, je sais pas", puis il avait gardé le silence, comme toujours lorsque des répliques et pensées contradictoires tournoyaient dans son esprit. *Parce que ça ne m'intéresse pas, papa. Parce que c'est comme ça. Parce que je ne veux justement pas penser à l'argent. Parce que je ne sais rien de rien. Parce que je m'en fous de devenir un type classe. Parce que je ne sais pas. Parce que je n'ai pas envie de me taper six ans de biologie. Parce que je changerai peut-être d'avis. Parce que les gens qui veulent faire médecine ont un balai dans le cul. Parce que tu as peut-être raison. Parce que je le regretterai peut-être. Parce que je ne veux pas devenir comme toi.* "Je ne veux pas diriger ta vie", avait poursuivi son père, la bouche pleine.

Bien sûr, mon vieux! Tu en as d'autres, des comme ça?

"Rappelle-toi simplement que tout change. La vie change. Ta manière de penser, aussi. Tes rêves. C'est le problème avec ces satanés rêves... ils finissent par disparaître. Ils s'évaporent. Comme des traces de pas mouillées." Posant sa fourchette, il avait alors fixé son fils d'un regard intense. "Je veux que ta sœur et toi rêviez, je veux que vous donniez toute votre énergie à ce en quoi vous croyez, mais je veux aussi que vous vous rendiez compte que les rêves sont traîtres. Ils vous appâtent et puis vous abandonnent. Ils ne vous aiment pas autant que vous les aimez. Absolument pas." À ces mots, Sigrídur, la belle-mère de Skorri, son sourire si désarmant aux lèvres, avait glissé: "Je suis sûre que tu ferais un excellent médecin, Skorri. Je suis sûre que tu excelleras dans tout ce que tu entreprendras." Incroyable, cette femme. Il avait beau essayer, impossible de la détester. La phrase continuait de résonner dans la tête du garçon tandis qu'il effleurait des doigts la table dans la salle de pause déserte des ambulanciers. Tes rêves ne t'aimeront jamais comme tu les aimes. Était-ce vrai?

Cet été-là, deux événements marqueraient la vie de Skarphédinn Skorri Alfredsson. À la fin de sa période de formation avec Harpa Glódís, il avait quitté le travail et était reparti chez lui en oubliant son livre – *La République* de Platon. Comme chaque jour, il avait dit au revoir à son mentor dans le hall de l'hôpital à 17 heures. Il ne s'était rendu compte de son oubli qu'à mi-chemin; il faisait beau, le soleil brillait dans un ciel sans nuage, et il avait voulu s'installer sur le balcon pour une bonne séance de bronzage, ses Ray-Ban sur le nez, en essayant de comprendre quelque chose à ce bouquin avant de dîner et de sortir jouer au foot avec ses copains à 21 heures. Il aimait bien lire dehors, non seulement pour profiter du soleil mais aussi parce que cela le dissuadait de se masturber en pensant à la fille de première qui écrivait pour le journal de l'école.

La caractéristique la plus importante d'un livre : il garde les deux mains occupées !

Il fit donc demi-tour, écouteurs dans les oreilles et mains dans les poches, et se faufila dans le couloir du personnel tandis que Jerry Garcia chantait les femmes aux yeux marron, la grenadine rouge et les bégonias écarlates. Enfonçant la clé dans la porte de la réserve d'un geste comme toujours assez brusque, il entendit du remue-ménage de l'autre côté, et lorsqu'il pénétra à l'intérieur, il trouva justement une femme aux yeux marron, l'expression embarrassée, à côté d'un lit d'hôpital sans matelas et réglé en position basse.

– Harpa ? Salut, excuse-moi, j'ai oublié mon livre.

– Salut, mon grand.

Skorri regarda le lit, puis de nouveau son mentor qui se tenait les mains dans le dos.

– Qu'est-ce que tu comptes faire avec ça ?

Harpa Glódís le fixa un instant avant de murmurer :

– Je vais le voler, Skorri. Ferme la porte.

Elle ne plaisantait pas. Elle avait véritablement l'intention de voler un lit à l'hôpital pour le vendre à un ancien député qui s'était cassé la nuque en ingurgitant une cuillerée de miel en plein milieu de la nuit – il avait suffoqué, porté la main à sa gorge, trébuché en arrière tandis qu'il essayait de reprendre sa respiration et glissé sur un biscuit pour chiens, avec les conséquences exposées ci-dessus. Sa maison dans le vieux centre de Kópavogur était si grande que l'on pouvait aisément déplacer un lit d'hôpital d'une pièce à l'autre. C'était l'une de ces merveilles de technologie que l'on pouvait transformer en fauteuil et qui permettait au patient de se lever. “Peut-être qu'il aura de nouveau accès à son réfrigérateur avec ce lit, dit Harpa Glódís. Ces hommes-là ne tiennent jamais longtemps sans miel." Le profit du recel devait servir à acheter deux billets aller-retour pour Elisa et sa fille, car elle n'avait pas pu rentrer au pays depuis quatre ans. Harpa Glódís s'était déjà livrée à ce genre de combine pour aider d'autres employés de l'hôpital à rendre visite à leur famille à l'étranger. "Je ne te mens pas, mon petit poisson. Je fais ça parce que je ne vois pas d'autre moyen de permettre à Elisa d'aller voir ses proches. Elle en a même qui sont souffrants. L'État islandais leur doit bien ça, lui qui exploite ces gens comme des esclaves. On les maintient loin de leurs enfants, de leurs parents pour qu'ils s'occupent de nos vieux et de nos malades, en échange d'un salaire que les Islandais n'accepteraient jamais – un salaire assez bas pour que ces gens ne puissent jamais rentrer chez eux. Tout ça pour qu'on n'ait pas à le faire nous-mêmes, et pour nous octroyer au passage une paye plus élevée. Comme il est beau, ce petit paradis du Nord qui ne cesse de se féliciter d'être le meilleur endroit au monde."

Skorri avait remarqué qu'un tas de lits étaient alignés dans le couloir du sous-sol comme des chariots de grande surface sans jamais être déplacés.

– Il existe bien un inventaire du matériel de l'hôpital quelque part, mais je sais que personne n'y fait attention, personne ne compte les lits ni ne s'inquiète de l'endroit où ils se trouvent, précisa Harpa Glódís. En tant qu'amie et collègue, je te demande de ne pas dire un mot de mon petit business ici. Je peux compter sur toi, Skorri ?

Attrapant son livre sur la table, le jeune homme le glissa dans la poche de sa veste.

– Tu ne ressens aucune culpabilité ? Ces lits sont destinés aux patients.

– S'il y a une chose que j'ai apprise, c'est qu'il y aura toujours des lits pour les patients islandais dans les hôpitaux islandais.

– On n'a pas la place d'accueillir tout le monde.

– Mais ce n'est pas de lits qu'on manque.

Ils gardèrent un instant le silence, tandis que le garçon continuait d'observer le larcin.

– J'ai toujours du mal à regarder les patients allongés sur ce genre de lit dans les ascenseurs.

– Pense à Elisa. Elle a été obligée de venir jusqu'en Islande il y a cinq ans pour louer ses services dix heures par jour contre un salaire de misère. Il fait un froid de canard, elle ne parle pas bien la langue, ne connaît personne, elle se tue à la tâche en lavant du linge pour l'hôpital national et envoie le peu qu'il lui reste d'argent à sa famille en République dominicaine. Le soir, elle cuisine dans une cafétéria pour arrondir ses fins de mois. Elle partage un appartement de cinquante mètres carrés à l'autre bout de la ville avec quatre femmes et sa fille qu'elle accompagne en bus à l'école chaque matin. Par on ne sait quel miracle, elle arrive dès qu'elle a une minute de temps libre à griffonner des poèmes déchirants et de toute beauté en espagnol. Comment tu te sentirais si tu étais forcé d'aller sur un autre continent laver des sous-vêtements et qu'on te rémunérerait le moins possible pour cette tâche ?

– Comment ça, elle a été obligée ? Personne ne l'a menacée avec un pistolet pour la faire venir ici.

– Non, en effet, tout simplement parce qu'on n'en avait pas besoin. La misère est un moyen de contrôle.

– Cela dit, on vit plutôt bien en Islande. C'est pas de chance de ne pas pouvoir… tu vois, vivre confortablement dans son pays.

– C'est un immense privilège de pouvoir rester ici. Mais Elisa n'est pas malchanceuse. Ce n'est pas de la malchance de ne pas pouvoir vivre chez soi.

– C'est quoi, dans ce cas ?

– Elisa est victime d'injustice. D'injustice chronique.

– En tout cas, je suis content de savoir qu'elle peut rester ici, que sa fille et elle sont en sécurité.

– N'oublie pas que la seule raison pour laquelle Elisa peut rester ici, c'est que l'État islandais a un profit à tirer de son humiliation. Si ce n'était pas le cas, on la renverrait *illico* dans son pays.

– J'ignorais qu'elle était aussi pauvre.

– C'est parce que sa pauvreté ne hurle pas.

– Elle va faire ça avec toi ?

– Non, je le lui ai interdit. Je ne veux pas qu'elle soit impliquée.

Skorri manipula la tranche du livre dans sa poche.

– Voler un lit d'hôpital à l'État islandais, ce n'est qu'une manière de reconquérir un semblant de justice pour Elisa, dit Harpa Glódís. Juste une brindille pour rétablir un peu d'équilibre.

Une chose en entraînant une autre, Harpa Glódís alla chercher Skorri au volant d'une petite camionnette, louée chez les locations Rakel, dans une zone commerciale à deux pas de chez lui plus tard dans la soirée. À minuit pile, le vigile de l'hôpital faisait sa ronde habituelle dans les services et, pendant quelques courtes minutes, personne ne surveillait les caméras. Le plan était d'une simplicité enfantine. Harpa Glódís attendrait simplement que le vigile quitte son poste, elle se précipiterait au sous-sol, s'emparerait du lit, s'échapperait par le garage des ambulances, puis rejoindrait la camionnette garée dans la rue. Skorri sortirait à ce moment-là pour l'aider, vêtu tout comme elle d'une blouse blanche. "Il y a très peu de sécurité à l'hôpital en raison des coupes budgétaires. Les surveillants se comptent sur les doigts d'une main et personne ne s'inquiète de savoir si on déplace des lits à droite ou à gauche." "Je veux te suivre à l'intérieur", dit Skorri. "Non, ce ne serait pas prudent d'y aller à deux. Je peux toujours trouver une excuse pour le cas improbable où on me poserait des questions. Il vaut mieux que tu attendes dans la camionnette."

La nuit était calme, pas un chat dans les rues. Les cheveux humides de Harpa Glódís tombaient en vagues devant ses yeux. Elle portait un tee-shirt élimé arborant le message *Bienvenue à la compétition d'athlétisme de l'Alliance des Femmes 1991*. Une cigarette Salem à la main qu'elle fumait par la vitre entrouverte, elle tapait un rythme sur le volant en chantonnant une strophe de sa création :

Crime, voiture, menthol dans la nuit,
je vole et ruse avec toute ma verve.
L'occasion de vendre un lit aujourd'hui
– avant de réintégrer ma réserve.

Tandis qu'ils s'approchaient du centre-ville, Skorri sentit sa nervosité s'accroître à la perspective du méfait et ses mains se mirent à trembler. Jusqu'ici, il n'avait jamais rien volé d'autre qu'une bouteille de sauce cocktail, et "oublié" un jour volontairement de payer un maillot de foot arborant son prénom. "Tu vas voir, on va s'amuser, mon petit panda." "Je suis un peu nerveux. Tu ne veux pas me raconter quelque chose ?" "Comme quoi ?" "N'importe quoi, juste histoire de me changer les idées." "Voyons voir, qu'est-ce que je pourrais te dire ? Je ne t'ai pas beaucoup parlé de Dima, mon ex-mari, n'est-ce pas ? Il avait un passe-temps singulier : il était obsédé par les objets ayant appartenu à des tueurs en série. Lorsqu'il était stressé ou angoissé, il ne se contentait pas, comme tout homme hétérosexuel incapable de gérer ses émotions, de s'acheter des lunettes de soleil ou de descendre une bouteille de whisky au bar le plus proche. Non, il allait sur Internet et faisait une offre sur une babiole qu'un assassin condamné avait possédée. Il y a toute une communauté qui s'adonne à ça, des quantités de sites d'enchères, et je trouvais ça plutôt chouette que le Net permette à des excentriques comme lui d'exprimer et de partager leur passion. Cela avait commencé de manière innocente. À l'époque où on s'est mis ensemble, il lui arrivait de faire des recherches sur les biens personnels des criminels, il collectionnait des coupures de journaux sur la vie privée des meurtriers et participait à des forums de discussion. Par la suite, nous avons rencontré des difficultés dans la gestion de notre refuge pour animaux, les factures s'accumulaient, nous n'avions plus les moyens de payer le loyer de notre terrain, Dima était de plus en plus tendu, puis la pression est devenue trop forte et il a plongé à fond dans cette étrange activité. Au début, c'étaient des petites choses. Il achetait l'ongle de l'orteil d'un criminel de guerre éthiopien, ou un certificat d'employée du mois vieux de quinze ans au nom d'une femme âgée qui avait commis une attaque au couteau dans une station de lavage auto. Mais voilà, il y avait pris goût et rapidement il a gagné en ambition, comme c'est souvent le cas lorsqu'on suit sa passion. Il était obnubilé par la volonté de trouver un bon deal. Il avait fait la deuxième meilleure offre sur une attelle de Ratko Mladic bien avant que le 'boucher des Balkans' fasse la une des journaux pour ses atrocités. Je ne me mêlais pas de tout ça, les gens sont libres d'avoir les hobbys de leur choix, mais un beau jour, au printemps 1995 si je me souviens bien, la limite a été franchie. On a sonné chez moi et, lorsque j'ai ouvert, un livreur mexicain a demandé ma signature avant d'aller fouiller dans le coffre de sa camionnette, d'où il a sorti une simple porte blanche recouverte de plastique. Je n'y comprenais rien, nous ne manquions pas de portes à cette époque, et elles étaient toutes en parfait état. Le livreur insistait, affirmant qu'elle m'appartenait désormais, et il refusait de partir sans m'avoir aidée à la déposer à l'intérieur. Le soir, j'ai découvert que, quelques jours plus tôt, Dima, en pleine crise d'angoisse, s'était connecté au Net et avait acheté à un 'prix défiant toute concurrence' la porte de la salle de bains de la maison d'enfance de Timothy McVeigh, qui à ce moment-là n'était encore qu'accusé de l'attentat d'Oklahoma City. Toutes nos économies y étaient passées. Comme tu l'auras compris, cette petite folie ne m'a pas exactement mise en joie ; depuis quelque temps, nous devions sérieusement nous serrer la ceinture et donner de la nourriture de bien moindre qualité aux animaux. Eh bien, figure-toi que cet investissement s'est révélé être notre plus belle affaire, car McVeigh a été condamné à mort, et le prix de la porte a explosé. En une nuit, c'était devenu l'objet de toutes les convoitises sur le marché et nous croulions sous les offres, sans parler du prestige pour Dima, qui avait atteint des sommets au sein de sa communauté. Ce genre d'expérience nous apprend à ne pas poser de question avant la fin des jeux."

Cette histoire aussi curieuse qu'inattendue eut l'effet escompté sur Skorri, qui retrouva le calme en réfléchissant au singulier retournement de situation dans les finances du couple.

La camionnette stationnée dans le haut de la rue Eiríksgata, Harpa Glódís coupa le moteur et, enfilant sa blouse blanche, dit : "Le moment est venu de commettre le crime parfait." Il était 23h45 lorsqu'elle ouvrit sa portière et sortit dans la nuit encore claire. "Surveille mon retour dans le rétroviseur. Dès que tu me verras avec le lit, tu ouvres l'arrière, on le monte en quatrième vitesse et on se barre d'ici." Skorri hocha la tête en silence et l'observa qui marchait d'un pas lent vers l'hôpital nimbé de lueurs crépusculaires. Envahi d'une soudaine vague d'anxiété, il se reprocha de participer à "une connerie pareille".

Qu'est-ce qui a bien pu me passer par la tête ? Cette femme est complètement folle.

Tapant du pied, il jetait des coups d'œil réguliers dans le rétroviseur où l'on ne voyait rien d'autre que des voitures garées le long de la rue et le macadam d'un noir profond. Il tourna doucement la clé dans le contact jusqu'à ce que la nostalgique radio Gullbylgjan se remette en marche, monta le son et regarda un instant la camionnette bleue au sourire communicatif sur l'étiquette qui ornait la boîte à gants. Dans une bulle, elle s'exclamait :

Pour que votre chargement reste nickel
choisissez une voiture de chez Rakel.

Les minutes s'écoulèrent. À 0h07, Skorri remarqua un mouvement dans le rétroviseur et aperçut Harpa Glódís qui remontait la rue Eiríksgata avec un beau lit médicalisé. Il avait augmenté le volume de l'autoradio lorsque la chanson “You win again” des Bee Gees avait commencé, et à présent le rythme s'intensifiait pour mener au refrain. Sur le point de sortir, il vit dans le reflet sa collègue pousser un cri muet et s'écrouler par terre en tenant sa cheville et en se tortillant comme un footballeur après un tacle. “Et merde !” s'exclama Skorri. Il bondit de la camionnette et se précipita vers son amie. “Le lit, rattrape le lit !” souffla-t-elle en pointant du doigt son larcin qui s'éloignait. Skorri se mit à courir après le lit qui, roulant toujours plus vite, prit son envol lorsqu'il heurta un dos-d'âne, avant d'atterrir en douceur comme un sauteur à ski grâce à ses amortisseurs.

Contemplant par la fenêtre de son salon la lune suspendue dans le ciel orangé, un homme âgé, torse nu, écarquilla les yeux en voyant filer devant sa maison un lit d'hôpital dernier cri, semblant fuir un jeune homme en jean aux cheveux ondoyants qui courait à toutes jambes. Skorri parvint à atteindre le déserteur quelques mètres avant le croisement avec le boulevard Snorrabraut. Essuyant la sueur qui perlait sur son front, il reprit son souffle avant de remonter la rue où le chant des Bee Gees sur cette victoire répétée résonnait et faisait battre les feuilles des arbres. Le lit était bien plus lourd que ce qu'il avait imaginé. Harpa Glódís était parvenue à grimper sur le trottoir, d'où elle observa son apprenti fonçant vers la camionnette et luttant comme un hercule pour hisser le matériel à l'intérieur. Il la rejoignit ensuite au pas de course et l'aida à s'installer derrière le volant.

– Cette saloperie de lit l'a fait exprès ! lâcha-t-elle en se massant la cheville, qu'elle s'était tordue en marchant sur une roue. En tout cas, c'était captivant de te voir soulever la bête tout seul, comme si tu te contentais de secouer une vieille couverture par la fenêtre.

– Tu vas réussir à conduire ? fit Skorri, en état de choc, le cœur cognant encore contre sa poitrine après son expédition.

– Oh que oui, répondit Harpa Glódís. C'est parti, direction Kópavogur !

En dépit de cet accident de parcours, le binôme se portait plutôt bien après un vol finalement couronné de succès, et le périple de nos deux responsables des stocks se poursuivit vers leur destination, la terre riche et fertile du vieux Kópavogur – lorsqu'ils se furent assurés que personne ne les suivait – où ils devaient remettre le butin à leur acheteur. La camionnette évoluait à une vitesse de cinquante-huit kilomètres par heure le long du boulevard Kringlumýrarbraut qui semblait presque irréel, et Skorri ne cessait de regarder dans le rétroviseur, persuadé que, d'une minute à l'autre, les sirènes bleues de la police éclaireraient l'habitacle. Malgré sa blessure, Harpa Glódís demeurait d'un calme olympien, répétant à voix basse : "Nous avons commis le crime parfait."

Par-dessus le ronronnement apaisant du moteur en troisième, les voix malicieuses de Ragnar Bjarnason et de Jón Sigurdsson chantaient "*Úti í Hamborg*" à la radio :

J'aurais aimé rester à Hambourg.
Je repense toujours à Hambourg.

Mais ne parle pas dans ton sommeil.
Car personne ne doit connaître nos péchés.

Assise à une table ronde ornée de mosaïques dans un palais de marbre au 8, avenue de la Paix, Pálína Pétursdóttir, grand maître international d'échecs, écoutait les informations à la radio d'un air concentré. Sa petite chienne Perla au cœur d'or, qui avait du mal à se déplacer en raison de son obésité, était installée sur une chaise pour enfants à roulettes. Les nouvelles catastrophiques se succédaient. Ne semblant pas avoir grand-chose à se mettre sous la dent cette nuit-là, le journaliste avait préparé une liste aléatoire de tragédies humaines et de défaites existentielles partout dans le monde : exécutions politiques, crashs aériens, désastres naturels ou tout simplement cauchemars récurrents qui peuplaient son quotidien. Dans la chambre, son mari Markús Einarsson, ancien député, allongé sur le dos avec une minerve autour du cou qui l'empêchait de bouger la tête, ronflait devant un documentaire consacré à la Seconde Guerre mondiale sur la chaîne Discovery. L'idée était que son nouveau lit soit la première chose qu'il voie en se réveillant le lendemain matin. Une belle surprise de la part de son épouse. Cet outil devrait lui faciliter la vie ; grâce à sa télécommande, il aurait la possibilité de se déplacer dans la maison lorsqu'elle serait absente. Cet automne, il pourrait ainsi admirer les étoiles depuis la terrasse.

Elle avait passé tant d'heures à y réfléchir et à se renseigner sur Internet qu'elle avait désormais envie d'en commander un deuxième. Récemment, elle avait même rêvé que, littéralement mariée à un lit de ce type, elle voyageait avec lui à travers le monde. Qu'une telle livraison ait lieu en pleine nuit au beau milieu de la semaine lui semblait assurément étrange, mais cela avait quelque chose d'excitant – savoir qu'un inconnu, peut-être même plusieurs, allait venir chez elle avec un objet volé qu'elle avait acheté anonymement sur un forum de discussion. Elle avait bien tenté d'obtenir un lit semblable par des moyens légaux, mais elle s'était retrouvée face à un mur – il fallait des semaines pour le faire venir de l'étranger et lui faire passer la douane.

Sur le forum, la réponse avait été rapide : "Je peux vous livrer ce que vous recherchez dès la semaine prochaine." Le message provenait d'un utilisateur qui se faisait appeler chatdechine_tournesol, et Pálína avait immédiatement repensé à cette phrase attribuée à Bobby Fischer qui, lors de sa visite en Islande en 1972, aurait affirmé que la seule chose qui manquait à ce pays, c'était le crime organisé.

Pálína imaginait que des durs à cuire apparaîtraient devant sa porte, plongés dans les ténèbres nocturnes, tatoués des orteils à la racine des cheveux, vêtus de simples débardeurs, musclés et guerriers, possiblement étrangers, et elle ne tenait plus en place.

Quelque part ailleurs dans son esprit, elle avait rêvé de faire entrer ces criminels vendeurs de lits illégaux, de leur ordonner de se déshabiller, de leur nouer les mains dans le dos avec les cravates de Markús et de se livrer à une orgie intense et bruyante devant son époux tandis que le lit tournait en mode automatique dans la chambre.

Depuis son siège, la petite Perla au cœur d'or se mit à aboyer de manière frénétique, et Pálína soupçonna que quelqu'un venait de pénétrer dans leur cour. Un instant plus tard, la sonnette – un doux pincement de harpe – retentit dans toute la maison. Elle descendit l'escalier à pas de loup, la chienne bringuebalant et hurlant dans son giron, elle inspira profondément et lissa ses vêtements du plat de la main. S'immobilisant une seconde devant la porte en bois sculpté, elle songea "Un roque ne te sauvera pas de cette situation, Pálína" avant d'ouvrir. Face à elle, un adolescent dégingandé, passant la main dans ses cheveux longs et sombres, lui demanda amicalement s'il se trouvait bien au 8, avenue de la Paix. Derrière lui, une femme costaude en blouse blanche gravissait en claudiquant l'allée où était garée une camionnette. "Ça va, votre chien ? s'enquit le garçon, les yeux baissés sur Perla au cœur d'or qui bavait, les yeux rougis par l'effort, au pied de sa maîtresse. Il ne serait pas en train de faire une crise cardiaque ?" Pálína observa le duo devant elle un instant sans penser à rien, puis elle revint à elle et regarda sa chienne. "Perla au cœur d'or est de la race la plus robuste qui soit. Vous avez le lit ?" "Il est dans la camionnette, comme neuf", souffla la femme infirme avec difficulté. "Je vais le chercher", dit Skorri en se précipitant vers le véhicule. "J'ai votre paiement dans un sac juste là, dans le garage. Huit cent mille, comme nous en étions convenues." "Merveilleux", répondit Harpa Glódís. Prenant appui avec sa main sur le mur de la maison, elle défit ses lacets et se massa la cheville. Pendant quelques instants, le silence nocturne fut seulement perturbé par le garçon qui fouinait dans le coffre de la camionnette. "C'est votre spécialité ?" demanda poliment Pálína, qui ne supportait pas le silence. "Voler un lit, c'est un peu comme faire l'amour, répondit Harpa Glódís. Quand on a essayé une fois, on n'a pas de mal à imaginer recommencer."

Quelques minutes plus tard, Skorri était en sueur, plié sous le lit, les bras tremblants au bas de l'escalier pendant que les deux femmes guidaient l'avant de l'objet le long des marches.

Peu avant 2 heures, la camionnette quittait Kópavogur et remontait le boulevard Kringlumýrarbraut, la radio Gullbylgjan à fond.

Après avoir rasé les murs les jours suivants, et connu quelques frayeurs lorsqu'on l'interpellait, Skorri ressentit une certaine fierté d'avoir commis sa première infraction à la loi. Harpa Glódís ne cessait de lui rappeler que le vol d'un lit n'en constituait pas une, que c'était juste une forme de contestation. Elle avait par ailleurs raison concernant les mesures de sécurité au sein de l'hôpital. Les couloirs demeuraient surchargés de lits inoccupés, impossible de voir si l'un d'eux manquait. Elisa et elle avaient les yeux brillants lorsqu'elles achetèrent ensemble des billets d'avion quelques jours plus tard, et Skorri se sentait comme un héros en arpentant les différents services de l'hôpital pour livrer ses médicaments. Sans lui, la mission aurait échoué, et les deux femmes ne se privaient pas de lui donner des tapes satisfaites dans le dos, de lui pincer les joues et de le remercier.

Lorsque Harpa Glódís partit en vacances à la mi-juillet, elle avait non seulement inculqué à son élève les rudiments du métier de responsable des stocks à l'hôpital, mais elle lui avait aussi offert un cadeau toujours précieux après tout ce temps : elle lui avait prouvé qu'avec ses actions, il pouvait avoir un effet réel et immédiat sur la marche du monde. S'il avait juré de garder le silence, il avait parfois envie de raconter ses prouesses à quelqu'un. Mais se regarder dans le miroir, y voir un acteur de son existence et plus seulement un spectateur, lui suffisait amplement. Il se mit à parler de courage à sa sœur chaque soir dans le salon, tandis qu'elle regardait un film ou lisait une bande dessinée. À la maison, il demandait moins souvent l'autorisation, ou la manière de faire ce qu'on lui avait réclamé, il prenait plus d'initiatives. Il sortait le soir sans dire où il se rendait. Cette soudaine confiance en lui frôlant l'insolence n'échappa pas à son père, dont Skorri défiait volontiers les opinions durant les repas, et Alfred avait noté la présence occasionnelle de livres dont il n'avait jamais entendu parler sur la table basse. Lorsqu'il en toucha un mot à Sigga au lit à la fin d'une journée, elle lui assura qu'il fallait s'en réjouir – Skorri était simplement en train de devenir un homme.

Le véritable affrontement eut lieu plus tard ce même été, le jour où Hrafntinna se glissa dans la chambre d'Alfred et de Sigrídur et se déguisa avec des vieux vêtements trouvés dans leur armoire. Elle enfila des pulls et des vestes de son père qui lui descendaient jusqu'aux chevilles, enroula des écharpes autour de son cou, mit les colliers de sa belle-mère, chanta et joua différents personnages face au miroir. Tout au fond de l'armoire, elle trouva un épais pull en laine rouge soigneusement plié et rangé dans un sac en plastique. Elle le trouva si beau qu'elle l'essaya immédiatement et contempla son reflet, se balançant et se hissant sur la pointe des pieds. C'est à ce moment que son père la surprit. La voyant avec ce pull au milieu d'un amoncellement de vêtements, il se mit en colère, lui ordonna de le retirer immédiatement et se mit à tout ranger en la sermonnant. Hrafntinna éclata en sanglots et courut s'enfermer dans sa chambre. Le vacarme alerta Skorri alors qu'il lisait sur son lit, des écouteurs dans les oreilles, sous un poster en noir et blanc de Jerry Garcia et Janis Joplin dans un bus. Il rejoignit la chambre de sa sœur et la trouva allongée, le visage enfoui dans son oreiller. "Papa a été méchant avec moi", hoqueta-t-elle, la voix nouée d'un sanglot. "C'est quoi le problème, papa ? Qu'est-ce qui se passe ?" demanda Skorri en se dirigeant vers la chambre de l'intéressé. "Regarde-moi ce bazar !" s'exclama Alfred, à quatre pattes en train d'essayer d'attraper un vêtement sous le lit. "Pourquoi elle n'aurait pas le droit de jouer ici ?" "Ce sont nos affaires, elles étaient rangées dans l'armoire. Ce ne sont pas des jouets." "Elle les aime bien, ça l'amuse." "Je ne veux pas le savoir." "Tu ne devrais pas la réprimander lorsqu'elle essaie d'exprimer sa créativité." Alfred se leva, frotta ses paumes l'une contre l'autre et regarda son fils droit dans les yeux. "Descends de tes grands chevaux, mon garçon, ce n'est pas pour sa créativité que je la réprimande." "Si, c'est exactement ça." "Vous avez toujours eu le droit de faire presque tout ce que vous voulez ici, et moi j'ai toujours ramassé derrière vous sans rien dire." "Ce ne sont que des vêtements. Des babioles sans importance." L'air triomphant, Skorri fixa son père qui écarquilla les yeux, médusé. "Que sais-tu de ce qui a de la valeur et de ce qui n'en a pas, espèce de petit prétentieux ingrat ?" Sur ces mots, il quitta la pièce en furie.

Skorri retourna voir Hrafntinna et lui assura qu'elle n'avait rien fait de mal. "Tu sais ce qui me ferait plaisir ?" poursuivit-il en s'asseyant au bord de son lit. "Quoi ?" demanda la fillette. "J'aimerais que tu me fasses un dessin." "Quel genre de dessin ?" "Tout ce que tu voudras." "D'accord." "Tu viendras me montrer quand tu auras fini." Se relevant, il repartit vers sa chambre, enfila ses écouteurs et prit le livre sur son lit. Il y resta assis jusqu'à ce que sa sœur revienne un bref moment plus tard avec le dessin d'un garçon et d'une fille. Sur l'appui de la fenêtre à côté de son lit, une photo encadrée le montrait au parc national de Thingvellir dans les bras de sa mère qui était vêtue d'un grand pull en laine rouge.

Peu après minuit le même soir, l'unité d'élite était appelée car un homme avait tiré avec un fusil de chasse depuis le balcon d'un immeuble à Hafnarfjördur. Un siège avait été mis en place, mais l'individu ne répondait pas aux sommations de la police. Des voisins en pyjama filmèrent la scène tandis que les forces de l'ordre lançaient une bombe lacrymogène par la fenêtre de la cuisine et que des tireurs embusqués s'installaient sur les toits les plus proches. "Ici la police, ceci est un ordre : lâchez votre arme", répétait une voix tonitruante, mais rien en provenance de l'appartement. À l'aube, on décida finalement de lancer l'assaut.

Lorsque Skorri se présenta au travail à 9h17, il n'avait pas la moindre idée de ce qui s'était passé. S'étant réveillé trop tard, il avait bondi de son lit et s'était précipité sur son vélo les paupières encore à peine ouvertes sans prendre la peine de se brosser les dents. Après s'être enregistré, il était descendu d'un pas lent au sous-sol en se frottant les yeux. Dans les couloirs, les employés discutaient ; infirmières, surveillants, médecins et agents d'entretien se tenaient devant l'entrée en scrutant la rue avec impatience, mais le responsable des stocks ignorait la situation tandis qu'il traînait dans la réserve, bâillait et composait en sifflotant une nouvelle playlist sur son iPod.

Puisque aucune tâche urgente ne l'attendait, il décida de monter à la cafétéria boire un café et peut-être prendre l'air une seconde. À nouveau, il parcourut le couloir en direction de l'ascenseur d'un pas tranquille, l'air absent, un morceau de rock dans les oreilles. Le réfectoire était presque désert. Attrapant une tasse blanche sur l'égouttoir, il adressa un sourire aux employés, se servit au thermos et sortit sur la terrasse. Le soleil brillait dans un ciel sans nuage au-dessus de la colline d'Öskjuhlíd, il entendait le murmure de la circulation et, tandis que les premières gouttes de café passaient ses lèvres, son esprit continuait d'errer comme dans un rêve d'un lieu à l'autre, d'une pensée à l'autre, d'un sentiment à l'autre et d'un visage à l'autre. Il songea à sa dispute avec son père tout en revoyant le dessin de sa sœur, mais il pensait aussi à l'odeur de l'herbe fraîchement tondue et au fait qu'il ne serait pas contre un petit match de foot au crépuscule, et pourquoi pas une pizza après. Soufflant sur sa tasse alors qu'un filet de vent soulevait ses cheveux, il eut une pensée pour le personnel de la cafétéria à qui il venait de sourire mais qu'il ne connaissait pas le moins du monde, pas plus que les autres employés étrangers de l'hôpital, à l'exception d'Elisa. Il y réfléchissait souvent, après ses conversations et cette aventure avec Harpa Glódís. Tout ce qu'il avait à faire, c'était retourner à l'intérieur et se présenter, "Bonjour, je m'appelle Skorri, et vous ?", ce n'était pas plus compliqué que ça. Même s'ils ne pouvaient communiquer ni en islandais ni en anglais, même si c'était peut-être un peu gênant, au moins il aurait essayé, et il voulait essayer, il voulait comprendre un peu mieux cette réalité, une réalité à laquelle il n'avait jamais songé avant que Harpa Glódís la lui enseigne, et ces pensées commençaient à lui donner le tournis. Partout autour de lui, il y avait des travailleurs provenant de cultures, de pays radicalement différents, des gens qui vivaient une tout autre vie, qui n'avaient peut-être pas envie d'être ici, loin de tout ce qui comptait pour eux, leurs enfants, leurs parents, leur foyer, qui gagnaient sans doute autant que lui, un lycéen de dix-sept ans, et qui devaient s'en contenter parce qu'ils n'avaient pas d'autre choix. Le pire dans tout ça, c'est qu'il n'y aurait jamais réfléchi sans Harpa Glódís, il aurait avalé sans broncher l'argument selon lequel ces gens étaient en Islande de leur plein gré – personne ne les forçait – et ils vivaient une existence probablement paisible, comme tout le monde, ils pouvaient offrir un iPod bleu à leurs enfants pour leur anniversaire comme son père l'avait fait ; il aurait continué de croire tout cela surtout parce que c'était la conclusion la plus confortable pour lui : se persuader qu'il ne bénéficiait pas de privilèges particuliers pour ne pas avoir à se demander s'il méritait plus que d'autres la sécurité, l'opulence et un avenir prometteur, et que son plus gros problème soit de décider s'il devait commander une pizza après un match de foot à la tombée de la nuit ou pas.

Il avait quand même perdu sa mère. Ce n'était pas comme si sa vie avait toujours été rose. Il ne devait pas l'oublier. Parfois, il se disait qu'elle n'était jamais tombée malade, jamais morte, n'avait jamais disparu, n'avait jamais été là en vérité, car à présent, tant de temps après son décès, on ne parlait plus d'elle à la maison, ou presque plus ; il devait alors regarder la photo posée sur l'appui de sa fenêtre pour se rappeler qu'elle n'avait pas été qu'un rêve. Skorri ne prenait lui-même jamais l'initiative d'évoquer sa mère parce que… parce que… en fait, il ignorait pourquoi. Il ne se souvenait même plus s'il avait pleuré à l'enterrement. Son père était secoué de sanglots, il parvenait à peine à réfréner ses hoquets lors de l'éloge du pasteur, il était tombé à genoux à la sortie de l'église et avait passé le reste de la journée avec deux taches sur son pantalon et les paumes constellées de gravillons. Skorri se souvenait de sa sœur balançant ses jambes sur le banc de l'église, puis jouant au loup et riant aux éclats lors de la réception qui avait suivi, peu après avoir pleuré à chaudes larmes devant les visages attristés lorsque le cercueil avait été emporté dans les ténèbres de décembre. Il se rappelait ce que portaient la plupart des invités, se rappelait leur manière de lever les yeux au plafond de l'église. Mais impossible de se remémorer ce qu'il ressentait. Quel rapport avec les travailleurs étrangers de l'hôpital ? Pourquoi pensait-il à cela maintenant, encore ensommeillé, avec son café sur la terrasse ?

Admirant la vue sur la ville, il entendit des sirènes au loin qui semblaient se rapprocher. Il y en avait plus d'une, peut-être même plus de deux, elles chantaient en canon quelque part à l'est. Il tourna les talons, quitta la terrasse et reprit la direction de l'ascenseur où il contempla un instant son reflet dans le miroir. Lorsque la porte se rouvrit au sous-sol, il laissa échapper un nouveau bâillement. Des employés se tenaient contre les murs. Il s'approchait du garage, sans se préoccuper des cris qui résonnaient au bout du couloir, l'esprit encore vagabond.

Tournant à un angle, il manqua de heurter un brancard que deux ambulanciers poussaient à toute allure. Dans un sursaut, Skorri se colla au mur. Un sexagénaire mal rasé au teint grisâtre était étendu sur la civière, la bouche ouverte et inconscient, une couverture étalée sur lui ; l'espace d'une seconde, Skorri crut distinguer une tache de sang sur sa polaire fermée. Le souffle coupé, il resta immobile jusqu'à ce que les trois hommes aient disparu de son champ de vision. Peu à peu, les couloirs reprirent vie comme si de rien n'était. Sans en prendre la décision consciente, Skorri se dirigea à pas prudents vers le garage des ambulances, dont la porte coulissante était grande ouverte. Juste devant étaient garées deux jeeps de l'unité d'élite dont les gyrophares clignotaient, et quelques agents armés jusqu'aux dents bavardaient. À l'intérieur, Bóas Leó était assis à l'arrière d'une ambulance, ruisselant de sueur dans son uniforme des forces spéciales, les joues humides de larmes, un casque sur les cuisses et une cagoule remontée sur le front. Levant la tête à l'arrivée de Skorri, il s'essuya les yeux. "Salut, mec." "Je peux entrer?" "Oui, pas de problème. Le calme est revenu. C'est terminé." "Que s'est-il passé, au juste?" "J'ai tué un homme." Bóas Leó avait prononcé cette phrase presque en riant, comme s'il n'y croyait pas. "Comment ça? Pourquoi?" Le jeune homme posa son casque et glissa les mains sous ses cuisses. "On nous l'a ordonné." "Qu'est-ce qu'il a fait, ce type?" "Rien, tout bien réfléchi."

Ils gardèrent le silence un moment. "En gros, c'était juste un mec bourré… je ne sais pas. Enfin si, il était extrêmement dangereux. Il tirait en l'air. Mais en même temps, c'est ça, juste un type bourré, un putain de type bourré." Les yeux rougis, Bóas Leó fixait droit devant lui, comme perdu dans un autre monde. "J'étais sur mon canapé, je regardais *Minority Report* avec ma petite amie quand on m'a appelé. On a fait venir l'unité d'élite parce qu'il était armé. Ça se passe toujours comme ça. On est arrivés vers 2 heures. Le chaos total. Des conditions difficiles. Les voisins sur leur balcon, un lotissement tout autour. Ils essaient de communiquer avec lui, d'établir un contact. Le mec ne répond pas. On sort son profil. Il a enchaîné les séjours en service psychiatrique ces dernières années. Il a emménagé il y a six mois. Un logement social. Ses enfants sont âgés, déjà adultes. Les voisins se plaignent régulièrement du bruit, de la musique à fond. Beaucoup d'alcool, de médicaments, solitude, dépression. On lui lance plusieurs bombes lacrymogènes, on essaie de l'enfumer pour le déloger. Il se met alors à tirer par la fenêtre. La situation change du tout au tout. Ils décident de donner l'assaut. Nous sommes douze, équipés de boucliers et de casques. On se rassemble dans le hall d'entrée. On monte jusqu'à l'appartement. Fermé à clé. On crie. On lui dit de se rendre. Police, nous sommes armés. Il ne répond pas. Silence. Comme s'il n'y avait personne à l'intérieur. Le serrurier fait sauter le verrou. On tient nos boucliers devant nous. On continue d'appeler. On emploie même son prénom. *Ólafur, lâche ton arme! Ólafur, rends-toi les mains en l'air! Ólafur!* Toujours pas de réponse. On croise les doigts. Je suis en première ligne, à côté du capitaine. On pose une grenade assourdissante par terre. Bang. Le capitaine défonce la porte en hurlant et reçoit immédiatement un tir dans son casque. Il est projeté en arrière dans l'escalier, comme si un camion venait de le percuter. Une pluie de chevrotines s'abat sur nous. Ça résonne contre les boucliers. J'essaie de mener les troupes en avant pour réussir à entrer. Les tirs qui heurtent mon bouclier me donnent l'impression qu'on me claque une porte au visage de manière répétée. C'est le chaos complet à l'intérieur. La fumée. On ne voit rien. On riposte, mais on est aveugles. Je regarde autour de moi et j'aperçois le canon posé sur le dossier d'un canapé. Un mouvement. Il brandit son arme. Je vise sa poitrine et tire depuis le seuil. J'appuie trois fois sur la gâchette. Un, deux, trois. D'autres tirent à leur tour. Un fracas. Le fusil tombe par terre. Silence. Je me précipite. Il est derrière le canapé, le bras en travers du torse. On essaie immédiatement de le ranimer. Sans succès. Alors on le transporte jusqu'à la voiture et on vient ici en quatrième vitesse."

Bouche bée, Skorri écouta le récit jusqu'au bout. Bóas Leó se leva et gratta sa nuque trempée de sueur. "Je voulais juste regarder *Minority Report*, mec", marmonna-t-il. Attaché à sa ceinture, le biper de Skorri sonna. Il ne sut pas quoi dire et revit l'image de l'homme allongé sur le brancard qui venait de passer sous ses yeux. "Je dois y aller, mon pote", conclut Bóas Leó, posant l'index sur sa bouche et regardant d'un air grave le livreur de médicaments qui hocha la tête, abasourdi ; puis il prit son casque et sortit dans la lumière du soleil. Skorri l'interpella, la voix soudain un peu cassée : "Je suis... je suis tellement désolé que tu aies dû vivre ça, désolé de ce qui est arrivé." Quelques instants plus tard, les jeeps étaient reparties. Le biper sonnant toujours, Skorri se précipita à la pharmacie. Sur le seuil, on lui confia une boîte jaune qu'il contempla une fois la porte refermée. Elle était glaciale au toucher. Dans ce récipient, la mort était scellée, domptée, bridée par les hommes, afin de pouvoir lutter contre elle-même à l'intérieur de leur corps.

Qu'était cette institution, si ce n'était le royaume blanc et pur de la mort ? Le blanc recouvrant le noir. Ici, on combattait la mort sur son terrain, avec ses armes, avec ses méthodes. La mort injectée dans des gens mourants. La mort tranchée avec un scalpel luisant. La mort étouffée par une pilule de poison. Tous les microbes tués sur les doigts avec une giclée de désinfectant. Les lits d'hôpital faisaient une danse macabre dans les couloirs. À l'intérieur des services, des patients gisaient dans le coma. D'autres se réveillaient terrifiés par la mort et esseulés. Agonisaient. Dans un silence de mort. Ici, on essayait de redonner vie au mourant, là de vaincre le vivant. Et c'est précisément dans ce genre d'endroit que sa mère avait fait ses adieux au monde, poussé son dernier soupir à la faveur de la nuit, et cessé de poser ses yeux sur lui. Skorri avait la sensation que des ombres monstrueuses envahissaient les murs et le dominaient.

Pris de nausée, il se précipita aux toilettes, posa la caisse sur la vasque et s'agenouilla devant la cuvette. Seulement parvenu à cracher de la bile, il se tourna vers l'objet qu'il devait transporter. "Je dois me dépêcher, se répéta-t-il. Je dois me dépêcher." Il tira la chasse, inspira profondément, attrapa la caisse et s'essuya la bouche. En montant vers le service d'oncologie, il passa devant la chapelle de l'hôpital où la pasteure était assise à un bureau, l'air pensif. Une femme souriante aux cheveux courts que Harpa Glódís lui avait un jour décrite comme étant "la douceur et la gentillesse incarnées, et une théologienne de second rang". Skorri s'immobilisa en la voyant, tenté de lui demander à brûle-pourpoint : "Vous comprenez quelque chose à tout ça ? Sérieusement ? Vous savez quelque chose que j'ignore ? Ou bien vous jouez un rôle ?" Même s'il ne lui avait jamais parlé. Mais aucun mot ne sortit. La pasteure lui envoya un regard amical et interrogateur. "Bonjour", souffla-t-il avant de s'enfuir.

Est-ce que tout le monde ici fait semblant à longueur de journée ? Est-ce que tout le monde lutte pour garder la face ?

Il livra la caisse au service d'oncologie en évitant les yeux de l'infirmière. Tremblant de tout son corps, il regagna ensuite le sous-sol. En sortant de l'ascenseur, il avait le pas chancelant et fit une pause à la laverie où il aperçut Elisa. Il tomba alors dans ses bras et se mit à sangloter. "E-Skorri, allons, allons, que se passe-t-il ?" Elle lui tapota le dos. "J'ai vu… on a tiré sur un homme et je l'ai vu… je l'ai vu mort… juste un homme… je ne comprends pas… c'est si horrible." L'existence tout entière s'abattait sur ses épaules avec une telle lourdeur qu'il ne comprenait même pas ce qu'il ne comprenait pas. Une question indéchiffrable lui échappait. Il ne comprenait pas, c'était tout ce qu'il pouvait dire alors que la jeune femme essayait de le consoler.

Il passa l'après-midi devant le vieil ordinateur de bureau noir au sous-sol à lire des articles en ligne sur l'affaire. "Tragédie à Hafnarfjördur." "L'unité d'élite a donné la mort à un fou furieux cette nuit." "Déclaré mort à son arrivée aux urgences." "L'homme souffrait de troubles psychiatriques." "Il a eu une longue et difficile histoire, affirment ses proches." "Dieu merci, il n'y a pas eu plus de blessés lors de l'opération."

Le visage sans expression de l'homme sur le brancard.

Les nuits suivantes, Skorri eut le sommeil perturbé par des cauchemars où, muni d'un parachute, il tombait sur ce même visage qui faisait la taille d'une planète et était entièrement congelé. Il discuta de son trouble avec son père et sa belle-mère en s'assurant que sa sœur ne pouvait pas l'entendre. Puis il finit par envoyer un mail à Harpa Glódís. La réponse lui parvint le soir même.

Mon cher, petit coucou,

La grande jaune se pare de ses plus beaux atours en ces terres étrangères, et la vie au bord de la piscine du Grand Hôtel Casa de Sol s'apparente à un perpétuel jour de paie en plein été – douce, agréable et sans souci. J'ai fait connaissance avec des mecs de Plymouth délicieux et pleins de vie qui sont ici pour un enterrement de vie de garçon, et ce soir nous allons voir ensemble un hypnotiseur dans la salle de spectacle de l'hôtel. De chics types qui savent faire la bringue. Comme c'était triste de lire les malheurs de ce pauvre diable démuni qui, pour cadeau d'adieu de notre part, a reçu plusieurs balles dans la poitrine. Ignorait-il qu'en Islande il n'existe pas crime plus grave que le non-conformisme ? En espérant qu'il bénéficie d'un meilleur accueil dans l'au-delà, où il pourra enfin poser sa croix. Et comme j'ai souffert d'apprendre que c'est notre Bóas Leó qui a subi l'âpre fardeau de commettre cette exécution, et que tes beaux yeux clairs d'ourson ont été témoins de ce cauchemar. Quelle fichue poisse !

Tu sais, c'est incroyable comme la malchance poursuit certaines personnes. Je t'ai déjà raconté l'histoire de l'homme qui est mort juste après avoir arrêté de fumer ? Le malheureux était un vieil ami de mon frère, et de loin le plus infortuné guignard que j'aie rencontré de ma vie. Le plus curieux avec cette mauvaise étoile sous laquelle il était né, c'était qu'elle ne brillait jamais aussi fort que lorsqu'il prenait une importante décision pour se bonifier. Il faisait partie de ces pauvres âmes à qui Dieu a décidé de n'accorder qu'un soupçon de sa miséricorde, on aurait dit qu'il était écrit dès la première page de son existence que ce petit pion serait récompensé d'une sévère punition chaque fois qu'il aurait l'idée saugrenue de vouloir améliorer son sort ou de mûrir en tant qu'individu. Immédiatement après s'être inscrit dans un cours de chant, il s'était coincé les cheveux dans un ventilateur qui lui avait presque entièrement arraché le cuir chevelu. Il avait perdu son bras dans un accident du travail quelques instants après s'être résolu à entretenir une meilleure relation avec sa fille. Plus tard, il s'était promis d'adopter des habitudes plus respectueuses de l'environnement, et sans surprise, quelques secondes après il était renvoyé sans préavis de son poste dans une plateforme téléphonique. Sa vie avait retrouvé un cours plutôt normal lorsqu'il a pris la décision fatale d'arrêter de fumer. La mort s'est présentée alors qu'il avait obtenu un emploi stable dans une pharmacie et fréquentait une jolie donzelle de Sandgerdi. Ses proches touchaient du bois, faisaient des signes de croix et espéraient sincèrement qu'il ne chercherait pas à s'attirer des ennuis en adoptant un style de vie plus sain. Mais voilà. Un beau jour, assis à la table de la cuisine, il a dit : "Bon, c'est ma dernière. J'arrête de fumer." Aussitôt, il s'est effondré sur la table. C'est ce qui arrive lorsqu'on veut jouer avec le feu.

Mes chaleureuses amitiés, à toi et à tous !
Harpa Glódís

Peu après, Bóas Leó prit un congé, car tuer un homme pèse sur l'âme. Durant le reste de l'été, l'enthousiasme que nourrissait Skorri pour son travail alla en s'amenuisant. Il cessa de traîner avec les ambulanciers et effectua ses tâches en silence. Mais ce n'était pas cet événement terrible qui le hantait encore, pas le sang sur les vêtements, pas le visage pâle du forcené ou le choc qu'il avait ressenti en voyant filer les secouristes sous ses yeux. Non, il avait vu pire à la télé ou sur son ordinateur. Il s'agissait d'autre chose, sur quoi il ne parvenait pas tout à fait à mettre le doigt. Quelque chose avait changé dans sa perception globale du monde. Pourquoi avait-il fallu que cela arrive ? Était-ce nécessaire ? Avant ce drame, Skorri ignorait que l'existence pouvait se montrer aussi cruelle envers quelqu'un. L'amère destinée de cet homme l'emplissait d'un profond chagrin. Voilà comment les choses peuvent se terminer, l'épilogue d'une longue défaite : douze agents de l'unité d'élite qui font exploser ta porte au beau milieu d'une nuit d'été et s'introduisent chez toi en brandissant leur fusil d'assaut sans vraiment savoir pourquoi, toi-même tu l'ignores, ta vie n'est plus qu'un énorme point d'interrogation avant de se disperser dans les ténèbres.

Ou bien tu attrapes subitement un cancer et tu meurs en laissant une demi-brique de jus de fruit sur ta table de chevet.

Il continua à transporter les anticancéreux de la pharmacie à l'oncologie, de distribuer les autres médicaments aux différents services, de s'assurer que rien ne manquait dans la réserve.

Pendant que la fraîche brise marine entraînait vers l'automne ces quatre lentes semaines d'août, le jeune homme soupçonna pour la première fois que sa place ne serait peut-être pas au cœur de ces tragédies. C'était une simple intuition, mais l'hôpital avait perdu son pouvoir magnétique. Sans conteste. L'impuissance était si frappante entre ces murs, l'horreur si palpable, la douleur si démesurée. Il ne savait pas ce qui succéderait à ce rêve qui touchait désormais à sa fin, mais il éprouvait une certaine satisfaction d'avoir compris que son avenir était ailleurs. Et même s'il ne comptait pas revenir, même s'il ne prévoyait pas de retirer son uniforme de secouriste à la fin d'une journée de travail, même s'il ne courrait pas armé d'une nouvelle boîte jaune jusqu'au service d'oncologie, l'hôpital continuerait de vivre en lui : ici, il avait pu entrevoir, comme par une fenêtre, des dimensions jusque-là inconnues de l'existence, et c'était le plus précieux cadeau qu'un adolescent privé de sa mère puisse attendre d'un job d'été à Reykjavík. Lorsque Harpa Glódís revint travailler, elle lui offrit un pull traditionnel islandais noir avec un motif blanc autour du col tricoté de ses mains. "Juste un petit quelque chose pour te remercier de m'avoir remplacée, mon chéri."

Fin août, quand Skorri eut raccroché pour la dernière fois sa blouse de pharmacien, la famille accompagna Alfred à Stockholm où il devait participer à un colloque. Il espérait profiter de l'occasion pour consolider les liens entre les enfants et leur belle-mère avant la rentrée. Ils ne ressentaient aucune animosité envers elle, mais ne lui laissaient jamais vraiment la chance de les connaître mieux, alors qu'elle faisait partie de leur vie depuis plus de deux ans. Skorri répondait à ses questions comme on s'adresse à un professeur, avec politesse mais sans enthousiasme, et il disparaissait toujours rapidement dans sa chambre après le dîner. Timide, Hrafntinna se laissait facilement déstabiliser. Elle était si petite lorsqu'elle avait perdu sa mère que, comme par réflexe, elle craignait sans cesse que le pire advienne. Au fond d'elle, elle semblait déjà terriblement consciente que tout ce à quoi elle tenait pouvait disparaître d'un instant à l'autre. C'était sans doute la raison pour laquelle elle aimait que les choses suivent un ordre strict. Alfred ne pouvait pas leur reprocher leur réserve vis-à-vis de Sigga, et elle-même savait très bien quel comportement adopter envers eux. C'était une enfant de divorcés, contrairement à lui. "J'ai fait de la vie de mon beau-père un enfer pendant des années, je trahissais mes promesses, je lui volais de l'argent, je l'humiliais devant les amis de maman, etc. Pourquoi mériterais-je un meilleur traitement ?" lui raconta-t-elle tandis qu'ils écumaient le centre commercial Kringlan à la recherche d'une nouvelle valise. "Ils t'aiment bien, ils ont juste besoin de temps", lui rétorqua Alfred en lui prenant la main. “Bien sûr. Et ils auront tout le temps qu’ils veulent.”

Le matin même, Alfred avait emmené Hrafntinna chez un psychiatre – qu’il avait connu à la faculté de médecine –, car l’enseignant de la fillette lui avait dit à la fin de l’année scolaire qu’elle semblait souffrir d’un trouble de l’attention. Elle peinait à se concentrer en classe, se montrait fébrile, remuait sans cesse les jambes, n’écoutait pas les instructions ou les oubliait aussitôt, ne faisait pas ses exercices et manifestait peu d’intérêt pour le programme. Il lui arrivait même de se lever en plein cours pour aller regarder quelque chose par la fenêtre au lieu de se focaliser sur le tableau. La direction de l’école craignait qu’elle prenne rapidement du retard sur ses camarades. Le psychologue de l’établissement lui avait fait passer un test de TDAH afin de confirmer les soupçons de l’instituteur.

Qu’est-ce qui avait pu provoquer cela ? Elle avait toujours été une enfant charmante, indépendante et pleine d’imagination. Certes, un rien pouvait lui faire perdre son sang-froid. Elle avait un jour piqué une violente crise de nerfs en plein milieu de la rue commerçante de Laugavegur et, la soulevant par-dessus son épaule alors qu’elle hurlait à la mort, il avait craint que les badauds le prennent pour un kidnappeur et appellent la police. Elle dormait mal, faisait beaucoup de cauchemars et s’énervait facilement si quelqu’un cherchait à l’aider à compléter les mots croisés de son magazine pour enfants. Il devait souvent passer un long moment à débattre avec elle pour réussir à l’emmener à une réunion de famille ou faire des courses, jusqu’à ce qu’elle soupire avec lassitude “Puisque c’est ainsi !” et lace ses chaussures. Alfred n’avait jamais entendu un enfant prononcer ces mots. Hrafntinna employait parfois des tournures pêchées dans de vieux numéros du *Journal de Mickey* appartenant à son frère, et son vocabulaire était plus riche que la moyenne. Si elle lisait les revues de chez Disney, elle trouvait leurs films ennuyeux et s'était même endormie devant *Le Roi Lion*. Skorri ressemblait davantage à son père, mais tous deux tenaient clairement de leur mère.

Et maintenant la petite fille avait cessé de suivre en cours. Jusqu'ici, l'école ne lui avait jamais causé de souci. Ses notes étaient bonnes. Même si elle avait peu d'amis, cela ne semblait pas lui manquer. Elle ne se plaignait pas. Mais voilà qu'elle perturbait le bon déroulement de la classe. Et lorsqu'on lui demandait pourquoi, ses réponses restaient floues : "Je ne sais pas, c'est juste que je n'ai pas envie de faire ça." "Je trouve ça tellement ennuyeux." "Je ne comprends pas pourquoi je dois faire ça." Lors des rendez-vous chez le psychiatre, Alfred n'avait rien appris qu'il n'aurait pu conclure lui-même. Non, il n'y avait aucun problème à essayer un traitement doux si cela persistait, oui, cela avait souvent donné de bons résultats chez les enfants atteints d'un trouble de l'attention. Mais était-ce ce dont elle souffrait ? Que signifiaient ces mots, au juste ?

Il avait bien remarqué qu'elle n'avait plus le courage de faire ses devoirs et évitait le sujet, préférant dessiner ou jouer toute seule. Mais il s'était aussi documenté sur la manière dont ces troubles étaient diagnostiqués et la trouvait aussi peu scientifique que convaincante. Il avait lu dans les questionnaires des affirmations telles que "J'ai du mal à me concentrer sur des tâches qui ne m'intéressent pas ou qui sont difficiles", "J'ai l'humeur changeante", "Mes pensées sont chaotiques", "J'ai du mal à lire un texte à moins qu'il soit très facile" et "Je me sens mieux lorsque je peux bouger que lorsque je dois rester assis/e". Ébahi, il s'était demandé quelles conclusions on pouvait tirer de ces phrases communes et dénuées de contexte auxquelles n'importe qui pouvait s'identifier s'il le voulait, et comment on pouvait utiliser cela pour justifier d'asperger d'amphétamines cet organe complexe, fragile et mystérieux qu'est le cerveau.

Les médicaments aident vraiment beaucoup, disaient le psychologue et le psychiatre.

Non, sans rire ? Alors comme ça, c'est vraiment plus facile d'exister lorsqu'on est shooté aux amphétamines ? C'est vraiment plus facile de faire quelque chose d'ennuyeux et de rester d'humeur constante lorsqu'on est sous speed ? Sans déconner ! D'un autre côté, il ne voulait évidemment pas que sa fille prenne du retard sur les autres ou qu'elle ait du mal à se faire des amis. Était-il trop conservateur ? Trop sceptique face à l'inconnu ? La fillette n'avait d'yeux que pour son grand frère, il était le seul traitement infaillible, là juste dans la chambre voisine. En sa compagnie, elle était sereine, elle l'écoutait religieusement et passait tout son temps avec lui. Elle lui obéissait plus qu'à son père, et il arrivait à Alfred de se demander s'il avait réussi malgré lui à perdre l'estime que sa fille de dix ans avait pour lui.

Ils se rendirent à l'aéroport à bord de leur jeep vieille de trois ans. Après avoir rapidement passé l'enregistrement des bagages et le contrôle de sûreté, ils étaient à présent assis à une longue table basse dans un café de la zone de transit où Alfred lisait *The Economist* et Sigrídur l'éditorial du *Morgunbladid* pendant que les enfants sirotaient du jus de fruit et mangeaient des *flatkökur*, pains plats au seigle, avec de la viande d'agneau fumée. Alfred entendit son fils dire à sa fille : "Donald est un héros, Mickey est un fasciste moral." "C'est quoi, un fasciste ?" demanda la fillette. "C'est le fait d'avoir besoin de tout diriger autour de soi, de vouloir tout décider, de se mêler de tout." "Tu veux dire comme papa ?" fit Hrafntinna avec naïveté, sa paille écrasée entre ses incisives. Son frère éclata de rire. "Oui, exactement comme papa. Dans le dictionnaire, il y a une photo de lui sous le mot *fasciste*." "Je vous entends, dit l'intéressé derrière son magazine. Tu veux bien, s'il te plaît, corriger ce que tu viens de dire, Skorri. Hrafntinna, ton papa n'est pas un fasciste… pas plus que Mickey." "Non, un fasciste, c'est plutôt quelqu'un qui se mêle de ce qui ne le regarde pas et qui élimine tous ceux qui le contredisent, expliqua Skorri à sa sœur. Comme Mickey, qui ne peut jamais laisser les gens et leurs problèmes tranquilles." Alfred fixa d'un regard vide l'article sous ses yeux, qui parlait de la guerre en Afghanistan. Son fils avait réussi à le déconcentrer et à lui faire réfléchir à ces accusations envers un pauvre personnage de dessin animé. Il leva la tête. "Tu ne jugerais pas Mickey un peu sévèrement ? Il essaie juste de faire le bien autour de lui." "Où as-tu vu qu'il cherchait à faire le bien ?" rétorqua Skorri. "Où je l'ai vu ? Le gars passe son temps à sauver la mise à tout le monde ! Enfin, la souris…" "Il n'y a strictement rien qui suggère que Mickey se préoccupe des autres." "Je te trouve très dur avec une petite souris." "À vrai dire, on ne sait même pas si Mickey a une personnalité, poursuivit Skorri. Il bosse tout le temps, il a tout ce qu'il veut, il s'en sort toujours, Minnie le vénère sans condition, il n'est jamais malheureux et ne doute jamais. Mickey est le héros des crétins et s'adresse aux instincts les plus bas des gens." "Et Donald est tellement mieux ? Ce n'est pas un canard caractériel qui ne sait rien faire correctement ?" "Donald élève seul trois enfants qui ne sont pas les siens, en plus d'être un ouvrier surexploité qui travaille comme un esclave dans une fabrique de margarine contre un salaire si bas qu'il est obligé de louer ses services à Balthazar Picsou qui s'enrichit encore davantage sur son humiliation et son impuissance, tout en s'assurant que Donald ne sortira jamais du piège de la pauvreté." Alfred regarda son fils avec incrédulité, puis sa fille qui se tenait à côté de lui, mâchonnant sa paille, son sac sur le dos et le *Journal de Mickey* à la main. Il se tourna ensuite vers Sigga qui haussa les épaules et dit : "Pour être honnête, je n'ai jamais eu beaucoup de sympathie pour Mickey."

Dans l'avion, père et fils étaient assis côté couloir chacun dans leur rangée, Sigrídur sur le siège du milieu à côté d'Alfred, et Hrafntinna dans l'autre rangée, à côté de Skorri. Le siège près du hublot était vide. Skorri ouvrit la ventilation au-dessus de Hrafntinna et dirigea le jet d'air vers ses cheveux. Poussant un cri de surprise, la fillette tendit le bras sans parvenir à atteindre le bouton. Au compte-goutte, les passagers pénétrèrent dans l'appareil, bataillèrent pour ranger leurs bagages dans les compartiments et plièrent leurs manteaux sous le regard des hôtesses vêtues de bleu au sourire figé. Lorsque tous furent entrés, il y eut un moment de battement durant lequel les hôtesses observèrent avec impatience la porte, comme si elles attendaient que le Sauveur lui-même apparaisse, l'air fatigué, un livre de poche à la main et des écouteurs pendus au cou. Même le pilote patientait sur le seuil du cockpit en balançant sa casquette. À l'avant, une rangée entière était restée libre. Sigrídur avait posé la tête sur l'épaule d'Alfred qui était plongé dans son magazine. "Pourquoi on ne décolle pas ?" demanda Hrafntinna en regardant par le hublot. "Parce que le pilote ne connaît pas la route pour la Suède. Tu crois que nous sommes dans le bon avion ?" "Bien sûr." "Tu es certaine ? Peut-être qu'il va dans un tout autre endroit. En fait, il part en Côte d'Ivoire. Nous avions décidé de ne pas te le dire. On déménage là-bas. Tu as bien dit au revoir à Tanja ?" "No-oon, on va à Stockholm. Je l'ai vu sur l'écran. Tu te moques de moi. Hein, papa ?" L'intéressé leva les yeux de sa revue pliée en deux. "Oui, ma chérie. Ne te laisse pas avoir par ton bolchevique de frère." Se tournant vers Sigga, il murmura : "C'est le bon avion, n'est-ce pas ?" "Oui, bien sûr. Ils l'ont annoncé dans les haut-parleurs. Ne sois pas paranoïaque." Alfred tenait à s'en assurer, car il s'était un jour trompé de vol à l'aéroport domestique de Reykjavík, d'où il devait partir pour les îles Féroé, et il avait fini dans les fjords de l'Ouest islandais.

L'une des hôtesses hocha la tête en direction de quelqu'un à l'extérieur de l'appareil et, un instant plus tard, un homme sévère aux cheveux courts en blouson entra. Sur ses talons, un grand homme noir vêtu d'un tricot bordeaux dut baisser la tête pour passer la porte avant de jeter un regard impassible à l'intérieur. Suivit un troisième homme pâle aux cheveux fixés par une grande quantité de gel. Ils pénétrèrent dans la cabine en file serrée, le premier et le dernier saluèrent le personnel de bord tandis que celui du milieu gardait les yeux rivés au sol. Skorri se pencha pour mieux observer la scène. Apercevant quelque chose autour des poignets de l'homme noir, il lança d'un coup: "Il est… menotté?" "Je peux voir?" fit sa sœur en détachant sa ceinture et en se glissant devant les jambes de son frère. "Hrafntinna, ma chérie, assieds-toi et remets ta ceinture", dit leur père. "Je ne vois rien, protesta la fillette."

Les trois individus étaient maintenant installés dans la rangée restée libre. L'homme noir était au milieu, et Skorri discernait tout juste ses épais cheveux qui dépassaient du siège. Le pilote s'enferma dans le cockpit et une hôtesse tira sur la porte de l'appareil. "Papa, qu'est-ce qui se passe?" demanda Skorri, les yeux fixés sur le couloir. "L'embarquement est terminé, je crois, prêt pour le décollage?" "Ce type a l'air d'être menotté." "Mais non, mais non. Ce sont juste les derniers passagers." "Je suis sérieux, j'ai vu des menottes à ses poignets. Il est attaché aux deux autres!" "Je suis sûr qu'il y a une explication tout à fait banale. Ces trois hommes partent en vacances, comme nous. Il porte probablement des bracelets, c'est tout, comme beaucoup de gens de nos jours." Skorri se tourna vers sa sœur. "Je te jure, il a des menottes." "Arrête d'effrayer ta sœur. Calme-toi." Remuant sur son siège, Skorri leva le bras pour attirer l'attention d'une hôtesse. Son père le lui baissa de force. "Cette fois, ça suffit, Skorri." L'adolescent le regarda dans les yeux. "Pourquoi cet homme est menotté, papa ? Et c'est qui, ces mecs qui l'accompagnent ?"

Au même instant, la porte se verrouilla et une voix retentit dans les haut-parleurs, annonçant la météo à Stockholm et la durée du vol avant d'enjoindre aux passagers de prêter attention aux consignes de sécurité. Les roues de l'avion se mirent à tourner et, lentement, l'appareil s'éloigna du terminal. Il était déjà à une petite distance lorsque Tinna remarqua du mouvement par le hublot. Un couple vêtu de noir courait après l'engin muni d'une pancarte affichant : "Non à l'expulsion de Christof Wambugu !" Au loin, une voiture avec des gyrophares s'approchait à toute vitesse. L'avion s'immobilisa, Tinna retira sa ceinture et s'assit près de la fenêtre pour observer ce qui se passait. "Tinna, retourne à ta place et attache-toi !" lui ordonna son père, mais elle l'ignora. Skorri la rejoignit. Un steward au teint hâlé et aux bras veinés ainsi que deux hôtesses intimèrent aux passagers de rester à leur place.

Ayant compris ce qui se passait, Skorri jeta un coup d'œil aux trois hommes assis devant. Aucun doute, il s'agissait du dénommé Christof Wambugu. Et les deux gorilles qui l'accompagnaient étaient de la police. Tinna vit quatre agents de sécurité bondir de la voiture et se jeter sur le couple. À deux sur chacun, ils les firent tomber par terre et les immobilisèrent. L'homme et la femme se débattirent et hurlèrent quelque chose qu'elle ne put entendre. Tous deux avaient le crâne rasé. À l'avant de l'avion, les deux types qui entouraient l'homme noir se levèrent, comme pour prévenir tout mouvement de leur prisonnier. Celui-ci essaya de voir ce qui se passait dehors. La voix désespérée des haut-parleurs répéta aux passagers qu'ils devaient rester assis, sans plus d'explication.

"Ils sont en train de l'expulser, ce sont des flics !" s'écria Skorri, à moitié debout. "Assieds-toi, mon garçon !" siffla

Alfred. “Il faut l’aider!” Le regard de l’adolescent allait du tarmac à l’avant de la cabine. Alfred lui attrapa le bras. “Je t’ai dit de t’asseoir!” “Tu veux rire? fit Skorri, fixant son père d’un air incrédule. Tu comptes rester assis là à lire *The Economist*? T’es malade ou quoi?” “Cela ne te concerne en rien, Skarphédinn Skorri.” La voix d’Alfred tremblait de fureur. Se tournant, Tinna posa le bras sur le dossier de son siège et observa l’affrontement. “Tinna, tu veux bien t’asseoir correctement”, dit Alfred. Skorri retira sa ceinture, pointa du doigt les deux hommes à l’avant de la cabine et se leva. “Laissez-le partir! Libérez-…” Il n’eut pas le temps de finir sa phrase, interrompu par son père qui lui fonça dessus et le força à se rasseoir. “Fais ce que je te dis, bon sang!” Skorri avait beau se débattre, son père était bien plus fort et, s’asseyant finalement sur lui en le maintenant avec ses bras, il parvint à l’immobiliser. “Lâche-moi, sale con!” “C’est pour ton bien. Reste tranquille.” “Dégage! Je te déteste!” “Tais-toi donc.” Sans un mot de plus, Alfred regarda dans les yeux sa fille en larmes jusqu’à ce que son frère cesse de résister. Le couple fut évacué de sous l’avion.

Huit heures plus tard, l’appareil s’envola sans les trois hommes. De tout ce temps passé dans la zone de transit, Skorri n’adressa pas la parole à son père. Le silence ne prit fin qu’à Stockholm, dans le taxi menant à l’hôtel, et le reste du voyage familial fut ponctué des disputes entre le père et le fils pendant que Sigrídur s’occupait de Tinna, faisait les boutiques de souvenirs avec elle ou lui achetait des gâteaux et du chocolat chaud.

Dispute #1: “Comment peux-tu rester assis à lire pendant qu’on expulse un innocent menotté pour la seule raison qu’il n’est pas né au bon endroit?” “Tu m’accuses, moi, d’être indifférent? C’est toi qui ne sais pas résister à ton impulsivité! Se lever et hurler simplement parce que tu as vu quelqu’un d’autre faire pareil!”

“Tu as bien remarqué que cet homme était menotté, tu savais qu’on l’envoyait vers une mort certaine.” “Non, nous n’en savons justement rien du tout. Absolument rien. *Nada*. Que dalle ! Et pourtant, tu étais prêt à te jeter dans la fosse aux lions. Qu’est-ce qui a bien pu te traverser la tête ? Tu es malade, ou bien ?” “C’est la solution de facilité, ça, papa. *On n’en sait rien*. Parfaitement, exactement, nous n’en savons rien ! *Personne ne sait rien de rien et c’est pourquoi personne ne doit jamais rien faire !*” “Tu me fais dire ce que je n’ai pas dit.” “C’est l’excuse la plus facile et la plus paresseuse pour ne pas agir. Tu diras quoi, la prochaine fois ? Que c’était peut-être un criminel ?” “Nous n’en savons rien. Tu n’en sais rien.”

Dispute #2, à une table d’angle dans une pizzeria plutôt chic du centre-ville : “Très bien, donc tu es contre les frontières, c’est ça ? Tu veux abolir les frontières ? C’est ça, ta position ?” “Pas exactement…” “Pas exactement ?! Comment ça ? Si nous avons des frontières, cela signifie évidemment qu’on interdit à certaines personnes de les franchir. C’est leur unique but.” “Je n’ai pas dit ça.” “Quoi, alors ? Tu veux démanteler les nations, chambouler au passage toute l’organisation du monde juste parce que tu as vu un pauvre gars se faire expulser, sûrement parce qu’il n’avait pas de passeport et que personne ne sait ni qui il est ni d’où il vient. Très bien. C’est un argument tout à fait recevable, mais je te pose la question : y as-tu vraiment réfléchi ?” “Réfléchi à quoi ?” “Voyons voir, hmm… par exemple : comment comptes-tu assurer son accès au système de santé ? Si on n’a pas le droit d’expulser cet homme d’Islande, doit-il bénéficier de notre sécurité sociale ? A-t-il le droit de s’inscrire en master de gestion de projet à l’université ? Qui doit payer pour ça ? Les gens comme moi ? Parfait. Que se passe-t-il, si dix mille autres personnes viennent ? Je dois payer aussi ? Et dix millions ? Mes impôts ne suffiront jamais. Tu vois ce que je veux dire ?” “Je trouve simplement injuste d'expulser des gens complètement démunis parce qu'ils sont nés autre part." "Le monde est injuste, mon Skorri. Le monde est terrible. Le monde est affreux. Mais on fait ce qu'on peut, nous faisons tous du mieux que nous pouvons." "Attends, pardon, mais… c'est vraiment le mieux qu'on puisse faire ?"

Dispute #3, devant le palais royal : "On t'aurait arrêté, et cela aurait eu des conséquences durables sur ton avenir. Tu devrais me remercier." "Tu n'avais pas le droit de m'interrompre." "Oh que si. Tu n'es pas majeur, ce qui signifie que, selon la loi, je suis responsable de toi. Tu étais en train de te mettre en danger." "Je ne me mettais pas en danger du tout, je savais parfaitement ce que je faisais." "Non, tu croyais savoir ce que tu faisais. Il y a une grande différence."

Dispute #4, dans l'ascenseur de l'hôtel et devant le buffet du petit-déjeuner : "Papa, si quelqu'un avait fait un infarctus dans l'avion, et si on avait demandé s'il y avait un médecin à bord, tu ne te serais pas manifesté ?" "Bien sûr que si, passe-moi le plat de jambon." "Et si c'était cet homme-là qui avait fait un infarctus, cet homme menotté qui était tombé à terre ? Tu serais venu à son secours ?" "Évidemment. Qu'est-ce que c'est que cette question, mon garçon ? Attrape un de ces petits pains pour ta sœur." "Donc, s'il avait fait une crise cardiaque, tu te serais précipité sur lui et tu aurais fait tout ce qui est en ton pouvoir pour lui sauver la vie ?" "Comment peux-tu imaginer autre chose ?" "Par contre, tu te contrefiches qu'on mette sa vie en danger d'une autre manière et qu'on l'envoie…" "Je ne m'en contrefiche pas du tout." "Bien sûr que si, tu t'en fiches à cent pour cent." "La comparaison est absurde, d'ailleurs." "Pourquoi ? Pourquoi c'est important que son cœur puisse battre à un endroit et pas ailleurs ? Qu'est-ce que ça a de si absurde ?" "Pour commencer, on ignore tout de ses conditions de vie." "Tu es toujours absolument sûr du mal qui touche tes patients? La mission du médecin n'est-elle pas avant tout de tirer des conclusions à partir de ce qu'il voit et entend?" "Skorri, notre pays possède des lois auxquelles nous devons nous soumettre." "Papa, si un patient te dit: *J'ai une douleur à la poitrine*, ta première réaction est vraiment: *Mouais, je ne suis pas sûr à cent pour cent que ce que vous me dites est la vérité, donc je ne peux rien faire pour vous*?" "Je ne dis pas que tes propos sont stupides, mais ils ne sont pas vrais non plus, ce sont deux situations très différentes."

Dispute #5, dans la file d'attente devant la caisse d'un magasin de jouets sur deux étages: "Et si la loi islandaise disait que nous devons envoyer toute personne de couleur et sans passeport qui se présente à l'aéroport dans une chambre à gaz de l'autre côté de la route? Tu bondirais en agitant le serment d'Hippocrate si quelqu'un faisait un infarctus en chemin vers ladite chambre? *Je suis médecin! Je soigne les malades, mais la loi reste la loi!*"

Dispute #6, au musée ABBA: "Arrête, Skorri." "Tes arguments sont débiles, papa. Et on a beau vouloir un meilleur traitement pour les demandeurs d'asile, ce n'est pas pour autant qu'on veut bouleverser toute l'organisation politique du monde. Tu déformes complètement ce que je dis!" "Mon fils a toujours le dernier mot! Peut-être que tu devrais étudier le droit; si tu veux changer la société, tu devrais commencer par comprendre les lois qui l'encadrent." "Certainement pas, mon vieux."

Non, certainement pas, mais c'est finalement ce qui se passa. Deux ans plus tard, il piétinait devant un iMac dans le hall de l'université en consultant les différentes offres. Droit. Médecine. Soins infirmiers. Oscillant d'une page à l'autre, il n'avait pas la moindre idée de quoi choisir. Et pourtant, il le savait. Beaucoup de choses avaient changé depuis l'époque où il rêvait de combattre en première ligne dans le système de santé.

Six ans de biologie? Aucune chance.

Une formation d'infirmier ? Le monde du soin ne l'attirait plus.

Le lycée lui manquait déjà. C'était un parfait mélange de sérieux et de frivolité. Il pouvait s'y acheter un café alcoolisé le vendredi à la buvette des élèves, passer la nuit devant son ordinateur à écrire une disserte, dessiner des bites sur le tableau, faire des concours de pelles lors des bals, se disputer avec les profs, sécher les cours avec des marginaux, participer au concours d'éloquence en sentant l'*aftershave* et enchaîner sur une soirée bière, emporter ses exercices de maths lors du tour en voiture du samedi soir, lire des bouquins de son choix en littérature, dormir sur la table en cours de bio. Ces quatre années* avaient rimé avec liberté et promesses, une époque qui ne reviendrait jamais.

Ce n'était qu'au cours de la dernière année que Skorri avait vraiment compris qu'il ne supportait pas les matières obligatoires. Les facultatives le passionnaient. En sciences, il fallait trouver des réponses logiques, mémoriser des termes, résoudre des équations chimiques, dériver des chiffres et des lettres. Les seules matières scientifiques qui amplifiaient réellement le champ de la pensée étaient l'astronomie et la physique nucléaire. Il calculait les distances entre les systèmes planétaires ou la taille des planètes et restait bouche bée devant son enseignante préférée, Stella Valium, une femme à la voix douce et au ton égal, qui illustrait les contradictions de la mécanique quantique au tableau et montrait comment les plus petits phénomènes de l'univers pouvaient être à la fois partout et nulle part. C'était là – dans l'immensité de l'univers et la petitesse microscopique des particules, dans les explications de Stella – que la science se libérait enfin des chaînes de sa propre inflexibilité et s'élevait vers les airs.

---

* En Islande, le *menntaskóli* (lycée général) accueille les élèves de 16 à 20 ans.

Pas de solutions insaturées, de réactions chimiques sans âme, de nom latin de la clavicule. La vie est une question, pas une réponse. Skorri lui-même était une question, pas une réponse, au même titre que les supernovas, que les trous noirs qui avalaient jusqu'au temps, ou que le boson de Higgs qui préservait l'empreinte de Dieu. Le chat de Schrödinger, l'accélérateur de particules, l'étoile à neutrons. La comète, le corps féminin, la conscience. L'univers n'était qu'une longue série de questions. Le Big Bang était celle qui brûlait les lèvres de Dieu.

Le programme de ces cours imprégnait le quotidien de Skorri, il l'utilisait comme métaphore dans les poèmes qu'il écrivait sur des petits morceaux de papier et glissait à la fille qui lui avait fait perdre sa virginité.

L'asphalte scintille, la source est exsangue
et la lune triste ferme un œil paresseux.
Je pense souvent à notre propre Big Bang
sous les combles de cet immeuble chanceux.

Mais son vieux daron avait probablement raison. Le droit lui irait sûrement bien. D'après le peu qu'il en savait, cette discipline se basait sur l'interprétation.

On avait besoin de juristes, car les gens ne comprennent pas leurs propres rêves d'une société désirable.

Toute interprétation repose inévitablement sur un socle moral. Mais cela ne lui importait plus autant. Il ne perdait plus le sommeil à ressasser ces problématiques, même si elles comptaient pour lui – et il ne savait pas vraiment ce qui avait provoqué ce changement. Par ailleurs, les filles à la faculté de droit étaient sacrément mignonnes, disait-on. Des canons. C'était à ça qu'il pensait devant l'ordinateur du hall. Il devait se choisir une spécialité, il s'apprêtait à prendre une décision déterminante pour son avenir… et voilà ce qui lui occupait l'esprit ! Des canons. Des bombasses.

Qui brillaient comme des cabriolets dans le couchant.

Qui portaient des lunettes hors de prix et regardaient des films tchèques.

Qui te regardaient comme si tu étais une cuillère d'huile de foie de morue.

Peut-être que ce ne serait pas si mal, après tout ?

Cette semaine-là, c'était l'anniversaire de sa mère. Elle aurait eu quarante-cinq ans. Qu'aurait-elle pensé de tout ça ? Que lui aurait-elle conseillé ? Il n'en avait pas la moindre idée. Dans sa mémoire, elle était tellement plus libérée et jolie que son père. L'un des souvenirs les plus vifs qu'il conservait, c'était la fois où il l'avait vue feuilleter des photos fraîchement développées en fredonnant une chanson du groupe Nýdönsk dans le vestibule. Il se rappelait aussi la fois où elle avait aidé Tinna à lire son premier mot, que celle-ci avait parfaitement épelé en le voyant écrit sur un petit bateau de pêche dans le port, alors à peine âgée de trois ans. "U... g... l... a... Uuuuuggglla. Ugla. C'est Ugla, maman ?" Cette simple question résonnait encore parfois dans sa tête. "C'est Ugla, maman ?" Il avait un souvenir précis de la voix impatiente et pleine d'espoir de sa sœur, du vent qui soufflait, du bonnet qu'il portait, et de la manière dont sa mère s'était écriée avec joie : "Oui ! C'est ça ! Ugla, le bateau s'appelle *Ugla* !"

Il se rappelait les disputes de ses parents, lorsque sa mère enfouissait son visage dans ses mains et que son père prenait brusquement la porte pour ne revenir que quelques heures plus tard se coucher sans prononcer un mot. Mais les souvenirs qu'il avait d'elle étaient devenus plus flous. Lorsqu'il voyait des clichés d'elle, il avait l'impression que ceux-ci dataient des débuts de la photographie. Qu'ils avaient été pris quelque neuf cent quarante ans auparavant. Il les évitait autant que possible. Et se le reprochait. Qu'était-il censé faire pour son anniversaire ? Emmener Tinna au cimetière ? La pierre tombale pourrait-elle expliquer pourquoi il s'était inscrit en droit ? La pierre tombale comprendrait-elle qu'il n'avait plus la moindre idée de ce qu'il voulait faire ? Que dirait la pierre tombale, si elle pouvait parler ?

La date de l'anniversaire arriva. Toute la journée, Skorri attendit que son père dise quelque chose, lui envoie un message, l'appelle, qu'un bouquet de fleurs apparaisse sur la table de la salle à manger. N'importe quoi. Mais rien. La journée s'écoula comme toutes les autres et, le soir venu, il s'empara du cadre sur l'appui de sa fenêtre et s'assit sur son lit. Puis il s'allongea et, songeur, fixa le plafond. Il finit par se relever et rejoignit sa sœur qui lisait une bande dessinée en écoutant du rock hippie, auquel Skorri l'avait initiée. Il s'installa à côté d'elle.

– C'est l'anniversaire de maman aujourd'hui.

– Vraiment ? On est quel jour ?

– Le 7 juin.

– Je ne savais même pas quel jour on était... dit Tinna, honteuse.

– C'est pas grave. Tu n'as pas à le savoir.

– Tu crois qu'elle existe toujours ? Tu crois qu'elle nous observe ?

– Je ne pense pas, répondit Skorri.

Les yeux de la fillette s'assombrirent, et elle eut l'air inquiet.

– Pourquoi ? Moi, je crois que si.

– Ça n'a pas de sens.

– Tu ne crois pas qu'elle est avec Dieu ? demanda l'enfant.

– Je ne crois pas que Dieu existe non plus.

– Tu peux le prouver ?

– Pourquoi créer tout un univers et le laisser évoluer pendant 13,7 milliards d'années juste pour réunir les conditions favorables au développement d'une espèce qui ne pense qu'à l'Eurovision et aux Land Cruiser ? Ça me dépasse. C'est une chose que le monde soit plein d'horreurs...

Il se mit à faire les cent pas en réfléchissant à voix haute.

– Pourquoi Dieu aurait-il créé l'Holocauste ? Pourquoi Dieu aurait-il créé un monde où des organes d'enfants sont vendus sur le marché noir ? Un monde où la mère d'un enfant meurt d'un cancer ? Le mal, je le comprends.

Il acquiesça à son propre raisonnement. Son père n'était pas mauvais, ce n'était pas par méchanceté qu'il ne mentionnait pas l'anniversaire de leur mère. C'était juste un crétin. Un type qui ne se préoccupait que de l'état de son compte en banque. Il participait à l'ambiance locale, tous les Islandais attachaient sagement leurs ceintures, hochaient la tête et levaient des yeux brillants de fierté sur l'*Imagine Peace Tower** pendant qu'on expulsait des Noirs par la porte de derrière. La grande énigme, c'était cette stupidité, pas le mal.

– Mais pourquoi Dieu perdrait-il son temps à donner vie à une créature aussi pathétique que l'homme ? Pourquoi faire naître un tel bouffon ? Pourquoi façonner un phénomène qui ne s'intéresse qu'à lui-même ? La stupidité est-elle un ingrédient nécessaire au mal ? Le mal sans la stupidité, c'est quoi ? Comme une pizza sans pepperoni ?

On aurait pu croire qu'une enfant de treize ans serait déstabilisée face à un discours aussi enflammé de la part de son frère. Mais Tinna l'écoutait religieusement en acquiesçant. Elle avait l'habitude de ses grandes envolées et lui prêtait toujours une oreille attentive. Personne ne

* Tour de lumière projetée vers le ciel, inaugurée en 2007 par Yoko Ono sur l'île de Videy et visible depuis Reykjavík. Elle est illuminée chaque année entre le 9 octobre et le 8 décembre, dates anniversaires de la naissance et de la mort de John Lennon.

lui parlait comme lui. Personne ne la protégeait comme lui. Personne ne lui accordait une telle attention, ne la questionnait, ne la provoquait, ne la forçait à défendre ses opinions et à argumenter comme il le faisait.

La réponse était toujours la même. Qui est le meilleur, Tinna ? Mon frère Skorri. Qui est le plus drôle, Tinna ? Mon frère Skorri. Qui est le plus intelligent ? Mon frère Skorri. Qui est le plus beau ? Mon frère Skorri. En général, elle se fichait de l'activité au programme, tant qu'il était de la partie.

Skorri n'avait pas moins besoin de sa sœur, dans un monde où personne ne se préoccupait de ce qui lui tenait à cœur. Dépourvue de préjugés, elle s'intéressait à tout ce qu'il disait et le prenait au sérieux. Et tandis que les opinions de ce futur étudiant en droit imprégnaient le cerveau de la fillette, elle demeurait grâce à lui vierge de tout traitement contre l'hyperactivité. Après des mois de tergiversations, leur père avait été à deux doigts de lui donner des médicaments. Tous ces discours et diagnostics de spécialistes divers avaient semé la confusion dans l'esprit d'Alfred, au point qu'il ne savait plus quoi penser. D'accord, la science derrière tout cela n'était peut-être pas parfaitement solide, mais le principal n'était-il pas d'empêcher que la fillette s'isole socialement ? Apprenant la nouvelle, Skorri avait sombré dans une fureur noire et livré à son père et à sa belle-mère une diatribe des plus inspirées sur le crime consistant à canaliser le comportement des enfants avec des produits chimiques.

“Trouble de l'attention ? Qui est allé chercher une idée pareille ? Tinna est tout à fait capable de rester attentive, sauf pour ce qui ne l'intéresse pas, ce qui est normal et naturel ! Les gamins qui se taisent face à un truc qui les ennuie ou qui ne stimule pas du tout leur intelligence, ce sont plutôt eux qui ont un problème ! Et tu sais ce que c'est, ce problème, papa ? L'incapacité à réfléchir de manière autonome. On ne fait pas de diagnostic, pour ça ? J'aurais aimé qu'on détecte ce syndrome chez moi durant toutes ces années où je restais sagement assis à lutter contre le sommeil quand on essayait de me faire avaler quelque chose qui ne m'intéressait pas. Pourquoi n'y a-t-il pas de médicament pour aider ceux qui ne savent pas penser par eux-mêmes ? Et pourquoi le trouble de l'attention semble-t-il être une maladie que tout le monde remarque sauf le premier concerné ? C'est quand même fou !"

Comme d'habitude, ce gamin ne savait pas de quoi il parlait, avait pensé Alfred. Mais peut-être était-ce précisément pour cette raison qu'il percevait le monde avec clairvoyance. "Nous voulons seulement que ta sœur se fasse des amis et se sente bien. Personne ne veut lui donner de médicaments, Skorri, et crois-moi, je me suis fait les mêmes réflexions que toi. Nous nous demandons simplement ce qui serait le mieux pour elle. Et j'ignore la réponse, je n'en ai pas la moindre idée." "À long terme, le mieux pour elle sera sans doute de pouvoir être elle-même", avait répondu Skorri. Alfred ne prit en vérité jamais la décision de ne pas donner de médicaments à Tinna, il disait réfléchir à la question et vouloir voir comment la situation évoluait. Par la force de l'indécision, elle échappa à tout traitement.

Mais cette conversation ressortirait lors d'une nouvelle dispute dans le chalet de vacances familial, le week-end suivant l'anniversaire de la défunte Ragnheidur. Tinna avait été difficile dès le départ de Reykjavík. D'abord, elle ne voulait pas venir, préférant rester jouer avec son amie, puis elle refusa de mettre ses chaussures, protestant et hurlant ; elle ne céda que lorsque son père lui promit que Skorri les rejoindrait plus tard et qu'ils mangeraient des hamburgers. Alfred, qui s'était imaginé quelques jours reposants pour fêter l'entrée prochaine de son fils à l'université, soupira de soulagement lorsque Sigga, Hrafntinna et lui furent enfin dans la voiture et qu'il put démarrer. À présent charmante, la petite fille semblait avoir oublié son cinéma et fredonnait sagement des chansons des Grateful Dead à l'arrière de la jeep, le vieil iPod de son frère sur les genoux. Skorri se mit en route une heure plus tard au volant de son propre véhicule, une Golf noire à deux portes vieille de treize ans.

Alfred éprouvait un étrange plaisir à faire des courses à la campagne, et il avait l'habitude de s'arrêter au magasin Bónus de Selfoss lorsqu'il était en chemin pour le chalet d'été. Ces commerces hors de la capitale symbolisaient pour lui les vacances, la liberté et la sérénité. Là-bas, on pouvait se laisser aller à ses désirs sans culpabilité et s'autoriser un peu de désinvolture avec des vêtements plus confortables.

Oui, d'abord Bónus, puis la splendeur, le chant des oiseaux, la beauté de la nature.

La divine expérience de la solitude en bottes et pull de laine traditionnel sur la terrasse après minuit, lorsque les enfants étaient endormis, à écouter le murmure de la rivière dans la vallée silencieuse en contrebas, à respirer l'air frais de l'été, à contempler les majestueuses montagnes, les chevaux de l'autre côté du cours d'eau, la rosée céleste glissant sur les brins d'herbe.

Là-bas, il était libéré du travail, libéré des factures, libéré du journal télévisé, libéré du réveille-matin, libéré de la fenêtre du salon et de sa poignée cassée, et même libéré de la question de savoir s'il avait vraiment vécu – libéré de sa condition de loque humaine dans un monde qu'il ne comprenait pas. Pénétrer dans le Bónus de Selfoss était pour Alfred comme parcourir un tapis rouge vers un monde d'insouciance ; dans son esprit, le magasin portait la promesse providentielle que oui, maintenant il avait le droit de se sentir bien, ne serait-ce qu'un instant, merde alors.

Qu'y avait-il de plus beau qu'une Toyota Land Cruiser de deux ans brillant sous le soleil un vendredi ? Dieu bénisse le panier de devises. Cette voiture ne coûtait rien. Rien du tout ! Sigrídur avait été opposée à l'idée de contracter un emprunt en monnaies étrangères pour l'achat du véhicule, mais Alfred s'était obstiné, et aujourd'hui il s'amusait fréquemment à agiter l'échéancier sous son nez.

Aligner des sacs plastiques remplis à ras bord dans le coffre de sa jeep, des lunettes de soleil sur le nez et un jean confortable sur les hanches, lui procurait un bien-être significatif. Cette sensation n'avait pas de prix. Lorsqu'il remettait la clé dans le contact et sortait lentement de sa place de parking sous les drapeaux flottants de la chaîne de magasins, il songeait que c'était là le sommet de l'existence, qu'il n'y avait pas mieux, que la vie, c'était ça, qu'un père de famille islandais ordinaire ne pouvait demander plus que le simple bonheur de conduire ses enfants en bonne santé et orphelins de mère dans une belle et grosse jeep vers leur chalet après des courses efficaces dans une grande surface. Mais ce week-end-là, le paradis sur Terre fut confronté à un obstacle : le rayon des pains à hamburgers avait été dévalisé.

– Eh merde, marmonna Alfred à voix basse devant les étagères vides qui contenaient normalement quantité de petits pains emballés de plastique.

– Quoi ? fit Sigga en posant une main sur son épaule.

Hrafntinna était allée explorer le rayon des bonbons.

– Il n'y a plus de pains à hamburgers. On a dû soudoyer tous les gamins hyperactifs d'Islande avec la même promesse aujourd'hui.

– On n'a qu'à utiliser du pain de mie ?

– Non, impossible.

– Ah bon ?

– Elle ne voudra jamais. Son hamburger doit être exactement comme d'habitude. Avec la même sauce et le même pain.

– Tu veux que j'aille faire un saut à Hagkaup ?
– Ça ne t'ennuie pas ?
– Non, aucun problème, c'est juste à côté.

Mais Sigga revint bredouille. Le magasin concurrent n'était pas mieux achalandé, et après une brève réunion de crise au rayon boulangerie, il fut décidé d'acheter un gros paquet de pain de mie, en croisant les doigts pour que la petite fille ne s'offusque pas de cette promesse à demi tenue. Pour le cas où la situation tournerait au vinaigre, une pizza surgelée et un paquet de raisins secs nappés de chocolat feraient office de lot de consolation.

Une fois dans le chalet, la paix régna jusqu'au dîner. Ils posèrent les sacs sur une imposante table en bois, Alfred ouvrit une bière et un cubi de vin blanc. La sérénité s'empara de lui lorsqu'il sortit prendre l'air et admira la beauté de la nature. Le monde était beau et bon – et une gorgée supplémentaire. Un chevalier gambette fila en piaillant au-dessus de sa tête alors qu'il se dirigeait vers l'arrière de la maison. Traversant le petit bouquet d'arbres qu'il avait planté quinze ans plus tôt avec Ragnheidur pour abriter le chalet, il y termina sa canette en inspectant l'état de la végétation. Il siffla pour attirer l'attention de l'oiseau puis, les pieds dans l'herbe humide, il déclama : "L'eau ne fait que couler sur le plumage doux et épais du chevalier gambette."

Sigga rangeait les courses, et Hrafntinna lisait le *Journal de Mickey*, recroquevillée sous un plaid sur le canapé, lorsque son père réapparut en sifflotant. "Une petite goutte de vin", dit-il en remplissant à ras bord un verre avant de ressortir. Il se glissa de nouveau dans sa tanière végétale avec la sensation d'avoir laissé l'homme moderne derrière lui et d'être revenu aux sources. Il avala une gorgée et attrapa une branche.

Le murmure de la fine bruine dans le feuillage.

Il n'avait pas pris le temps de contempler ce lieu depuis une éternité, malgré leurs séjours réguliers. Ici, en pleine nature, à côté de ces arbres plantés lors de son précédent mariage, il songea avec émotion qu'il avait tenu bon face aux intempéries de la vie. Tant de mois, tant de jours, tant d'instants durant lesquels il s'était dit qu'il ne survivrait pas. Mais il était encore debout. Il avait auprès de lui une femme aussi gentille qu'intelligente et amusante, qui l'aimait et le comprenait, et deux beaux enfants qu'il avait élevés. Tous ces chocs successifs, l'adultère, la mise en scène que Ragnheidur et lui maintenaient pour les enfants après la trahison, la maladie soudaine puis la mort. Par miracle, il y avait survécu. Tout se passait bien, la vie était belle.

Ragnheidur. L'ange. La pute. Le soleil. La chienne.

Elle envahissait à présent son esprit. Il vida un tiers de son verre en une gorgée, versa une larme et songea à la vérité que leurs enfants ne devaient jamais entendre.

L'un des plus étranges paradoxes de la vie est le fait que chaque individu soit condamné à se voir comme le centre de l'univers, tout en étant parfaitement conscient que l'univers n'a que faire de lui. Ainsi le destin de l'homme est-il de se considérer de manière permanente comme le pivot fragile et inopérant du monde.

Alfred n'en prit toutefois conscience que la quarantaine passée. Cette chute, cette petite expulsion de son paradis personnel, avait eu lieu lorsqu'il était tombé sur un mail – dont les premiers mots disaient "Tu es un magicien au lit, Fjalar!" – de son épouse Ragnheidur, avec qui il était marié depuis dix ans, à l'un des quatre autres gastro-entérologues avec qui il partageait son cabinet médical. Elle y décrivait entre autres son envie de voir en vidéo sa prochaine séance de masturbation et de se "lover dans ses bras chauds". Ragnheidur avait oublié de se déconnecter de sa boîte de réception sur l'ordinateur familial.

Jusque-là, Alfred avait été convaincu que le monde ne lui voulait que du bien, qu'il lui accordait même certains privilèges par rapport à d'autres, comme le succès dans les études, le sens des affaires ou des enfants formidables. Mais à ce moment, sa jeunesse se termina enfin. On pourrait dire que, jusqu'à ce qu'il voie l'amour de sa vie, Ragnheidur Róbertsdóttir, comparer le pénis d'un homme – avec qui il jouait au foot une fois par semaine, partageait des frais de gestion et une salle de pause, sans parler de ses connaissances pointues et de son intérêt pour les maladies du côlon, et qu'il considérait même comme son confrère le plus brillant et le plus amusant – à une baguette magique au pouvoir infini, il n'était en vérité encore qu'un enfant.

Le hasard avait voulu lui montrer ce mail. Lorsqu'il s'était assis devant l'ordinateur, une notification était apparue à l'écran, annonçant un nouveau message de Fjalar, cet amateur de football anglais visiblement doué au lit et à la voix grave. Sans réfléchir, Alfred avait cliqué dessus en voyant le nom de son collègue. En pièce jointe l'attendait une vidéo sans titre, qu'il avait ouverte sans rien soupçonner. Avec horreur, il avait alors regardé l'image pixélisée d'un joyeux Fjalar nu comme un ver, assis sur son fauteuil de bureau sous un maillot de Liverpool encadré en train de battre son engin avec le même zèle qu'un homme essayant d'étouffer un départ de feu.

L'aventure magique à laquelle le mail faisait référence remontait au week-end précédent, lorsque Ragnheidur avait dit à Alfred qu'elle sortait avec ses amies. Fermant la fenêtre de l'écran, celui-ci était finalement allé se coucher sans un mot. Le lendemain était un vendredi, le jour où il avait “le serpent” à disposition, soit le jour où il procédait aux coloscopies après des examens préliminaires plus tôt dans la semaine. Ne pouvant se permettre de prendre un congé, il s'était extirpé du lit à contrecœur après une nuit blanche et s'était mis en route en omettant pour la première fois d'embrasser sa femme pour lui dire au revoir.

Toute la journée, il avait diligemment enfoncé ce tuyau fin équipé d'une caméra dans l'anus de ses patients, la mine blême comme la lune, le geste précis et assuré avant de marmonner ses conclusions et de les saluer d'une poignée de main. Observant patient après patient le paysage monotone du rectum en haute définition, il ne pouvait s'empêcher de penser que le néant régnait dans chaque individu.

Le corps, une coquille vide.

Il ne connaissait plus la femme avec laquelle il vivait. Le midi, dans la salle de pause, il eut l'impression que le monde tournait au ralenti. Au milieu de ses collaborateurs, Fjalar racontait une histoire riche en rebondissements, avec à la main une tasse de café arborant le logo kop.is, le site des supporters islandais de l'équipe de Liverpool. L'air fantomatique, Alfred le fixa depuis le hall d'entrée avant de retourner dans son cabinet. Il fit deux fois le tour de sa table d'examen puis, d'un pas chancelant, se précipita aux toilettes pour vomir. Lorsqu'il rentra le soir, Ragnheidur préparait une soupe et réchauffait du pain dans le four. Hrafntinna faisait la sieste et Skorri était dehors. Alfred la salua sèchement avant de s'enfermer dans son bureau. Il ne laissa rien paraître au dîner, mais plus tard, devant un jeu télévisé, il souffrait d'un tel conflit intérieur qu'il en tremblait et avait le front inondé de sueur.

"Étrange, dit-il après les questions de rapidité, ce matin sur Gmail, j'avais un nouveau courrier qui était considéré comme déjà lu." Ragnheidur resta un instant silencieuse, avant de répondre sans lâcher l'écran des yeux : "Tiens, oui, moi aussi. Il doit y avoir un bug chez Google." "Oui, d'accord. C'était quoi, ton nouveau mail ?" demanda Alfred. "Juste de la pub, une offre de la banque." "Ok, je vois. Je pensais que c'était peut-être la vidéo de Fjalar en train de se masturber. Ce n'était pas ça ?"

Ragnheidur s'effondra et avoua tout. L'adultère durait depuis un peu plus de six mois. Écœuré, Alfred partit en claquant la porte pour ne revenir que tard durant la nuit, s'attendant à la trouver en larmes, folle d'angoisse dans la cuisine, mais elle dormait comme un bébé à l'étage. Il la contempla un instant, envisageant de la prendre dans ses bras, de la transporter jusqu'à la voiture, de lui attacher la tête au crochet d'attelage et de traverser ainsi le pays jusqu'à Egilsstadir. Mais, par souci pour les enfants, il repoussa tout projet de meurtre et alla s'installer avec un plaid sur le canapé du salon.

Pendant plusieurs jours, Ragnheidur le supplia de lui pardonner et lui promit qu'elle avait mis fin à sa relation avec Fjalar, qui avait quitté le cabinet médical. Sans conviction, Alfred finit par accepter de consulter un conseiller conjugal avec elle. Durant tout ce temps, le couple faisait comme si de rien n'était devant les enfants, même s'il ne pouvait retenir quelques petites piques pour son épouse à table. "Super match aujourd'hui, Skorri, même si votre défense prend l'eau. Tu es devenu un vrai *magicien* avec le ballon."

Deux semaines après l'humiliation, ils prirent place devant une femme sévère avec des lunettes en écailles et un gros dossier sur les genoux dans un bureau plutôt douillet de la zone commerciale d'Ármúli. La conseillère conjugale commença par demander à Ragnheidur de raconter l'histoire de son point de vue, sans être interrompue. Celle-ci expliqua avoir discuté avec Fjalar pour la première fois lors d'un pot organisé par le cabinet médical ; au cours de la conversation, elle avait découvert qu'il s'intéressait exactement aux mêmes choses qu'elle, notamment aux gorilles. Il lui avait aussi livré un témoignage coloré de son patient le plus intéressant, un baron de la finance suédois qui s'était retrouvé paralysé du cou au bas-ventre après avoir chuté de son hélicoptère. Elle admit que, devant les connaissances hasardeuses et limitées des grands singes qu'il montrait par rapport à la passion censée l'animer, elle aurait peut-être dû comprendre qu'il y avait anguille sous roche.

Après cela, ils avaient entamé une correspondance électronique. Au terme du récit, la psychologue demanda à Alfred comment il se sentait. "D'après vous, comment je me sens ? fit-il en secouant la tête avant de marquer une pause. Ce mariage est terminé." Son estomac se noua lorsqu'il prononça ces mots, et Ragnheidur éclata en sanglots. "Je ne sais pas si on peut sauver quelque chose de notre relation, mais oui, notre mariage, au sens où je l'entendais, est terminé. Ma promesse lors de notre union était sincère, et ce serait la trahir que de ne pas admettre qu'on ne pourra jamais revenir en arrière après ça." Les yeux rouges, il fixa le vide devant lui.

Les sanglots, les hoquets.

Après environ deux minutes, la psychologue tendit à Ragnheidur un paquet de mouchoirs en papier et demanda : "D'après vous, pourquoi vous avez fait ça ?" L'intéressée s'essuya les yeux et se moucha. Pensive, elle regarda dans le vague. "Je ne sais pas. Je ne le voulais pas, ce n'était pas prémédité. J'aime Alfred, j'aime ma famille. Mais il s'est passé quelque chose. Quelque chose a changé, à la naissance de Tinna, je crois… j'avais la sensation d'être sur une sorte de chaîne de production, toujours avec le même homme, à faire les mêmes choses, maison, voiture et… et j'avais la sensation que la vie me filait entre les doigts… je m'ennuyais, je m'ennuyais tellement. J'avais toujours envie de parcourir le monde, de voir du pays, je voulais vivre des aventures et ignorer ce que le lendemain me réserverait. Je ne suis pas une de ces mères au foyer islandaises." Elle enferma ces quatre derniers mots dans un cadre qu'elle mima avec ses mains. "J'ai commencé à rêver que je poursuivais des gens dans la rue dans le but de les tuer. Peut-être que je suis maléfique, peut-être que je porte ça en moi depuis le début. Je me suis mise à fantasmer des éruptions volcaniques qui nous obligeraient tous à fuir sur des bateaux en pleine nuit. Ou bien une guerre civile. Je voulais que quelqu'un me prenne et me secoue... Je savais que je risquais tout, et pour rien, absolument rien, et pourtant... Peut-être que je suis juste une mauvaise personne."

Elle avait simplement croulé sous le poids de la monotonie. Elle avait tâtonné dans les ténèbres à la recherche de quelque chose qui lui redonnerait vie, un sens du danger, autre chose que la télé le mardi soir, une aventure plus excitante qu'un plat mexicain à emporter. Autre chose qu'un avenir parfaitement prévisible. Et le seul exutoire à portée de main n'avait été qu'une variation sur un même thème, le désir nordique, l'adultère improvisé avec une sorte de gorille qui occupait le bureau voisin de celui de son mari, qui lui ressemblait en tout point, faisait la même chose que lui, pensait comme lui.

Elle avait enfin trouvé son éruption volcanique, sa guerre civile, sa menace avec l'un des auteurs du site kop.is dans une chambre d'hôtel de la rue Skúlagata. Elle avait abdiqué devant une vie qui la laissait indifférente, une vie dont on ne lui avait jamais demandé si elle en voulait, une vie qui n'offrait qu'un seul choix.

Le plus simple aurait été de dire que Ragnheidur avait payé le prix de son impulsivité et de sa stupidité, mais la vérité, c'était qu'elle avait été forte si longtemps, beaucoup plus forte qu'Alfred. Toute sa vie, elle avait porté une ambition bien plus lourde et conséquente que lui, sans jamais avoir l'occasion de poser cette croix. Personne ne l'avait prise sous son aile, personne n'avait voulu tirer profit de ses talents, personne ne lui avait ouvert de porte. Elle doutait trop, culpabilisait trop pour jouer des coudes et s'avancer dans le monde chatoyant de la passion. Elle rêvait grand, désirait ardemment, avait soif de tout, et parfois la seule véritable force de l'être humain, c'est justement sa capacité à refuser de suivre son instinct, à choisir de ne pas faire ce qu'il aime, à réprimer ses envies. Mais le problème avec les grands rêves qui ne nous laissent jamais en paix, c'est qu'on finit toujours par tomber sous leur épée, qu'on les renie ou pas. Leur donner la priorité, c'est courir le risque de faire preuve de violence, d'égoïsme et d'inhumanité à l'égard des autres ; les faire passer au second plan, c'est courir le risque de trahir celui qu'on aime pour quelqu'un qui n'en vaut pas la peine.

Tous les rêves sont meurtriers.

Ils continuèrent à vivre ensemble pendant deux mois mais, à deux reprises, Alfred partit pendant une semaine, prétextant un voyage professionnel. Toujours aussi furieux, il ne cessait de s'apitoyer sur son sort. Et cette banale tragédie lui semblait gagner en intensité à mesure que le temps s'écoulait. Plus il y réfléchissait, plus la réponse s'éloignait. Qu'avait-il fait pour mériter une telle humiliation ? N'avait-il pas toujours tenu ses promesses ? Montré amour, tendresse et sens du devoir ? N'avait-il pas été un bon père pour les enfants ? Un père scandinave moderne, au cœur pur, qui en une nuit avait remisé toutes les idées sur la masculinité et la paternité avec lesquelles on l'avait élevé sans même cligner de l'œil, sans se poser la moindre question, lorsqu'il avait pressenti que c'était ce qu'on exigeait de lui ? Il n'avait jamais émis de doute sur ce que le destin lui présentait, et la seule chose qu'il attendait en retour était de connaître une vie de famille paisible et pleine d'amour.

Mais l'amour de sa vie avait assassiné ce rêve. Pourquoi cette vidéo ? Pourquoi ces mensonges ? Pourquoi cette trahison incompréhensible ? Quelle était l'explication ? Ce genre de choses n'arrivaient pas à des hommes comme lui, ce genre de choses n'arrivaient pas aux gens qui savaient ce qu'ils voulaient. Ces pensées l'assaillaient en permanence : quand il klaxonnait dans les bouchons, s'impatientait devant les clients trop lents à déposer leurs courses sur le tapis à la caisse des magasins, écoutait en bâillant ses patients lui décrire leurs ballonnements douloureux et leurs démangeaisons anales. Jusqu'au jour où la femme qui avait causé tout cela lui annonça qu'on venait de lui diagnostiquer un cancer. Il lui restait six mois à vivre. Une échéance qui se révéla trop optimiste.

Alfred était en larmes à son chevet lorsque Ragnheidur poussa son dernier soupir, au service de soins palliatifs moins de cinq mois plus tard. Dès qu'ils étaient seuls, elle le suppliait de lui pardonner, les lèvres tremblantes. Il finit par le faire. Ou du moins, il le prétendit. Il n'en était en vérité pas si sûr. Il était sincère en lui caressant le front et en lui répétant qu'il l'aimait, que les enfants n'apprendraient jamais ce qui s'était passé, qu'il lui pardonnait tout, absolument. Mais il avait beau essayer, le pardon lui échappait ; parfois, il se réveillait en sursaut, les cheveux en bataille et les yeux rouges après une nuit agitée, ou bien il revenait à lui assis sur une chaise dans la chambre d'hôpital, et il ne percevait plus l'ombre d'un pardon en lui. Le sentiment se manifestait par moments, mais il ne laissait jamais de traces durables. En vérité, il ne pouvait pas pardonner cette trahison avant d'avoir compris pourquoi sa femme l'avait commise. Seulement, c'était impossible. Là était la tragédie. De toutes les mésaventures, les horreurs et les injustices de sa vie, c'était sans doute la plus triste. Il n'avait jamais rien compris à la personne qu'il aimait le plus.

Lui était un but, elle un rêve. Quelle est la différence ? Le but est l'envie d'une possibilité, le rêve est le désir de l'impossible.

Qui était Ragga, au juste ? Il estimait ne pas le savoir, et il avait raison. Cela n'avait rien de nouveau, d'ailleurs. Il s'en rendait simplement compte pour la première fois. Il n'avait jamais su qui elle était. Qu'importe le nombre de documentaires qu'il avait regardés, de monuments de la littérature qu'il avait lus, de programmes d'information qu'il avait écoutés, il n'avait jamais pleinement saisi la manière dont certains ne rêvent que de brouillard – pas pour y dénicher quelque chose, mais pour s'y perdre.

C'était cette même Ragnheidur qui envahissait l'esprit d'Alfred tandis que, les yeux humides de larmes, il tenait une feuille vert vif dans la main. Ces arbres lui rappelaient que sa nouvelle vie s'était construite sur un terrain ancien. Ils dirigeaient le projecteur du passé sur l'instant présent. Il baissa les yeux sur ses paumes. Ces mêmes paumes qui avaient planté ce jardin, ces mêmes paumes qui avaient essuyé ses larmes sur le lit de mort de sa femme. Les souvenirs affluaient en nombre et lui apparaissaient plus nets que jamais.

Lui qui pensait être allé de l'avant était soudain pris de doutes. Il était toujours exactement le même homme, un père de famille fiable et meurtri, privé par la mort de la plus grande énigme de sa vie.

Peut-être n'avait-il pas avancé du tout, peut-être s'était-il seulement éteint.

Ou peut-être avait-il littéralement continué de vivre sa vie, de travailler au même endroit, d'habiter la même maison, de faire les mêmes choses, d'avoir les mêmes pensées, de porter les mêmes vêtements, de regarder la même télévision, de lire les mêmes articles de journaux. Peut-être l'expression "continuer de vivre" signifiait-elle en fait l'exact contraire : marquer une rupture, bouleverser sa vie, se renouveler comme un ticket de loterie, réduire en cendres cette ancienne version de soi-même et renaître en homme nouveau, avec une passion pour le vélo et la démocratie.

Peut-être le seul véritable pouvoir de l'être humain réside-t-il dans sa capacité à renoncer à lui-même. Ou peut-être n'étaient-ce que des sottises, les réflexions d'un homme qui ne comprend pas les lois régissant sa propre existence. Et peut-être qu'il n'avait pas avancé parce que, tout au fond, il n'en avait pas vraiment envie. *Et s'il ne voulait pas avancer?* C'était la question qui l'avait assailli dans les toilettes du restaurant où il avait eu son premier rendez-vous avec Sigga. La question qu'il avait ensuite réduite au silence pour continuer à voir cette femme, parce que cela lui semblait plus raisonnable que de ne pas le faire. C'était une bonne décision, non? Il l'aimait, pas vrai?

Il termina son verre en entendant quelqu'un l'appeler. Skorri était arrivé, le moment était venu d'allumer le barbecue. Alfred continua de boire en retournant les steaks hachés et les côtelettes sur le gril. Il ne croyait pas en Dieu, il avait vu à l'intérieur de l'homme et on n'en trouvait pas la trace. L'alcool aidant, il était toutefois ému et son esprit prenait de la hauteur. Dans le nuage de fumée à l'odeur de viande, il fredonna d'un air concentré la mélodie chantée sur un poème d'Einar Benediktsson lors de l'enterrement de Ragnheidur:

À la poussière nous promet le Tout-Puissant,
chacune de ces vies que la terre nourrit.

Bouleversé, il se mit à chanter de plus en plus fort jusqu'à crier:

Tel l'océan, qui se lèèèèèÈÈÈÈVE PLI APRÈS PLI,
ELLES TOMBENT UNE À UNE ET DIEU LES ATTEND,
CAR LE FIRMAMENT LUI-MÊME EST COMME UN ÉCRAN
QUI NOUS CACHE DES HAUTEURS DE LA GLOIRE INFI-NIIIIIIIiiiiiiiiie.

Sa crainte concernant les hamburgers se révéla justifiée. Hrafntinna piqua une crise en découvrant qu'ils n'étaient pas faits avec le pain habituel et refusa d'y goûter. Observant avec chagrin la pile de pain de mie à côté de la bouteille de ketchup, elle se mit en colère lorsque son père lui enjoignit de manger. L'absence de pains à hamburgers avait fait vaciller les fondements de son existence.

– C'est eg… exactement pareil, Tinna. Regarde, on le tartine de ketchup et on glisse le steak à l'intérieur.

– Non, c'est dégueulasse.

– Ça a le m-même goût, tiens.

– On ne peut pas tenir un hamburger comme ça, le pain est trop fin, c'est dégueu !

– Arrête un peu ton cinéma et mange, Tinna.

– Jamais ! Tu m'avais promis, tu m'avais promis ce matin.

– Je sais, mais il n'y en avait plus dans le magasin, ma chérie. Sigga est même allée voir à Hagkaup. Ils étaient épuisés partout, des obsédés de la fin du monde ont dû tout acheter, et on ne peut rien y faire.

– C'est trop injuste, fit Hrafntinna en chouinant. Je voulais un hamburger.

– Je peux aller à Selfoss acheter des hamburgers quelque part, glissa Skorri, la bouche pleine.

– Nous sommes là pour passer un moment ensemble, on ne va pas écumer les *fast-food* à plus d'une heure de route, répliqua Alfred.

Soupirant, il décida de recourir à la solution de repli.

– Tu veux une pizza, ma puce ? Il y en a une au congélateur, je peux aller la chercher.

– Non, souffla-t-elle, le visage parcouru de larmes.

Alfred lâcha un nouveau soupir et marmonna "Je le savais" dans sa barbe avant d'ordonner sévèrement à sa fille :

– Mange ton hamburger et c'est tout.

– Non.

– Calme-toi, papa, dit Skorri.

– Toi, ne me dis pas de me calmer, rétorqua Alfred.

– Alfred, chéri… intervint Sigga.

– Je me tue à la tâche pour vous à longueur de journée, tu peux bien faire une petite exception, Tinna. Tu devrais être reconnaissante, il y a des gens dans le monde qui ne sauront jamais ce qu'est du pain à hamburger. Ce n'est pas toi qui commandes ici.

Hrafntinna se leva de table.

– Tu m'avais promis un hamburger. J'avais pas envie de venir, et le pain de mie c'est dégueulasse !

À ces mots, elle se précipita dans sa chambre.

– Tu te comportes comme une enfant ingrate et insolente ! s'exclama Alfred en frappant ses couverts contre la table. Toujours la même histoire, on n'a jamais un moment de paix.

– Tu lui avais promis des hamburgers, dit Skorri.

– Il n'y avait pas de pains à hamburgers. Il. N'y. En. Avait. Pas. Qu'est-ce que j'y peux ? Ce n'est pas comme si j'avais volontairement tué ses rêves ! Il n'y avait pas de putains de pains à hamburgers. C'est censé gâcher notre week-end ?

– Tu sais qu'elle n'aime pas les changements de dernière minute.

– Toi, ne recommence pas à me donner des leçons.

– J'essaie juste de parler avec toi.

– Je commence à en avoir ma claque que tu cherches à m'apprendre comment élever un enfant.

– Tu es ivre, et c'est toi qui te comportes comme un enfant.

– Je ne suis pas ivre, bordel ! On ne peut même plus boire une bière avec son hamburger sans subir ce genre d'insinuations ?

Alfred secoua la tête tandis que Sigga les regardait d'un air inquiet.

– C'est toi qui étais si farouchement opposé à ce que ta sœur suive un traitement qui aurait pu l'aider. Je n'aurais jamais dû t'écouter.

– On se calme, les garçons, tenta Sigga.

– T'es dingue ou quoi ? cracha Skorri. De quoi tu parles ?

– Tu devrais arrêter de te mêler de tout ! Peut-être qu'ils arriveront à te l'enseigner à l'université cet automne, puisque je n'y suis pas parvenu.

Skorri garda le silence pour le reste du dîner, puis il alla marcher au bord de la rivière qui s'écoulait paisiblement entre les arbres en contrebas. Lorsque le soleil se couchait, il avait l'habitude de se balader sur ses berges herbeuses en écoutant le murmure de l'eau. Aussi claire que du verre, elle serpentait à travers la vallée en chantant ce qui ressemblait presque à une mélodie. Enfant, il y pataugeait souvent et y jetait des cailloux. Nulle part ailleurs, la nuit n'était aussi fraîche que là, au bord de cette eau mélodieuse. Sa sœur et lui emportaient parfois une brique de jus de pomme pour la siroter au soleil.

S'asseyant dans l'herbe, Skorri arracha un brin qu'il glissa entre ses lèvres, inspira profondément et ferma les yeux. Pendant un instant, il parvint à ne penser à rien du tout. Puis il s'allongea sur le ventre et, attrapant l'eau glaciale avec sa paume, but une gorgée avant de s'asperger le visage.

Le ciel s'était assombri lorsqu'il remonta vers le chalet, où il trouva Alfred assis sur le canapé, sourcils froncés, les cheveux tombant dans les yeux, la chemise déboutonnée et un verre de whisky à la main. Il écoutait un CD des *Cantiques de la passion* de Hallgrímur Pétursson à un tel volume que le lecteur tremblait sur le manteau de la cheminée. Sur le petit écran apparaissait le numéro 33. Le chapitre de la crucifixion.

DIEU FASSE QUE MA CHAIR SOIT
AVEC TOI CRUCIFIÉE
ET EXEMPTE DE TOUTE MALICE ;
C'EST MON DÉSIR QUOTIDIEN.
MON MAÎTRE, TU LE SAIS.
QUE POUR CELA MON ESPRIT PUISSE

SANS OBSTACLE, AVEC UNE FOI TRANQUILLE,
SERVIR TA BONTÉ.*

Sigga s'était enfermée dans sa chambre et Hrafntinna lisait une bande dessinée sur la couchette supérieure du lit superposé qu'ils partageaient. Skorri retira son bonnet et son manteau en silence avant de se glisser dans ses chaussons. Il se rendit dans l'arrière-cuisine sans adresser un mot à son père et piocha une brioche à la cannelle dans un sachet en plastique.

– Comment s'est passée la chasse aux moutons ? marmonna Alfred, à peine audible sous le récit de la Passion du Christ. La rivière chantait toujours ?

Skorri hocha lentement la tête sans le regarder. Il garda le silence encore un instant, puis :

– Papa, c'était l'anniversaire de maman cette semaine.

Alfred leva ses yeux fatigués sur lui.

Voici que Jésus était nu, cloué au bois...

– Quoi ?

Tâtonnant à la recherche de la télécommande sur la table basse, il la dirigea vers la petite chaîne hi-fi et baissa le volume.

– Je disais que c'était l'anniversaire de maman cette semaine. Mercredi.

Alfred regarda dans le vide.

– Oui. Le 7 juin. C'est vrai. Ce jour béni.

– Tu avais oublié, peut-être ?

– Moi ? Non, non, bien sûr que non.

– Pourquoi tu n'as rien dit, dans ce cas ? répliqua Skorri en avalant le dernier morceau de brioche.

– Bah... J'étais occupé, le pays tout entier a la courante depuis Pâques.

– Pourquoi on ne parle jamais d'elle ?

---

* Dans *Trois grands poèmes religieux*, traduits de l'islandais par Patrick Guelpa, Les Belles Lettres, 2008.

– Il s'est écoulé beaucoup de temps, répondit Alfred.
– Parfois, on dirait qu'on l'a oubliée.
– Il vaut mieux la préserver ainsi.

Skorri resta muet, puis il tourna les talons et quitta le salon.

– Elle vit, bafouilla Alfred dans son verre. Ta mère, elle vit dans ton goût du chaos et dans ton arg... agro... arrogance.

Dieu fasse que ma chair soit avec toi crucifiée.

Skorri s'immobilisa dans le cadre de la porte, les yeux fixés sur le couloir sombre menant aux chambres.

– Tu rends sa stupidité immortelle, poursuivit son père en hoquetant. Et avant même de t'en être rendu compte, tu auras toi aussi causé la perte de quelqu'un.

L'adolescent se retourna et regarda son père d'un air déterminé, les lèvres tremblantes.

– Tu as peut-être visé un peu haut avec elle, n'est-ce pas, papa?

– Tu as raison, mon gamin. Et pour me récompenser, elle m'a fait veuf cocu... Qui dit mieux? Elle m'a-fait-veuf-cocu. Pas facile à dire, ça.

– De quoi tu parles?

– En guise de cadeau d'adieu avant de s'envoler vers l'au-delà, ta mère est allée faire des galipettes avec un homme qui l'a séduite, accroche-toi bien, en prétendant s'intéresser aux gorilles. Et ce pathétique soiffard qu'est ton père, ce type qui a voulu jouer dans la cour des grands comme tu dis, ne peut que soulever son chapeau devant un tel coup de maître. Bravo!

Alfred applaudit puis secoua la tête en laissant échapper un rire alcoolisé.

– Et joyeux anniversaire en retard, ajouta-t-il.

Abasourdi, Skorri fixa son père sans parvenir à prononcer un mot. Ses yeux lançaient des éclairs. Discernant du bruit derrière lui, il se retourna et aperçut sa sœur sur le seuil de leur chambre. Il se précipita vers elle et lui attrapa le bras.

– Mets tes chaussures, on s'en va. Maintenant.

Alfred se leva et s'approcha.

– Qu'est-ce qui se passe ?

– On s'en va.

– Vous n'allez nulle part. Ta sœur reste ici.

– Tu es un putain de menteur ! s'écria Skorri, les larmes aux yeux.

– Oh, si le mensonge était mon seul vice !

Sigga apparut en chemise de nuit, plissa les yeux et croisa les bras.

– Le monde est un mensonge, poursuivit Alfred. Car la vérité est sale.

Skorri lança un regard intense à son père.

– Mets tes chaussures, Hrafntinna. Fais ce que je te dis.

Alfred se tourna vers Sigga :

– Le petit Thésée veut enlever Hélène de Troie.

– N'essaie pas de m'arrêter, espèce de vieux dégueulasse.

Skorri emmena sa sœur dans les ténèbres nocturnes et ouvrit à la volée la portière de sa voiture. Les phares illuminèrent l'allée et Alfred rejoignit le trottoir devant le chalet.

– Skorri... Tu veux bien revenir à l'intérieur, mon chéri ?

Le vrombissement du moteur, le crépitement du gravier.

Alfred regarda le faisceau de lumière slalomer sur le chemin de terre, puis s'éloigner jusqu'à disparaître sous les montagnes.

En larmes, Skorri essaya de trouver sa station de radio préférée mais les grésillements la rendaient inécoutable. "Putain de merde", marmonna-t-il en reniflant, forcé de se contenter d'une station publique où résonnèrent les premières notes légendaires de *Skriftagangur* du groupe

Þursaflokkurinn. “Qu’est-ce qu’il disait, papa ? demanda Hrafntinna. De quoi il parlait, au juste ?” “Rien du tout, que des conneries, il avait trop bu.” “Qu’est-ce qui se passe, Skorri ? On va où ?” “On rentre à Reykjavík. J’en avais assez.” “Puisque c’est ainsi.” “Demain, on ira louer un film, ok ?” fit Skorri. “Est-ce qu’on peut en prendre deux, un vieux et un récent ?” “Bien sûr.” “Mais qu’est-ce qu’il y a ? Pourquoi tu es si triste ?” Il s’essuya les yeux et se racla la gorge. “Rien du tout, tout va bien.”

Il entrouvrit sa vitre, fouilla dans la boîte à gants et lui dit de manger un bonbon. Quelques instants plus tard, elle était de nouveau plongée dans sa bande dessinée et Skorri fixait le macadam grisâtre.

Les réflecteurs de lumière, la vastitude déserte du paysage.

La Golf filait en cinquième à travers la nuit qui n’était ni lumineuse ni sombre, et la route lui semblait apparaître à travers un vieux filtre.

Ses mains tremblantes serrées sur le volant, Skorri grinçait des dents et se retenait de pleurer devant sa sœur.

Un jour, Tinna comprendrait ce qu’elle avait entendu. Quand leur mère était-elle morte ? Neuf ans auparavant ? Neuf fractions de seconde ? Neuf siècles ? Quelle différence ? Une jeep Pajero arriva face à eux. Suçant son bonbon, Skorri fit une embardée sur l’autre voie. Hrafntinna leva les yeux de son livre et s’écria : “Skorri ! Attention !” Il contempla l’océan de lumière émanant de la jeep. Un instant, les deux véhicules foncèrent l’un sur l’autre comme deux météorites, puis Skorri tourna brusquement le volant vers la droite, et la Golf regagna sa voie. Quittant la route, le Pajero fit plusieurs tonneaux.

Verre brisé et morceaux d’acier s’éparpillèrent sur la mousse.

La Golf freina d’un coup.

Skorri peinait à respirer en regardant dans le rétroviseur. Il baissa sa vitre et jeta un coup d’œil dehors.

À une centaine de mètres, la jeep avait atterri sur le toit et l'une de ses roues tournait lentement. Figée sur son siège, Hrafntinna se cachait les yeux.

La route vide, personne à proximité.

Skorri jeta un regard circulaire, devant, derrière, sur les côtés.

Le temps s'était arrêté et le silence était total. Les brins d'herbe restaient paralysés dans les pâturages. Le ciel était aussi immobile qu'un tableau.

Skorri saisit le volant de ses deux mains, la bouche ouverte et les paupières tremblantes. Puis il attrapa la poignée de sa portière, attendit une seconde avant de relever les yeux sur le pare-brise et de déclamer en direction des ténèbres :

"*Non, ne nous attardons pas, et mettons les voiles,*
faisons promettre le silence à ces étoiles."

Il regarda sa sœur qui se cachait toujours les yeux, horrifiée. Il baissa la tête, contempla les baskets que son père lui avait offertes pour son anniversaire et, faisant tourner le bonbon sur sa langue, il appuya sur l'accélérateur.

III

LES ANGES DU PAJERO

Il s'était écoulé plusieurs jours depuis le soir où Skorri avait débarqué chez moi dans un état second. Vers midi, à sa demande expresse, je passai le voir chez lui et sa compagne Kíara. La cafetière ronronnait sous la fenêtre lorsque j'entrai dans le petit chalet, dont la porte donnait directement sur le salon avec cuisine ouverte. Dehors, les arbres humides exhibaient de beaux verts. Les murs étaient recouverts de lambris de bois, et le parquet grinçait sous mes pas. Tous les sons semblaient amplifiés par le silence, presque comme dans un film, et à intervalles réguliers on percevait un bourdonnement en provenance de la route au loin, tandis que par la fenêtre, un oiseau inconnu piaillait. Les bras croisés, Kíara se tenait sur le seuil du couloir menant aux chambres et à la salle de bains pendant que Skorri alignait des vêtements dans un petit sac de voyage. L'écho des conversations qui avaient eu lieu ici ces dernières vingt-quatre heures flottait encore dans l'air.

– Tu en dis quoi, toi, qu'il parte à la recherche de Tinna ? me demanda Kíara.

La question me laissa sans voix. Ce que j'en disais ? Quelle importance ? Baissant les yeux sur ma tasse, j'essayai de réfléchir à une réponse, mais avant que j'aie pu prononcer un mot, elle poursuivit, cette fois à l'attention de Skorri :

– Nous sommes venus ici à cause d'elle, et maintenant tu pars pour la même raison ?

– Je ne "pars" pas. Je m'absente juste le temps de la retrouver, marmonna Skorri, le nez plongé dans son sac.

Je n'ai pas d'autre choix. Si je n'y vais pas, c'est papa qui ira, et ça va être le bordel.

– Et si tu retrouves sa trace, qu'est-ce qui te fait croire qu'elle aura envie de te parler maintenant ? Ce n'est pas à toi de la sauver.

J'observai Skorri qui bataillait avec la glissière du sac, l'air concentré. Par terre à ses pieds, un chargeur de téléphone. Il devait prendre l'avion le lendemain matin depuis l'aéroport international de Keflavík. Sortant de la douche, il avait une autre allure, il était fraîchement rasé et n'arborait plus cette apparence un peu négligée qui le caractérisait. Il avait échangé sa polaire et sa chemise à carreaux contre un jean et un tee-shirt noirs.

J'essayai de tirer la situation au clair. Il n'avait pas parlé à sa sœur depuis qu'il s'était battu avec le petit ami de cette dernière quelques années auparavant. Le choc de la perdre avait engendré une cassure en lui, il s'était mis à adopter un comportement autodestructeur au travail, comme s'il n'avait plus rien à perdre, et avait fini par s'isoler à la campagne. Très bien. À présent, on aurait dit que la disparition de la jeune femme avait éveillé une nouvelle force en lui, un esprit, une étincelle, un passé – elle devait être le point central de toute cette histoire. Bien sûr, c'était inquiétant de ne plus avoir de ses nouvelles, mais je comprenais la question de Kíara. D'où lui venait cette certitude que c'était à lui de partir à sa recherche ? D'accord, il était peut-être en meilleure forme physique que son père. Mais Skorri n'était-il pas justement l'unique homme à qui Tinna ne voulait pas adresser la parole ? C'était cet homme-là qui comptait la retrouver ? Avec tout ce qui s'était passé, s'estimait-il le mieux placé pour entrer en contact avec elle ? Peut-être considérait-il que c'était la chose à faire pour disperser les lourds nuages qui pesaient sur leur relation ? Pensait-il que sa disparition était une sorte d'appel au secours qui lui était destiné, à lui personnellement ? Voulait-il la retrouver pour réparer leur relation une bonne fois pour toutes ?

À cet instant, dans le chalet lové au cœur d'une nature muette où le piaillement irrégulier de l'oiseau sur le toit semblait le seul signe de vie sur la planète entière, l'homme devant moi, qui rangeait une brosse à dents dans son sac, constituait une parfaite énigme.

Il ne me disait pas tout. C'était impossible. Que cachait-il ?

Réponse : Bien des choses ! Oh, si seulement j'avais su.

– Cette fille est incroyable, commenta Kíara.

– C'est décidé, Kíara, répondit Skorri avant d'aller la prendre dans ses bras. Papa est en train de devenir dingue.

– Que comptes-tu lui dire lorsque tu la retrouveras ?

Il l'embrassa sur le crâne sans prononcer un mot, puis se pencha de nouveau sur son sac.

Skorri m'avait demandé, non sans une certaine fermeté, de l'accompagner à Reykjavík, en insistant pour que je ne dise pas un mot de cette requête à Kíara. J'avais alors inventé un prétexte pour passer chez eux, et dis devant eux que ma voiture faisait des siennes et que j'avais besoin de lui. Ils se séparèrent avec tendresse et il embrassa sa compagne avant de la quitter avec un sourire. Mais lorsque nous fûmes dans la voiture, l'expression de Skorri devint sévère et déterminée tandis qu'il enfilait ses lunettes de soleil. "Mon histoire touche à sa fin, Hanna. C'est un cauchemar qui a débuté lorsque j'avais dix-neuf ans, et je crains qu'une vieille prophétie se soit désormais réalisée – j'ai longtemps su que ma sœur partirait un jour." Mon cœur manqua un battement. Que voulait-il dire ? "Je croyais que le moment était venu après notre dispute, la fois où elle a quitté la maison familiale en furie après ma bagarre avec Viktor, c'est pourquoi ma vie a pris un tournant aussi chaotique. J'ai cru qu'il était temps de régler les comptes, poursuivit-il en mimant des guillemets autour des mots ‘régler les comptes’. Finalement, ça n’a pas été le cas. Mais je crains que ce le soit aujourd’hui. Je n’ai pas beaucoup de temps, mais quoi qu’il advienne, je veux qu’on connaisse mon histoire, de mon point de vue, à présent que la menace de ma punition est plus palpable que jamais. Je veux que tu l’écrives. Je sais que tu t’intéresses déjà à Tinna et à moi, probablement depuis toujours, parce que tu es sensible et que tu as perçu des secrets, une tragédie chez elle. Je vais tout te raconter. Je vais te révéler des choses que je n’ai jamais dites à personne, que personne ne sait sauf nous deux. Je suis le livre que tu es venue écrire ici.”

Je hochai la tête. “Tu sais pourquoi elle a disparu, n’est-ce pas ?”

“Je vais passer par le Hvalfjördur, plutôt que d’emprunter le tunnel sous la mer, si ça ne te dérange pas.”

C’est lors de ce voyage que j’ai appris tout ce qui s’était passé, les événements qui avaient mené à l’accident mortel sur la route 1. La suite, ce qui s’est déroulé après l’accident et l’impact qu’il a eu sur la vie de Skorri et Hrafntinna, je ne l’ai eue que le lendemain, dans un mail qu’il m’envoya depuis l’avion en vol vers Berlin. J’ai alors découvert à quelle prophétie il faisait référence, et pourquoi il avait cru que la vie telle qu’il la connaissait était terminée lorsqu’elle avait claqué la porte à la fête d’anniversaire de leur père. Il apparut également que ce n’était pas la première fois qu’il faisait des aveux par mail, mais cette fois le courrier avait atteint son destinataire.

La voiture garée devant la maison, Skorri fit promettre à sa sœur de ne jamais dire un mot de ce qui était arrivé à qui que ce soit. Les yeux brillants, la fillette hocha la tête en tenant sa ceinture à deux mains. Elle déglutit puis murmura : “Je le promets. Je ne dirai rien. Promis.” Après cela, elle ne pouvait plus regarder le ciel nocturne sans penser à ce pacte de silence conclu avec les étoiles scintillantes. Même à l'adolescence, lorsqu'elle riait et buvait de l'alcool avec ses amis, dans un club, ou près du port, ou à côté de la statue sur la colline d'Arnarhóll dans le centre de Reykjavík, elle se renfermait instantanément si quelqu'un évoquait les mystères du ciel. *Tu peux nous faire confiance*, les étoiles semblaient-elles lui dire, et elle était déterminée à se taire jusqu'à la fin de ses jours.

Cette nuit-là, Skorri la borda dans sa chambre à l'étage, répétant sans cesse que tout irait bien, que les conducteurs de l'autre voiture n'étaient pas vraiment blessés. Tremblant sous sa couette, elle finit par retrouver peu à peu le calme, puis le sommeil l'emporta. Assis à son chevet, Skorri resta paralysé à fixer le vide pendant plusieurs heures, et enfin il tomba de fatigue par terre à côté d'elle.

À l'aube, il se réveilla en sursaut, le cœur battant et la respiration haletante lorsqu'il se redressa. Sa sœur dormait encore, la tête tournée vers le mur. Skorri bondit sur ses pieds et alla allumer son ordinateur. Il ouvrit les sites de tous les journaux et actualisa constamment les pages durant l'heure qui suivit. Il ne fallut pas longtemps avant qu'il aperçoive le premier gros titre. "Un accident grave sur la route 1." Grinçant des dents, il frappa un léger coup de poing contre le bureau. Son téléphone affichait de nombreux appels manqués de son père.

Tinna sortit de sa chambre en se frottant les yeux. Skorri se força à sourire et la mena vers l'escalier. "Viens, on va manger des Kellogg's", dit-il avant qu'elle ait le temps de prononcer un mot. Il lui versa des céréales dans un bol puis les aspergea de lait. "Ensuite, on va aller louer un film." "Tu es sûr que les gens de l'autre voiture vont bien ? demanda-t-elle. On n'a pas appelé d'ambulance." "Ils n'avaient pas besoin d'ambulance, quelqu'un est venu les chercher juste après notre départ." Il posa le bol devant elle. "On ne dit pas un mot de ça à papa et

Sigga, tu te rappelles ? On n'en reparlera plus jamais." Elle acquiesça.

Vers 11 heures, les gros titres disaient : "Un accident mortel après une sortie de route." Skorri se prit le visage dans les mains puis jeta un regard paniqué autour de lui, les yeux gonflés de larmes.

Dehors, la matinée ensoleillée, paisible, le rire des enfants, les sonnettes des vélos, un match de football.

Les passagers de la voiture étaient un couple de quinquagénaires.

Alfred et Sigrídur ne tardèrent pas à rentrer. Skorri regarda la voiture pénétrer dans le jardin depuis la fenêtre de sa chambre et vit l'expression soulagée de son père lorsque celui-ci aperçut la Golf dans l'allée et en tapota le toit. L'adolescent fit des allers-retours rapides dans sa chambre, inspecta son reflet dans le miroir puis se précipita dans la salle de bains où il s'essuya les yeux avec une serviette et se peigna rapidement avec les doigts. Une clé tourna dans la serrure de la porte d'entrée.

– Les enfants ? Skorri, Tinna ! lança Alfred.

Skorri rejoignit le palier et, lorsqu'il posa la main sur la rampe, le barrage céda. "Ici, papa, nous sommes là-haut." Les yeux noyés de larmes, il descendit l'escalier quatre à quatre et se jeta dans les bras de son père, enfouissant son visage contre son torse.

Déstabilisé par cet accueil, Alfred lui caressa la nuque.

– Tout va bien, mon fiston adoré, dit-il en jetant un regard à Sigga par-dessus son épaule. Où est ta sœur ?

Tinna descendit en souriant. Sigga la serra dans ses bras.

Skorri était inconsolable tandis qu'Alfred essayait de s'excuser pour ses paroles déplacées. Il était tombé de sommeil sur le canapé peu après le départ des enfants. Lorsqu'il s'était réveillé, il était rongé de culpabilité. Pourquoi diable avait-il dit des choses pareilles ? Sur le chemin du retour, il s'était imaginé que Skorri ne lui adresserait plus jamais la parole, quitterait la maison, parcourrait le monde en autostop et finirait en barman avec des dreads dans une auberge quelque part dans les forêts tropicales d'Amérique du Sud. "J'ai ruiné la vie de mon fils. Je ne peux pas revenir sur ce que j'ai dit, je l'ai peut-être perdu à tout jamais", avait-il dit à Sigga, peu après être passé devant une voiture accidentée autour de laquelle des agents de police s'agitaient. "Il avait besoin de l'entendre", avait-elle répondu.

Mais à présent, son fils en sanglots tremblait sur le canapé du salon face à lui, accablé de souffrance et de regret. La petite Tinna s'occupait sagement à l'étage. Avec le plus grand soin, Alfred tentait d'expliquer à l'adolescent que sa mère et lui avaient eu des problèmes de couple.

– Ta maman a commis une erreur mais je... Skorri, ce sont des choses qui arrivent. Parfois, on est touchés par des événements qu'on ne pouvait pas prévoir. Je n'ai jamais cessé d'aimer ta mère. La seule raison pour laquelle je n'ai pas évoqué le jour de son anniversaire, c'est simplement que c'est trop douloureux d'y repenser. C'était le jour le plus important de l'année pour moi. Pardonne-moi, mon fils adoré.

À nouveau, il le prit dans ses bras en songeant à sa chance d'avoir des enfants aussi matures et délicieusement imprévisibles. Il s'était convaincu que son comportement irrespectueux et égoïste avait endommagé de manière durable sa relation avec son fils, mais voilà que le garçon pleurait à chaudes larmes pour quelque chose qui ne méritait même pas un carton jaune – tout au plus un rappel à l'ordre. *Oh, mon Skorri adoré. Tu es le meilleur fils au monde.*

Le soir même, les médias publièrent des photos du couple décédé. On ignorait ce qui avait causé l'accident. Skorri ferma l'ordinateur. Il enfila un sweat à capuche, descendit l'escalier – dans le salon, Alfred et Sigga regardaient les informations – et se faufila dehors. Il alla s'installer sur le siège conducteur de sa Golf, caressa le volant et baissa les yeux sur la pédale d'accélération. Puis il démarra, mit un morceau de piano calme sur l'autoradio, remonta sa capuche et recula. Pendant un moment, il conduisit sans but, parcourut Hafnarfjördur jusqu'au port, puis traversa le quartier de Grafarvogur, en respectant toujours les limites de vitesse, la Golf progressant doucement et silencieusement le long du macadam.

Les événements de la nuit sur la route 1 tournoyaient dans sa tête.

Les poings serrés sur le volant. Sa sœur terrifiée. Les phares. Les bris de verre et de métal qui s'éparpillent.

Lorsqu'il prit la direction du commissariat rue Hverfisgata, le ciel nocturne s'était paré d'une teinte rougeâtre. Dans le rétroviseur, les yeux de Skorri sous sa capuche étaient gonflés de chagrin. Il se gara devant une pizzeria et, à bout de forces, appuya le front sur le volant. Il grinçait encore des dents, les yeux fixés sur le commissariat aux fenêtres illuminées. Dans sa tête, il avait répété son témoignage, il s'imaginait conduit dans une petite pièce derrière une porte percée d'une minuscule vitre comme dans les films, où deux hommes mal rasés en chemise aux manches retroussées lui cracheraient leur fumée au visage pendant qu'ils réfuteraient chacun des éléments de son récit.

J'ai perdu le contrôle de mon véhicule et j'ai accidentellement dévié vers l'autre voie.

L'autre voiture a coupé ses feux de route si tard que j'ai été aveuglé.

L'autre voiture a débordé sur ma voie et, en faisant une embardée à la dernière seconde, elle a quitté la route.

J'ai conduit sur la voie inverse. Était-ce volontaire ? Peut-être, peut-être pas. Pourquoi ? Je ne sais pas.

Que faire ? Devait-il avouer sa faute ? Et quoi ? Aller en prison ? Ou bien attendre, espérer, commencer ses études de droit à l'automne ?

Irait-il en prison s'il avouait ? Était-il… il ne pouvait même pas penser ce mot sans être pris de sueurs froides – un assassin ? Qu'est-ce qui avait bien pu passer par la tête du conducteur d'en face ? Skorri était revenu sur sa voie largement à temps, l'autre n'avait aucune raison de donner un tel coup de volant. Pourquoi n'avait-il pas ralenti avant ? "À quelle vitesse j'allais au juste, pas si vite, je n'allais pas du tout vite, la vitesse autorisée, même encore moins que ça." Il s'était mis à marmonner à voix haute. N'avait-il pas redressé la Golf bien avant de croiser l'autre voiture ?

Il observa le siège passager vide, où sa sœur avait été assise. *Quoi qu'il arrive, cela ne doit pas avoir le moindre impact sur sa vie*, se dit-il.

Il resta ainsi pendant une heure à tergiverser, à se demander s'il devait se rendre et à essayer d'en mesurer les conséquences. Il n'avait rien mangé depuis qu'il avait quitté le chalet.

Pourrait-on découvrir qu'ils étaient sur les lieux ? Il n'y avait aucune caméra de surveillance. Peut-être des radars quelque part sur la route, mais ils ne prenaient en photo que ceux qui commettaient un excès de vitesse, pas vrai ? Personne dans les environs, ils n'avaient croisé qu'une poignée de véhicules sur le chemin, sa voiture ne portait aucun stigmate. La seule chose qui lui venait à l'esprit était l'éventuelle trace de pneus sur le macadam lorsqu'il avait pilé. En avait-il laissé une ? Aucune idée. Si c'était le cas, comment prouver qu'elle provenait de sa Golf ? Il se calma un instant, convaincu qu'il était tiré d'affaire. C'est alors que lui revinrent à l'esprit les photos des deux défunts. Il gémit, se tortilla sur son siège et frappa l'autoradio qui se ralluma. La station Gullbylgjan passait une vieille chanson.

Son père. N'avait-il pas déjà assez souffert ? Perdre maman puis moi, son fils, en prison pour m-meu… homicide involontaire, n'était-ce pas l'expression consacrée ?

Comment recouvrer sa bonne réputation après une horreur pareille ? *Je ne pourrai fuir nulle part, je serai Skorri le meurtrier... Skorri le meurtrier était à la piscine, Skorri le meurtrier était à Bónus, Skorri le meurtrier bourré en ville... Je n'aurai jamais de travail, je serai un paria et devrai vivre avec ça sur la conscience toute ma vie, juste parce que...*

Ses yeux se remplirent de larmes. Il passa la main sur son visage, se tapa la joue. Non, impossible de se rendre à la police, ce n'était pas juste, il n'était pas responsable. Il redémarra.

Il décida d'aller chez Harpa Glódís. Si quelqu'un pouvait l'aider, c'était elle. Il sonna à l'interphone de son immeuble, croisant les doigts pour qu'elle ne dorme pas encore. Après un bref instant, l'appareil crachota et sa voix se fit entendre dans le haut-parleur. "Oui, qui est-ce ?" Il se présenta. "Doux Jésus !" s'exclama-t-elle, et simultanément la porte s'ouvrit dans un clic. Il se précipita au deuxième étage, la main contre la poitrine. La cage d'escalier tombait en ruine et chaque marche grinçait. Dans le couloir s'accumulaient poussettes, chaussures et vélos. Harpa Glódís l'attendait dans le cadre illuminé de sa porte d'entrée lorsque Skorri s'échappa des ténèbres. Vêtue d'une robe de chambre, elle arborait un beau bronzage.

– C'est toi, mon garçon ? Encapuchonné comme un moine ? Qu'est-ce que tu fais là ?

La lumière éclaira le visage triste de Skorri.

– Je ne savais pas où aller.

– Qu'est-ce qui t'arrive, mon grand ? Entre.

Skorri retira ses chaussures et, à pas lents, pénétra à l'intérieur. Elle referma la porte derrière lui et lui indiqua le salon, au décor d'inspiration hippie, avec de grandes tentures suspendues aux murs, des coussins et des tapis de toutes les couleurs, un fauteuil en cuir, un canapé et un téléviseur à tube cathodique montrant des danseurs souriants dans un bal. Le son était coupé. Skorri se dirigea vers la fenêtre et regarda dehors pour cacher son visage. Ses lèvres tremblaient.

– Il s'est passé quelque chose d'un peu grave, d'un peu très très grave, je ne sais pas quoi faire.

D'un coup, ce fut comme si la vipère qui s'agitait dans son ventre venait de le mordre : saisi de vertiges et d'une violente nausée, il prit sa tête entre ses mains.

– Je crois que je dois… il y a des toilettes ici ?

Elle lui montra le chemin vers une salle de bains vieillotte, alluma des bougies à la hâte et lui tint les cheveux tandis qu'il vomissait.

– Allons, allons, mon garçon, pourquoi te mettre dans des états pareils ? Qu'est-ce qui a bien pu t'arriver ?

Pâle comme un linge, de la bave au coin des lèvres, il s'appuya contre la baignoire. La sueur luisait sur son front. Il attrapa le lacet de son pull et resserra sa capuche. Le fait de vomir ne l'avait pas soulagé et n'avait pas apaisé son mal de crâne.

– Je ne sais pas par où commencer… ni même si je dois commencer quelque part, soupira-t-il.

Harpa lui tendit un verre d'eau.

– Commence par t'hydrater le gosier.

Il but une grande gorgée qu'il fit tourner dans sa bouche un instant. Il avait mal à la gorge.

– Je suis désolé, je t'ai réveillée ?

– Pas du tout. J'étais juste en train de regarder un concours de danse dans l'Est.

Les yeux de Skorri étaient figés. Sur son visage, le chagrin avait cédé la place à une certaine gravité. Sa voix ne cessait de se briser tandis qu'il racontait l'épreuve qu'il venait de traverser. Harpa Glódís écouta le récit de son jeune ami sans l'interrompre, hochant parfois la tête, puis elle l'aida à se lever et le soutint jusqu'à la cuisine.

– Pourquoi ta voiture a-t-elle mordu sur l'autre voie ? demanda-t-elle.

Haussant les épaules, Skorri continuait de fixer droit devant lui, sidéré.

– Je ne sais pas, j'ai juste tourné, ou j'ai laissé la voiture déborder un peu, je ne sais pas, ça s'est passé si vite.

Harpa Glódís remplit sa bouilloire et prépara deux tisanes.

– Qu'est-ce que je dois faire, Harpa ? Je ne veux pas aller en prison.

– Tu n'iras pas en prison, Skorri. Écoute-moi, tout ira bien, tout va bien se passer.

Skorri prit la tasse fumante et, de ses mains tremblantes, la porta à ses lèvres.

– C'était un accident, mon garçon. Un malheureux accident, et rien d'autre. Tu ne voulais faire de mal à personne. Regarde-moi. Des choses terribles, il en arrive tous les jours, à chaque seconde, partout sur cette terre. Ce monde est rempli à ras bord de cauchemars. Seul le hasard décide sur qui l'ombre s'abattra la prochaine fois. Personne n'y échappe. Tu n'avais pas l'intention de faire de mal à qui que ce soit, tu t'es retrouvé dans un accident qui a eu des conséquences tragiques, mais tu n'es pas coupable. Ce n'était qu'une fraction de seconde parmi tant d'autres, et maintenant elle est passée.

– Dois-je me rendre ?

Harpa Glódís observa son jeune ami au visage écarlate et aux yeux gonflés tandis qu'il luttait pour ingurgiter sa tisane.

– Non, mon grand. Je ne vois pas pourquoi. Tu ne voulais de mal à personne et tu n'as rien fait, ce n'était qu'un accident.

Skorri hocha la tête en silence.

– Rien qu'un tout petit instant qui appartient désormais au passé, ajouta Harpa Glódís.

Elle se leva et lui dit de boire, puis elle lui retira sa capuche. Il renifla tandis qu'elle lui lissait les cheveux, envahi d'une soudaine sérénité. Finissant sa tasse, il demanda s'il pouvait en avoir une autre. Harpa Glódís fit brûler de l'encens et alluma des bougies. Skorri inspira profondément.

– J'ai vu beaucoup de choses dans ma vie, mon grand, dit-elle en lui caressant encore les cheveux. Le mieux, c'est que tu ailles de l'avant. Le choc passera. Crois-moi. J'ai vu bien pire.

C'était rassurant à entendre, même si Skorri hésitait à lui demander de détailler les horreurs dont elle avait été témoin. La cruauté du monde, l'idée qu'il n'était pas le seul à souffrir étaient une consolation à cet instant. Bien sûr que ce genre de malheurs étaient plus courants qu'il ne le soupçonnait. C'était le pain quotidien des humains. Tous les adultes portaient une tragédie invisible sur leurs épaules. La vie des hommes était une vallée de larmes ! On nous balance dans cette existence sans nous demander notre permission, puis on nous jette à nouveau vers les ténèbres éternelles. Que signifie cette misérable vie ?

Ces dernières semaines, il avait avancé à tâtons dans des réflexions de ce type, en lisant notamment les philosophes antiques. Le monde avait visiblement décidé de lui répondre.

L'homme est un outil dans les mains d'une force qu'il ne peut saisir, pourtant dès la naissance il a l'intuition et la capacité de comprendre qu'il ne comprend rien. Tout cela n'est qu'une vaste blague, une terrible blague.

Rejoignant le salon d'un pas chancelant, Skorri s'enroula dans une couverture et se dirigea vers la fenêtre d'où il apercevait la lune. Dans son reflet translucide, il avait les joues rouges et les cheveux humides de sueur. Soudain, c'était comme si ce qu'il avait lu – ces idées ancestrales qu'il avait perçues comme des mots sur une page, des spéculations intéressantes mais qui ne le touchaient pas en plein cœur – prenait vie, comme s'il le ressentait dans sa propre peau. Il passa la main sur son reflet, esquissa un sourire froid, et son regard devint terne.

“La fenêtre dit le vrai sur le monde
et par conséquent l’homme, n’est-ce pas ?
Lu cet été des philosophes grecs,
qui croyaient en leur temps que tout cela
était le reflet d’une vie suprême.
L’homme comme l’image de lui-même.
De vifs coups de pinceau, avec génie,
donnent vie et profondeur à la toile
– quel parfait mirage, si convaincant !
L’aveugle voit bien mieux en vérité
que nous qui croyons aux fables de l’œil.
Ce que la fenêtre reflète ici
n’est déjà à tout instant qu’un reflet.
Comme la lune baignée de soleil,
la lumière de l’homme est un écho,
chaque instant, un cri contre une falaise,
un cycle, un son, une répétition.
Si c’est vrai, si c’est une imitation,
qu’est-ce qui cause nos anomalies ?
Comme lorsque j’ai dévié vers la gauche,
qu’était-ce donc ? Quel mal me contrôlait ?
Tombé des brumes sombres de mon âme
comme un éclair abandonne un nuage.
Me trouvera-t-on alors avant l’aube,
pour me jeter derrière les barreaux,
coupable d’avoir ruiné ma jeunesse ?
Les anges du Pajero seront-ils
présents le jour du jugement dernier
au bord du fleuve sanglant des damnés ?
Brandissant leurs épées étincelantes,
ils diront : ‘Enfin, enfin, le voici !’
Non, l’enfer ne m’attend justement pas,
la même nuit engloutit Bien et Mal.

Elle oublie vite le malheur semé,
et pareillement la bonté s'étiole,
car elle aussi n'est qu'imagination
et se disperse dans l'âpre silence.
Ta justice est bien triste, ô toi la mort."

Harpa Glódís le regarda d'un air inquiet.

– Skorri, tu veux que je te prépare le canapé ?

– Non, ça ira, Harpa, merci, répondit-il en se retournant et en lui souriant avec douceur. Je peux rentrer chez moi, pas de problème.

– Tu crois vraiment pouvoir rester seul ?

Il hocha la tête, la prit dans ses bras puis remit sa capuche et disparut dans la nuit claire d'été. Arrivé chez lui, il glissa doucement la clé dans la serrure et referma prudemment derrière lui avant de monter l'escalier à pas de loup. Jetant un coup d'œil dans la chambre de sa sœur, il vit que celle-ci avait le sommeil agité. Il l'observa une seconde, puis s'allongea à côté d'elle, l'entoura de son bras et s'endormit rapidement.

Au même moment, étendue sur son lit, Harpa Glódís contemplait le plafond en repensant à l'angoisse qu'elle avait lue dans les yeux de Skorri plus tôt dans la soirée. Devant son regard si triste, elle n'avait pas osé lui dire la vérité. Elle n'en avait pas le cœur, alors elle avait fait ce qui, selon elle, était le plus à même d'aider le garçon : elle avait minimisé le drame. Elle savait néanmoins que Skorri n'oublierait pas ce qui s'était passé, non, ce terrible accident le poursuivrait pour l'éternité et l'inonderait de questions auxquelles il ne pourrait jamais répondre. Le doute ne le laisserait plus en paix. Mais elle ne pouvait pas lui dire une chose pareille. Devant son expression perdue, elle n'avait eu d'autre choix que de mentir, de le bercer d'illusions et de le consoler avec un espoir factice. Se rendre aurait ruiné sa vie, se disait-elle. Ce pays ne pardonne pas, n'oublie pas, ici on n'a pas le luxe de n'être personne. Laisser un jeune idéaliste seul dans le désert n'était pas une bonne option non plus, mais sans doute pourrait-il y apprendre davantage qu'en étant condamné par le système judiciaire islandais. N'est-ce pas ?

Le choc suivant n'arriva que lors du premier cours à la fac, alors que Skorri était assis en haut d'une des salles du cinéma de l'université, à côté d'étudiants qui avaient fréquenté le même lycée que lui. À part eux, il n'y avait que des inconnus dans l'assemblée. Sur scène, Snæbjört Nordann, professeure de droit, retraçait dans les grandes lignes l'histoire du système judiciaire en Islande. Derrière elle, le grand écran affichait une image de la déesse de la justice qui brandissait une balance, les yeux bandés et une épée contre son flanc.

Ces dernières semaines, Skorri s'était laissé porter du matin au soir dans une sorte de flottement. Ayant cessé de prêter attention au cours, il regardait autour de lui. Beaucoup d'étudiants pianotaient sur leur ordinateur portable. La plupart allaient d'une page Web à l'autre, une fenêtre de chat ouverte.

Écrans.

Programmes de chat.

Bilan du dernier match de foot.

Son cœur manqua un battement lorsqu'il aperçut un gros titre dans le rang devant lui. "La police cherche des informations sur une voiture." Se penchant légèrement en avant, il plissa les yeux pour mieux voir. Comme il l'avait soupçonné, l'article concernait l'accident, la police voulait des renseignements sur les véhicules qui avaient emprunté la portion de route où il avait eu lieu.

Les forces de l'ordre ne donnaient pas d'explication à leur demande, mais selon le journaliste, des traces de pneus sur le goudron suggéraient la présence d'une autre voiture. Il mentionnait également qu'on avait mesuré chez le conducteur du Pajero un léger taux d'alcool dans le sang.

Quelqu'un nous a vus? se demanda Skorri. *Il n'y avait personne aux alentours.* Il s'efforça de se remémorer tout le voyage, mais le souvenir de cette nuit-là était déjà flou, et il ne parvenait pas à se rappeler s'ils avaient croisé un autre véhicule peu avant ou peu après la tragédie. Ils en avaient rencontré quelques-uns sur la route, mais quelles étaient les chances pour que ces chauffeurs se souviennent de sa voiture? Lui-même aurait été incapable de dire quels modèles il avait croisés. Une Golf noire – qui se rappelle une Golf noire, personne, non?

Les gouttes de sueur sur son front.

La jambe droite tremblante.

Tous ces écrans lumineux.

Soudain, il avait la sensation que l'éclairage de l'amphithéâtre était trop fort.

Pris de vertiges, il porta les mains à ses tempes en s'enfonçant sur son siège. Une douleur terrible lui tambourinait le crâne. Remontant sa veste par-dessus sa tête, il se dit qu'il n'aurait jamais dû freiner aussi brusquement. Croyait-il vraiment pouvoir se présenter à ce cours et suivre ses études comme si de rien n'était? Désarmé, il était de nouveau accablé par la pensée de l'accident. L'homme qui conduisait avait de l'alcool dans le sang, qu'est-ce que cela signifiait? Était-ce finalement sa faute à lui? Malgré tout, ce couple, ces gens, ils étaient morts, et il avait sa part de responsabilité. Sa vie était terminée. Elle ne pouvait être que terminée, c'était tout ce qu'il méritait. Il devrait aller en prison pour de longues années, peut-être même mettre fin à ses jours.

– Bien, on va tester vos connaissances, dit la professeure en regardant la salle.

Elle venait de retracer à grands traits l'évolution du Code pénal au fil des siècles.

– Quelle est la plus lourde condamnation qu'on puisse recevoir selon la législation islandaise ?

– Seize ans, répondit quelqu'un.

D'autres approuvèrent.

– Seize ans pour homicide.

– Je vous cite l'article 211 du Code pénal : "Le fait de donner la mort à autrui est passible d'une peine d'emprisonnement de cinq ans au minimum jusqu'à la perpétuité." Que signifie ce mot, "perpétuité" ? demanda la professeur en continuant de déambuler sur scène.

– Seize ans, non ? C'est le maximum.

– Oui, la perpétuité signifie en fait seize ans.

Les voix des étudiants vacillaient, ils pressentaient un piège.

– Faux ! s'exclama Snæbjört. C'est le mythe le plus répandu au sujet de la loi islandaise. La peine maximale n'est pas de seize ans. Vous avez tous échoué. Article 34 : "Le tribunal peut prononcer une condamnation à une peine de prison à perpétuité ou pour une durée déterminée de trente jours au minimum et seize ans au maximum." La condamnation la plus lourde, c'est la prison à perpétuité. Et ça veut dire ce que ça veut dire : pour toujours, jusqu'à la mort, jusqu'à votre dernier souffle.

– Elle a déjà été donnée ? lança une voix dans l'assistance.

Snæbjört secoua la tête.

– Non, jamais, d'où la méprise. En Islande, on estime qu'on ne devrait pas laisser quelqu'un croupir derrière les barreaux pendant plus de seize ans pour avoir donné la mort. Il arrive que la peine soit alourdie à vingt ans dans certaines conditions spécifiques, mais s'ils sont sages, les condamnés retrouvent la lumière du soleil après avoir purgé deux tiers de leur peine, voire plus tôt. C'est le maximum pour une peine d'une durée déterminée, mais il est aussi possible de condamner à la perpétuité si nécessaire.

– En bref, c'est le paradis des assassins, dit une femme dans la salle. Cette ordure de meurtrier de la rue Jónsgeisli qui a été écroué l'année dernière sera libre à 30 ans.

Sa voix était lourde et grave.

L'homme dont elle parlait avait été condamné à seize ans de prison pour avoir violé son ex-petite amie avant de l'assassiner en lui cognant le crâne quatre-vingt-six fois contre un radiateur.

Agitée, la jeune fille ajouta que c'étaient généralement des hommes qui commettaient les pires crimes – qui violaient, mutilaient, tuaient –, puis elle demanda à la professeure si c'était le hasard qui voulait que les condamnations pour ces crimes ne soient pas plus lourdes, comparées à celles infligées pour des délits bien moins graves.

Snæbjört marmonna une réponse inintelligible avant de pointer du doigt l'image derrière elle :

– La justice est aveugle, sinon elle ne serait pas juste. Notre rôle ici n'est pas de questionner la loi, mais de voir comment elle fonctionne, et si elle est correctement appliquée.

– Les choses seraient différentes si les gens importants se faisaient plus souvent assassiner en Islande, poursuivit la jeune femme. Nous sommes juste bien contents de nous débarrasser de ces parasites qui se font tuer, comme Pálína. Après tout, c'était une junkie, une nana qui ne s'attirait que des ennuis, elle l'a bien cherché. Il y a trois cents ans, on l'aurait de toute façon noyée dans le Drekkingarhylur*.

Il était désormais clair pour tout le monde qu'elle avait connu la victime. Elle pointa du doigt la déesse de la justice qui surplombait la professeure sur scène et sa voix se brisa.

* Bassin situé à Thingvellir, lieu d'exécution des femmes condamnées à mort dans le cadre du *Stóridómur* ("le grand jugement"), ensemble de lois visant à punir les offenses morales.

– Cette pute n'est pas aveugle, c'est un mensonge ! Elle voit parfaitement bien à travers son bandeau lorsqu'elle en a besoin. Il n'y a pas de réelle condamnation contre le meurtre et le viol en Islande parce que les victimes sont des pauvres et des femmes.

Skorri était abasourdi en l'écoutant. Il avait devant lui une proche de la femme assassinée l'année précédente. Il éprouva une soudaine empathie à son égard. Jamais il n'avait eu autant la sensation de comprendre quelqu'un. Les proches du couple décédé dans l'accident ressentiraient sûrement la même chose jusqu'à leur mort, qu'il soit condamné ou pas. Non seulement la nature était dépourvue de justice – une voiture quitte la route, l'autre pas –, mais la société également. S'il allait en prison, il n'y resterait pas très longtemps, on ne le jugerait jamais coupable de meurtre, n'est-ce pas ? D'homicide involontaire dans le pire des cas, ce qui en outre était difficile à prouver ici, oui. Même si on le retrouvait, même si on le mettait en garde à vue, ce n'était que la bête histoire de deux voitures qui se rencontrent sur une route nationale, et l'autre conducteur avait bu. Skorri prétendrait simplement que le véhicule d'en face avait dévié sur sa voie, qu'il avait dû freiner brusquement, et qu'il s'était enfui lorsque le Pajero avait fait des tonneaux car il était… *effrayé, jeune et stupide, c'était une erreur.* Il se voyait en larmes, les bras le long du corps, lors de ses interrogatoires.

À moins que ce soit un mensonge. Il observa la jeune fille qui semblait abattue. *J'ai entraîné la mort de deux personnes, mais j'ai ruiné bien d'autres vies, et je recevrai au maximum cinq ans pour ça, non trois, peut-être même rien du tout ! Ces condamnations sont une humiliation pour tout le monde, même pour le meurtrier !* Se redressant sur son siège, il se pencha en avant. Les mots lui chatouillaient la langue.

– Le système islandais est le même que dans les autres pays nordiques, répliqua Snæbjört Nordann. Si vous voulez survivre en droit, il va falloir que vous compreniez que votre opinion sur les décisions de justice est sans importance. Par pitié, épargnez-moi votre avis ! Dans les pays nordiques, nous avons mis en place des condamnations clémentes parce que nous voulons donner la chance aux gens de regretter et de rattraper leurs erreurs. Je crois que nous sommes tous d'accord pour dire que nous faisons preuve de plus d'humanité aujourd'hui qu'à l'époque où nous jetions des sorcières dans des trous d'eau.

– Ce type devrait être exécuté ! s'écria Skorri, serrant les accoudoirs de son siège si fort que ses poings tremblaient. Ce n'est pas comme si c'était un accident, il n'a pas cogné la tête de cette fille quatre-vingt-six fois contre un radiateur par erreur !

La professeure n'en revenait pas. Elle observa la foule des étudiants face à elle. Année après année, elle comprenait de moins en moins ces gamins, ces étranges créatures qui passaient leur temps à baver débilement devant des dessins animés sur leur écran de téléphone portable, qui n'avaient aucune culture classique, qui ne savaient pas écrire l'islandais, qui ne connaissaient rien à l'histoire de leur propre pays, et qui étaient autant crédules et fragiles qu'insolents et obstinés. Elle avait vu de ses propres yeux cette évolution, et à présent elle était presque tentée de téléphoner à ses collègues le soir lorsqu'elle tombait sur une phrase qui semblait vaguement correcte dans la dissertation d'un étudiant de première année. Elle était prête à entendre n'importe quelle lubie ou ânerie venant de ces nouvelles générations d'irrécupérables juristes... mais *la peine de mort* ? Avait-elle rêvé ? Ces jeunes étudiants en droit voulaient-ils vraiment rétablir la peine de mort ? Tournant les talons, elle fit un discret signe de croix.

– Je pense que ce sera tout pour aujourd'hui.

Au même moment, Alfred était au travail. Songeur, il bataillait pour glisser l'endoscope dans l'anus ferme et robuste d'un quinquagénaire qui, allongé sur le ventre sur la table d'examen, son pantalon de costume aux chevilles, regardait avec fascination l'image de ses entrailles retransmise en direct.

– Ici règnent la paix et la sérénité, comme dans le jardin d'Éden, dit Alfred, la bouche entrouverte, ses lunettes reposant à l'extrémité de son nez tandis qu'il observait le paysage à l'écran. Cette coloscopie, c'est un peu comme la fois où on a envoyé un homme sur la Lune, mon cher Hördur : ça fait plaisir de visiter les alentours, et on ne regrette pas de s'être lancés dans une telle entreprise, mais il n'y aura sûrement rien à y faire pendant un bon moment.

Il retira l'appareil du derrière du patient et éteignit l'écran.

– Tout va bien alors, là-dedans ? demanda l'homme.

– Tout va bien, tu as une santé de fer.

– Et pour ce qui est des ballonnements ?

– Selon moi, ce n'est que le bon vieux stress. Je donne un triple A à ce côlon. N'est-ce pas la formule consacrée, dans la banque ? L'exportation des gaz s'améliorera sûrement avec l'hiver, donne-toi un peu de temps, dit Alfred avec un sourire.

– Je suis soulagé d'avoir la confirmation que ce n'est rien de sérieux, répondit l'homme en glissant sa chemise blanche dans son pantalon. On subit beaucoup de stress au boulot ces jours-ci. Les gens ont peur que tout ça ne touche à sa fin.

– Tout ça, quoi ? fit Alfred.

– Notre économie ! s'exclama l'homme dans un rire. Non, je plaisante. Il y a du mouvement dans les finances mondiales, et une rumeur dit que le système bancaire islandais serait bien plus mal en point qu'on ne le croit, mais à mon avis, il n'y a pas de quoi s'inquiéter. Ça va s'arranger.

– J'ai lu ça dans les journaux, des gens à l'étranger qui affirment que notre boom économique serait une chimère, commenta Alfred en nettoyant sa table d'auscultation.

– Il y a aussi tout un tas d'hurluberlus qui affirment que la Terre est plate. La vie a été plutôt belle ces dernières années, non ? fit l'homme en lui empoignant l'épaule avant de lui tendre la main. Il y a toujours quelqu'un quelque part pour dire quelque chose.

D'un geste théâtral, il remua son index contre sa tempe pour mimer la folie. Alfred sourit, l'air perplexe devant cette dernière phrase, puis il salua l'homme d'une poignée de main.

Refermant la porte derrière le patient, il clôtura ses dossiers sur l'ordinateur et rangea son bureau. Il avait annulé tous ses rendez-vous de l'après-midi. Ces derniers jours, il avait beaucoup repensé à son comportement au chalet, et à la réaction de Skorri. Il regrettait amèrement ses paroles et se demandait pourquoi il ne parlait pas davantage du décès de leur mère à ses enfants. Croyait-il que le silence pouvait adoucir le choc ? Il soupira. L'idée d'ouvrir la porte de la cave, et du même coup la porte vers le passé, lui était insupportable. Mais il ne pouvait plus fuir.

La maison était déserte lorsqu'il rentra. Il retira son manteau, enfila ses pantoufles, alla fouiller dans le réfrigérateur, attrapa un coupe-fromage et mangea quatre tranches. Inspirant profondément, il descendit ensuite d'un pas lent les marches qui menaient au sous-sol. Il alluma la lumière de la cave, remplie de reliques d'une autre vie, d'un autre homme : un tapis de course poussiéreux, un vieil ordinateur de bureau, un kit de golf qu'il avait utilisé six fois, des valises, des cartons remplis de bricoles. Il savait précisément où se trouvaient les lettres : dans un attaché-case fermé à clé dans le coin tout à l'intérieur. Se glissant à travers le fatras, il tendit le bras et attrapa l'objet de sa convoitise qu'il posa devant la porte, puis il entreprit de faire tourner les rouages poussiéreux et rigides de l'ouverture à combinaison. Lorsque la date d'anniversaire de Ragga apparut, la serrure céda. Alfred se mordit la lèvre inférieure en apercevant les enveloppes jaunies. Au début de leur relation, Ragga et lui avaient beaucoup correspondu. C'était elle qui en avait eu l'initiative, et cela l'angoissait terriblement. Il maîtrisait l'art de la métaphore, mais ne savait pas bien écrire, son orthographe était hésitante et son écriture presque illisible. Mais quel autre choix que d'essayer ? L'amour pousse un homme ordinaire à affronter ses peurs.

Et ces lettres étaient là, sous ses yeux, après toutes ces années. Il manipula le vieux papier avec un rire nerveux. Retrouvant ses premières bafouilles, il sourit jusqu'aux oreilles en repensant au jeune homme qui tenait son stylo, terrifié mais déterminé à faire ses preuves. La manière dont ses lignes penchaient sur la feuille.

Il se donnait tant de mal pour être drôle que c'était tout juste s'il n'avait pas cassé son stylo en l'enfonçant dans le papier. Ces heures passées pour écrire deux pages, le dictionnaire à portée de main pour vérifier l'orthographe.

Et ses lettres à elle.

Toujours si délicieuses.

L'écriture élégante et assurée.

La facilité.

La légèreté.

Oh, Ragga. On aurait dit que sa défunte épouse, ses rêves et ses espoirs de jeunesse jaillissaient de ces feuilles, et la pensée de ces instants perdus, de ces souvenirs brûlants, de l'avenir qui n'avait jamais pris forme et du caractère éphémère de tout le submergèrent avec une telle force qu'il dut se coucher en position fœtale et fermer les yeux.

Après le cours, Skorri s'installa sur un canapé en cuir à l'extérieur de la salle. Autour de lui, d'autres étudiants bavardaient, consultaient leur téléphone ou se dirigeaient lentement vers la sortie. À tout instant, il s'attendait à voir débarquer la police pour lui dire: "Skarphédinn Skorri Alfredsson, c'est bien vous? C'est à vous qu'appartient cette Golf noire sur le parking?"

Sortant de la salle sa sacoche à la main, Snæbjört Nordann l'aperçut. "Excusez-moi, comment vous appelez-vous?" demanda-t-elle. Skorri murmura son nom sans la regarder. "Skarphédinn Skorri. Ça alors, on dirait un nom tiré de la Genèse. J'ai hâte de lire votre copie en décembre." Il la regarda s'éloigner et rejoindre sa voiture.

Se dirigeant d'un pas hésitant vers un distributeur, il resta paralysé un instant devant la sélection de produits. Toutes ces barres chocolatées et ces sodas qui s'étalaient sous ses yeux lui semblaient soudain étrangers. Lorsqu'on lui tapota l'épaule, il sursauta et ne put retenir un cri de surprise.

– Oh, pardon, dit une voix de fille.

– Merde, tu m'as fait peur… lâcha Skorri en se tenant la poitrine.

La fille se mit à rire. Il baissa les yeux sur ses baskets le temps de se remettre.

Ses jambes. De longues jambes.

Il releva la tête. C'était elle qui avait pris la parole en cours.

– T'es le type qui est pour la peine de mort, c'est ça? demanda-t-elle avec un sourire. Tu pensais vraiment ce que tu as dit?

Le type qui est pour la peine de mort. Voilà, il était catalogué.

– Sur le moment, oui, répondit-il en se grattant l'arrière du crâne. Je dois y réfléchir un peu.

– C'était le seul moment intéressant de ce cours chiant à mourir.

– Tu connaissais la fille qui s'est fait assassiner, non?

– Pálína était une amie d'enfance. Nous avons grandi ensemble, puis nos chemins se sont séparés. Sa vie était vraiment devenue difficile ces dernières années.

Elle s'appelait Kíara, ses yeux étaient sombres et profonds. Le visage rond, le nez droit, elle avait une frange châtain qui tombait sur ses sourcils fins. Sa mère venait de Grindavík, et son père était un Français qui avait grandi en Italie, ce qui expliquait son prénom peu commun. Elle expliqua qu'elle n'était pas inscrite en droit, mais qu'elle papillonnait d'un cours à l'autre dans différents départements avec son amie pour voir ce que l'université avait à proposer.

– On ne sait pas ce qu'on veut faire.

– Je vis au jour le jour moi aussi, répondit Skorri.

Kíara fixa les yeux bleus de ce garçon étrange. Son regard avait quelque chose d'assez désagréable, un peu perçant, comme un rayon X, mais son visage dégageait une certaine énergie, un charme indicible, une force gravitationnelle qu'elle ne parvenait pas tout à fait à expliquer. Ils restèrent un instant silencieux, puis il baissa les yeux, un sourire gêné aux lèvres tandis qu'il se recoiffait, avant de les relever sur elle, l'air déterminé. Elle lui dit devoir partir, son amie l'attendait devant le bâtiment. Skorri lui demanda s'il la reverrait ici. Elle secoua la tête et s'éloigna. Regardant par-dessus son épaule, elle lui lança : "On sort faire la fête ce soir !"

Il acheta une barre de chocolat qu'il engloutit en rejoignant sa voiture. De retour chez lui, il vit sa sœur assise à la table de la salle à manger, penchée sur un cahier. Plongée dans son monde, elle ne releva pas la tête lorsqu'il posa son sac et la salua. Il s'approcha d'elle et lui demanda ce qu'elle faisait. Elle referma brusquement son cahier, lui dit qu'elle dessinait. Quand il demanda à voir son dessin, elle refusa timidement et se pencha de nouveau sur la table, voulant visiblement rester seule.

Alors qu'il s'apprêtait à insister, Skorri entendit avec surprise son père l'appeler à l'étage. Pourquoi était-il déjà rentré ?

Il monta l'escalier et le trouva assis dans son bureau, ses lunettes au bout du nez et l'air satisfait. Sur ses genoux, quelques enveloppes jaunies.

– J'ai quelque chose pour toi, dit-il en tendant les lettres à son fils qui les observa, perplexe. Ne t'inquiète pas, je les ai relues, il n'y a rien là-dedans que tu n'aurais pas envie de savoir.

Skorri regarda son père. Que veut-on réellement savoir de nos parents ? Que veut-on qu'ils sachent à notre sujet ? Une fois encore, il ressentit une subite envie de lui raconter ce qui s'était passé. Son père le protégerait, il ferait tout pour lui, il ne l'avait jamais trahi.

Ouverte, l'enveloppe du dessus laissait entrevoir une feuille pliée noircie d'une écriture élégante.

– Merci. Qu'est-ce que je suis censé en faire ? demanda-t-il.

Alfred haussa les épaules.

– Les lire, les adapter en film primé avec une superstar, les enfouir dans un tiroir, que sais-je ? Elles sont à toi, désormais. J'y ai réfléchi, et je me suis dit que c'était normal qu'elles te reviennent. J'ai tellement regretté notre dispute au chalet. J'ai cinquante ans, mon grand, et je suis toujours en train d'apprendre l'art d'exister.

C'était encore plus beau que ce qu'Alfred avait osé espérer. Ému par ses propres mots, il regardait à présent son fils en souriant, les larmes aux yeux.

– Enfin, bref. Je n'ai jamais su écrire, et la grande question que ces lettres vont sûrement éveiller en toi, c'est pourquoi diable ta mère a voulu s'associer à cet idiot fini qui te sert de père. De son côté, elle avait une très belle plume. La raison pour laquelle ta sœur et toi valez bien mieux que moi, c'est simplement que vous tenez d'elle. J'ai toujours cru et espéré qu'elle finirait par écrire un livre, je sais que c'était son rêve caché… mais bon, tu pourras montrer ça à ta sœur un jour, lorsqu'elle sera plus grande.

Hochant la tête, Skorri manipula les enveloppes.

Alfred se leva et lui tapota le crâne.

– Tu sais quoi ? J'étais tellement stressé quand ta mère a proposé que nous nous écrivions… Chaque fois que c'était mon tour, je réfléchissais à ce que j'allais écrire pendant des jours. J'aurais préféré marcher sur des charbons ardents pour faire mes preuves. Chaque lettre me demandait des tas de brouillons que je finissais par chiffonner et jeter. Tu peux imaginer ma réaction lorsque ta mère m'a dit plus tard à quel point cela la détendait de s'asseoir avec un stylo et une feuille et de laisser son esprit divaguer. Elle ne préparait rien du tout ! Elle écrivait avec le même naturel que les oiseaux chantent sur les branches de l'érable juste là, par la fenêtre. C'est là que vit son souvenir. Lorsque tu tomberas amoureux d'une femme, mon fils, écris-lui des lettres – à la main. Crois-moi, tu ne le regretteras jamais.

À ces mots, il sortit en fredonnant.

Assis sur son lit, Skorri disposa les enveloppes sur son oreiller puis contempla la photo de sa mère. Il avait oublié le son de sa voix. *Que penserais-tu de moi ? Que dois-je faire, maman ?* Il s'allongea, posa la main sur sa poitrine et scruta le plafond. Puis il bondit et se précipita sur son ordinateur. Consultant les sites de différents journaux, il ne dénicha pas de nouvelles informations sur la progression de l'enquête. Il se dirigea alors vers la fenêtre et baissa les yeux sur sa Golf garée là, silencieuse, patiente et un peu de travers, les roues pas tout à fait droites, comme si son chauffeur était sorti en trombe. Le volant était d'une grande souplesse, la Golf allait et venait sur le macadam avec l'agilité d'un chat sautant d'une clôture aux branches d'un arbre. Peut-être que c'était la voiture qui avait causé tout ça. Le volant n'était-il pas trop souple ? Il observa le grand érable par la fenêtre, où les oiseaux chantonnaient parmi le feuillage rouge-brun. Il fut de nouveau frappé par l'image employée par son père, lorsque celui-ci avait comparé les écrits de sa mère au chant des oiseaux dans l'arbre.

C'est là que vit son souvenir.

Il attrapa les enveloppes sur son oreiller, sortit de sa chambre et descendit l'escalier d'un pas rapide. S'immobilisant en bas, il regarda sa sœur toujours assise en train de griffonner à la table de la salle à manger, puis il rejoignit la cuisine déserte. Fouillant dans le tas de journaux et de catalogues sur le plan de travail, Skorri trouva le *Morgunbladid.* Il l'ouvrit au milieu et le feuilleta jusqu'à tomber sur la rubrique nécrologique.

Ils étaient là. Le couple décédé dans l'accident. Ils souriaient sur les photos en noir et blanc qui accompagnaient leurs biographies respectives. Une page pour lui, et encore davantage sur elle. Ses yeux brillaient tandis qu'il parcourait le texte.

"... Valgeir et Jónína se sont aménagé un petit paradis dans leur résidence secondaire de Valsnes, dans la région d'origine de Jónína, à deux pas de Selfoss, et leur grande famille y a vécu de nombreux moments privilégiés. Mais les invités recevaient un accueil tout aussi royal dans leur maison de Reykjavík. Comme tous ceux qui connaissaient Jónína le savent, elle possédait un extraordinaire talent de conteuse. Dévoué à sa famille, Valgeir aimait les enfants, et depuis peu il valorisait par-dessus tout le temps passé à Valsnes avec ses deux petits-fils Breki et Haflidi, mais on mentionnera tout de même un pèlerinage au stade Old Trafford à l'automne dernier. Jónína et lui se sont mariés en 1981 et ont donné naissance à trois enfants. Stephanie Rautzenberg, la fille de Valgeir, est ensuite apparue par surprise dans la vie des époux. Endossant pour elle le rôle de mère, Jónína a ainsi prouvé qu'on peut tout pardonner. Mais la vie n'a pas toujours été tendre envers le couple qui a essuyé quelques tempêtes ces dernières années, lorsque des rumeurs salissant l'honneur de Jónína et jetant le discrédit sur ses bonnes actions ont commencé à... »

Entendant du bruit, Skorri inspira profondément et se força à adopter une expression neutre au moment où son père entra dans la cuisine en sifflant, vêtu d'une combinaison de travail.

– Je vais jeter un coup d'œil aux fenêtres de la façade nord, avec un peu de chance je devrais réussir à les peindre si la météo reste aussi clémente. Tu lis la rubrique nécrologique maintenant, comme nos respectables aînés ?

– Tu connais ces gens qui sont morts dans un accident de voiture ? Il a eu lieu pas très loin de notre chalet.

Alfred s'approcha, mit ses lunettes et se pencha sur le journal.

– Ah oui. Non, je ne les connaissais pas, mais cette Jónína Loftsdóttir était pleine aux as. C'était la fille de Loftur Loftsson, un ancien député, connu pour être parvenu à se vendre à lui-même toutes les parts d'une entreprise appartenant à l'État.

Ouvrant le réfrigérateur, il se servit un verre de jus de pomme.

– La corruption islandaise dans toute sa splendeur. Elle-même a été impliquée dans une affaire politique du côté de Selfoss, mais je mélange un peu tout.

Alfred vida son verre en une gorgée.

– La mort ne discrimine pas, ajouta-t-il, sur le point de ressortir.

– Ce n'était pas quelqu'un de bien, alors ? demanda Skorri.

– Laissons donc le Christ en juger, puisqu'il s'est si gentiment proposé. On pensait faire une pizza ce soir, qu'en pensez-vous ? Tinna, tu veux de la pizza pour le dîner ?

Il fila hors de la cuisine.

La gorge sèche, Skorri se remplit un verre d'eau. L'angoisse qui lui serrait la poitrine avait un peu diminué, même s'il éprouvait toujours une sensation étrange. Il inspira à plusieurs reprises puis se rendit au salon.

– Ça va, Tinna ? Quel film vous allez regarder ce soir ?

Levant les yeux sur lui, sa sœur ferma aussitôt son cahier et, l'air gêné, garda le silence.

– Pourquoi tu es si timide, d'un coup ? Qu'est-ce que tu fais avec ce cahier ? Tu écris quelque chose ?

Une clé tourna dans la porte d'entrée. Sigga arriva avec des sacs de courses et demanda à Skorri de l'aider à les porter jusqu'à la cuisine.

Des pintes de bière remplies à ras bord allaient et venaient sous les pulsations entêtantes de la musique. Kíara était sur la piste de danse avec son amie lorsque la porte s'ouvrit et Skorri pénétra dans le bar, la tête haute. Les joues fraîchement rasées, la peau lisse comme un miroir, les cheveux coiffés en arrière. L'apercevant, elle se précipita vers lui, l'enlaça et lui demanda en plaisantant qui il était, et s'ils s'étaient déjà vus. "Je suis le prince de la mousse", répondit Skorri en riant.

Kíara avait une chambre dans l'hôtel où son amie travaillait. Lorsqu'ils eurent bu quelques verres et bavardé un moment, elle y invita Skorri. Il avait déjà payé toutes les boissons au bar, et tendit sa carte au chauffeur de taxi avant que Kíara n'ait le temps d'ouvrir son sac à main. Elle lui dit qu'il ne fallait pas.

– T'inquiète, ce n'est pas de la générosité, répondit Skorri. Ce soir, je me fiche de l'argent.

– Tu as des parents riches, peut-être ? demanda-t-elle lorsqu'il lui ouvrit la portière. C'est ça que tu veux dire ?

– Mon père a de l'argent, oui, il est médecin, mais ma mère est morte.

– Oh, je suis désolée, fit Kíara, regrettant visiblement son commentaire.

À la réception, ils croisèrent l'amie en question, tout sourire, qui leur donna la carte d'accès à une chambre au quatrième étage. Après s'être présenté, Skorri s'éloigna pendant qu'elles discutaient.

Le silence dans l'ascenseur.

Elle glissa la carte dans le lecteur à côté de la porte, dont le voyant vert s'alluma. Poussant le battant, elle fut prise d'un doute en sentant le jeune homme derrière elle. Elle ignorait à quel genre d'individu elle avait affaire. Peut-être qu'il était dangereux ? Il ne ressemblait pas exactement à un prince de chez Disney. Elle n'avait jamais été attirée par les garçons ordinaires, ceux qui pensaient et rêvaient à des choses ordinaires, qui avaient une apparence ordinaire. Celui-ci était assurément différent. Mais qui était-il vraiment ? À quoi devait-elle s'attendre ? Skorri ferma la porte, observa les alentours et rejoignit immédiatement le balcon où il se pencha par-dessus la balustrade. Il était meublé de deux chaises, d'une table au plateau en verre et d'une fleur sans intérêt. Le balcon de la chambre voisine était tout proche. Aucune lumière, mais la porte était ouverte. Quatre étages plus bas, le trottoir et des places de parking.

Kíara le rejoignit. Il la prit par les hanches et la remercia de l'avoir invité. Elle enroula ses bras autour de sa nuque et l'embrassa. Ils flirtèrent ainsi quelques instants dans la brise.

Sa main à lui sous son pull à elle. La paume froide contre le ventre chaud.

– Petit problème, le minibar est vide. Elle n'a pu m'obtenir que la chambre, dit Kíara.

– La porte du balcon est ouverte à côté, répondit-il.

Elle y jeta un coup d'œil et vit des rideaux blancs battre dans l'embrasure. Il la lâcha, grimpa sur une des chaises puis sur la balustrade où il prit appui contre le mur. Ses chaussures dépassaient dans le vide. Terrifiée, Kíara le supplia d'arrêter de faire l'idiot, il avait trop bu.

Il lui ordonna de ne pas le toucher, regarda avec concentration le balcon voisin, puis ses pieds, s'agrippa ensuite au cadre de la fenêtre pour assurer son équilibre. Sans la moindre crainte, il balaya du regard la façade parfaitement verticale du bâtiment jusqu'au trottoir, ferma les yeux, inspira profondément, plia légèrement les genoux pour contracter ses mollets puis sauta sur l'autre balcon. Laissant échapper un cri, Kíara porta la main à sa bouche à l'instant où les talons de Skorri atterrirent sur la balustrade de l'autre côté. Il écarta les bras pour se maintenir en équilibre, puis se laissa tomber sur le sol. Kíara étouffa un gémissement, essayant de maîtriser son angoisse. Skorri disparut à l'intérieur de la chambre et revint deux minutes plus tard avec un pack de bière, du vin rouge et des petites bouteilles de champagne. Il lança ses trouvailles à la jeune femme qui les attrapa en ne cessant de lui répéter qu'il était complètement fou. Alors qu'elle lui demandait comment il comptait revenir, il lui dit de se pousser, grimpa de nouveau sur la balustrade et sauta pour atterrir en riant dans ses bras. Il s'empara des bouteilles restées sur la table, les posa à l'intérieur et l'invita à venir boire un verre. En larmes, elle regarda le trottoir en bas de l'hôtel.

– T'es complètement malade, lui lança-t-elle. C'est la chose la plus dingue et la plus inutile que j'aie jamais vue.

– Si j'étais tombé, c'est que je devais tomber, répliqua-t-il avant de vider en une gorgée l'une des bouteilles de champagne.

Kíara le fixa d'un air abasourdi. Et alors qu'elle se disait que ce jeune homme ne pouvait pas la mettre plus mal à l'aise, il sortit de la poche intérieure de sa veste un tas de vieilles enveloppes.

Il lui raconta la dispute avec son père, la colère qu'il avait ressentie en constatant que celui-ci semblait avoir enterré le souvenir de sa mère, puis il lui expliqua qu'Alfred lui avait donné ces lettres plus tôt dans la journée. Elle comprenait mieux à présent les tourments qui étreignaient Skorri, et pourquoi en comparaison, son environnement et même sa propre vie relevaient du détail. Il lui demanda si elle voulait qu'il s'en aille. Elle répondit non et l'observa tandis qu'il tirait prudemment deux feuilles d'une des enveloppes. Ses yeux parcoururent la page, se gonflant aussitôt de larmes qui coulèrent le long de ses joues rouges et tombèrent lourdement sur son pantalon et sur la couette tandis que ses lèvres et ses mains tremblaient. Kíara lui caressa le dos et les épaules.

– Maman, souffla-t-il entre deux hoquets.

"Sans un doute, je donnerais ma vie
pour revoir un instant ton beau visage,
baigner dans la lumière de tes yeux.
Si la porte du temps, une seconde,
s'ouvrait et laissait ta divine aura
dorer ma joue tel le soleil d'été
– ton sourire, ta joie chaude et ton rire
dont l'écho dans mon cœur résonne encore –,
même le temps qu'un seul, unique grain
tombe en silence dans le sablier,
avec joie je me laisserais couvrir
de neige jusqu'à ne plus m'éveiller.
Si Dieu existe il vénère l'absurde.
Chaque vie est une farce, tout rêve
vibre du rire malfaisant des cieux.
Ô, combien mon labeur me paraît vain !
Trop tôt, beaucoup trop tôt : j'étais enfant
quand mes espoirs se drapèrent de peine.
Maman adorée, qui t'a emportée ?
Longtemps après, tes lettres te survivent.
Quoique pâlie, cette belle écriture
pourrait réjouir les yeux pendant mille ans.
Tes mots paraissent jaillir de la feuille

telle une falaise courbant la mer.
Ils survivront aux tumultes du temps !
Lire sa pensée vêtue de cette encre,
c'est danser avec l'immortalité.
En esprit, je vois ma petite sœur.
Muette, elle est seule, écrit quelque chose
– comme notre maman – je ne sais quoi.
Une enfant, oui, mais douée de pensée,
à treize ans, son esprit prend son envol.
Il peut flotter vers les mondes là-haut,
qui laissent dehors raison et sagesse,
et jouissent d'un royaume hors de portée
des âmes mûres ci-bas enchaînées.
Lorsqu'elle écrit, ni règles ni barreaux
ne viennent entraver sa liberté :
l'enfant a foi en son monde intérieur.
Il suit sans crainte sa petite voix,
oublie dans sa création le réel
et, dans le divin, devient dangereux.
J'ai foi en sa langue, pas en sa plume,
car des forces opaques meuvent l'encre.
Oui, le rôle de l'encre est d'exposer,
elle mène hors de l'ombre les secrets
qui ne regardent guère le lecteur
et noircit la page blanche d'idées."

Il baissa la voix, détourna le regard et marmonna :

"*Je dois apprendre ce qu'elle a écrit,*
je dois couper les cordes de sa lyre."

Skorri s'endormit avec Kíara dans les bras, le visage enfoui dans ses cheveux. Elle sentait sa respiration profonde et chaude contre sa nuque. Il se leva à l'aube, déposa un baiser sur son front et rentra chez lui. Se faufilant à l'intérieur, il enleva discrètement ses chaussures et monta l'escalier à pas de loup. Il s'immobilisa sur le seuil de la chambre de sa sœur et la regarda un instant, endormie tout contre le mur. Le cahier était sur son bureau. D'un pas lent et prudent, il s'approcha, le prit dans ses mains et en parcourut les pages recouvertes de tentatives de rimes.

Si je pouvais manger n'importe quoi
je choisirais du pâté de foie.

À l'école souvent je me chagrine
sauf s'il y a de la pizza à la cantine.

La Margarita, c'est un vrai bonbon,
mais je déteste celle aux poivrons.

Skorri s'esclaffa. La fillette ne maîtrisait pas encore tout à fait le rythme, mais c'était prometteur. Voyant Tinna remuer dans son sommeil, il porta la main à sa bouche pour étouffer son rire, mais il retrouva brutalement son sérieux en apercevant deux vers en bas de page. Ils étaient moins lisibles que les autres, comme si elle avait à peine appuyé sur le stylo en les écrivant.

Je n'oublierai jamais.
Mais je garderai le secret.

Tinna entrouvrit un œil.

– Qu'est-ce que tu fais, Skorri ?

Plongé dans la pénombre matinale et encore vêtu de sa veste, il tenait son cahier. Elle bondit et essaya de le lui arracher des mains, mais il leva le bras pour l'en empêcher. Énervée, elle se mit sur la pointe des pieds et lui asséna une gifle. Ils se fixèrent un instant sans prononcer un mot.

– C'est quoi, ça ? siffla-t-il à voix basse.

Les yeux de la fillette se remplirent de larmes, et ses lèvres trahirent sa peur.

– Je ne fais que jouer.

Il pointa du doigt les deux vers incriminés.

– Tu es complètement dingue ? Qu'est-ce qui a pu te passer par la tête, d'écrire une chose pareille ?

La fillette resta sans voix. Skorri attrapa un stylo sur le bureau et recouvrit les deux phrases de ratures intenses et chaotiques.

– Jouer ? Tu joues avec le feu, oui ! Tu peux chanter, jouer d'un instrument, faire du dessin, devenir actrice, je m'en contrefiche, mais je t'interdis d'écrire ! Tu m'entends ?

Il déchira le cahier, le jeta par terre et se dirigea vers la porte.

– Un jour, tu comprendras que je fais ça pour ton bien.

Tinna resta figée, les larmes aux yeux, puis la jeune poétesse s'empara des lambeaux de son cahier, les serra contre sa poitrine et s'assit au bord de son lit.

Cela commença ainsi. Lorsque Skorri avait fait irruption dans les pensées les plus intimes de Tinna, la terre sous leurs pieds s'était fissurée et les plaques n'avaient cessé de s'éloigner depuis lors. Leur relation ne fit qu'empirer au fil des saisons. L'homme qui avait toujours été le socle le plus solide de l'existence de Tinna, son grand frère, ce héros, avait déchiré son œuvre et, par conséquent, ses rêves. N'osant plus écrire dans ses cahiers, elle se mit à griffonner sur les tables à l'école, sur les murs des tunnels ou dans les agendas de ses camarades de classe.

Skorri s'était persuadé qu'il la protégeait d'elle-même. Si elle commettait une imprudence avec sa plume, elle pourrait révéler quelque chose qui le ferait condamner. Peut-être pas tout de suite, mais dans trente ans, qui sait ? Le mot écrit a une longue espérance de vie. Elle ne voudrait pas d'un tel drame sur la conscience. Ce n'était pas à elle de l'envoyer en prison. Elle ne se le pardonnerait jamais.

Alors elle brandissait son stylo à la bibliothèque du collège. Pendant la récréation, ou après les cours, elle s'y précipitait et allait discrètement voler quelques feuilles dans le tiroir de la photocopieuse avant de s'asseoir près de la fenêtre.

Parfois, le documentariste levait les yeux en entendant un rire étouffé en provenance d'une des tables.

La tempête intérieure qui étreignait Skorri finit par s'apaiser un peu. Se laissant aller à une mélancolie silencieuse, il attendait le jour où l'enquête mènerait les forces de l'ordre jusqu'à lui. Plongé dans ses bouquins à la bibliothèque nationale, il ne cessait de repenser à la nuit où il avait kidnappé sa sœur et pris le volant. Il avait tellement rejoué le souvenir dans sa tête que celui-ci s'était modifié. Quelque six mois plus tard, il ne savait plus vraiment ce qui s'était passé. Parfois, il avait la sensation que c'était le fruit de son imagination, qu'ils n'avaient jamais été sur les lieux de l'accident.

Kíara et lui continuaient de se fréquenter, mais elle avait rapidement compris que ce garçon avait plus besoin d'une amie que d'une petite amie pour le moment. En sa compagnie, il ne ressentait pas le besoin de cacher sa dépression. Ils allaient au cinéma, se retrouvaient dans des cafés, ou bien se taisaient ensemble sous la pluie.

Un autre été passa. Perdu dans son monde, Skorri ne se rendit même pas compte que l'atmosphère à la maison avait changé. Inquiets pour leurs finances, Sigga et Alfred ne cessaient de se disputer au sujet des décisions de ce dernier. La valeur de la couronne islandaise oscillait beaucoup et avait perdu vingt pour cent depuis le début de l'année, ce qui faisait augmenter les remboursements de leurs prêts contractés en devises. Sigga était convaincue que quelque chose de terrible allait se produire, à quoi Alfred répliquait qu'elle était paranoïaque, qu'elle ne devait pas croire ces imbéciles étrangers qui affirmaient que les banques islandaises étaient bâties sur du sable. Aux informations du soir, des dirigeants au teint doré apparaissaient régulièrement pour expliquer, avec verve devant leur maison baignée de soleil, que ces rumeurs étaient le fruit d'un malentendu ou, pire, motivées par de mauvaises intentions. Les chiffres disaient tout ce qu'il y avait à savoir. Les banques islandaises occupaient les premières places des classements mondiaux, et les économies des Islandais figuraient parmi les mieux protégées de la planète.

– Cette jalousie... soupira Alfred, l'air sévère, devant l'un de ces entretiens télévisés – dehors, des volutes de fumée s'échappant du barbecue s'élevaient paresseusement vers le ciel. Ce n'est pas pour rien qu'on considère l'envie comme un péché capital. Que ces gens, ces prétendus *spécialistes*, soient incapables de se réjouir du succès de la nation islandaise, ça me rend malade ! Pendant plus de mille ans, nous avons trimé et lutté pour notre survie en nous entassant dans des baraques en tourbe glaciales et sans électricité. On se lavait la tête dans de la pisse, on bouffait des testicules de mouton faisandés qu'on faisait passer avec du petit-lait. Plus de mille ans à claquer des dents dans le noir, et puis une occasion en or se présente... La guerre éclate, et nous avons la possibilité de construire une société ici. Et nous le faisons ! Nous sommes prêts à montrer de quoi nous sommes capables ! Ça fait plus d'un millénaire que nous sommes prêts ! Alors nous retroussons nos manches, nous faisons les choses bien, comme il faut, et voilà qu'un demi-siècle plus tard, nous tenons debout, nous sommes un pays riche, l'un des plus riches au monde. Enfin, enfin, nous pouvons respirer et nous sentir bien. Alors que ces gens, que cette racaille ose parler ainsi de nous. Il a raison, on devrait renvoyer ces types à l'école, ou mieux encore : les emprisonner !

– Nous devons nous débarrasser de la jeep, Alfred, dit Sigga. C'était une erreur d'acheter une voiture pareille.

Alfred était un homme généralement placide, mais les attaques sur sa capacité de jugement avaient à peu près le même effet que de jeter de l'eau froide sur une poêle à frire brûlante. Les disputes avec Sigga avaient commencé au moment où il avait contracté un emprunt en monnaies étrangères pour acquérir son Land Cruiser. Aux yeux de sa compagne, emprunter dans une autre monnaie que celle de son salaire était complètement fou. Mais qu'en savait-elle, au juste ? Où était son diplôme d'économie, hein ? Depuis quand elle connaissait quoi que ce soit à la finance ? Alfred rit de ses doutes. Vouloir se priver des petits plaisirs de la vie ! Secouant la tête, il laissa échapper un grognement de mépris.

– Alfred, insista Sigga avec désarroi en pointant l'écran de télévision.

Il lui fit signe de parler moins fort en désignant l'étage supérieur.

– Tu les as vus, Alfred ? fit-elle, toujours indignée, mais d'une voix plus faible. Tu les as vus, ces pseudo-banquiers islandais qui se prennent pour les rois du monde ? Tu penses vraiment que ces imbéciles ont la moindre idée de ce qu'ils font ? Tu crois sérieusement qu'ils s'y connaissent plus que tous ces requins étrangers qui manipulent des millions depuis des siècles ? Ils nous prennent pour des imbéciles, à longueur de journée ! Tout ça, c'est une mise en scène, pas besoin d'un diplôme pour s'en apercevoir.

– Geir* sait ce qu'il fait, c'est un homme de confiance. Tu vois bien ce qu'ils disent aux infos. Ils ne mentent tout de même pas !

– Ils sont payés pour mentir, Alfred !

Jetant un regard furieux à Sigga, il agita les mains dans tous les sens.

* Geir Haarde, Premier ministre en fonction en 2008 lors de la crise économique.

– Tu la vois bien, cette maison, et cette voiture garée devant ! Tu as oublié notre chalet d'été, nos voyages à l'étranger, ce canapé design qu'on a acheté l'année dernière, *Massodani… Mussolini… Mezzoforte*, quel que soit son putain de nom ?! N'était-ce pas ton idée ? Tu as vu la vie de mes enfants ? Elle est *beaucoup* mieux que ne l'était la mienne à leur âge. Ces choses-là, je ne les ai pas inventées, Sigga !

Il lança un coup de pied dans le canapé.

– Ce n'est pas un putain de décor de théâtre ! Touche le canapé, pose ta main dessus. Il est ici, aussi réel que toi et moi.

– Il faut nous débarrasser de la voiture.

– Hors de question. La couronne islandaise va se redresser.

– Pareil pour notre épargne. Il faut qu'on la déplace, on ne peut pas la laisser chez Landsbankinn.

– Sigrídur, ils *viennent* de dire, il y a cinq minutes, que la situation financière de Landsbankinn était *particulièrement* bonne. *Particulièrement. Bonne.* Tu es devenue dingue, ou quoi ? Où veux-tu qu'on mette cet argent, tu veux qu'on enterre des billets dans le jardin, c'est ça ?

Mais les paroles de Sigga ne furent pas sans effet. S'il prétendait toujours que tout allait bien, Alfred se mit à décortiquer chaque matin les articles sur le cours de la couronne islandaise et à suivre l'évolution de leurs emprunts sur Internet, la jambe tremblante sous le bureau. Dans le même temps, ses enfants s'isolaient toujours plus dans leur monde. Eux qui avaient l'habitude de garder la porte de leur chambre ouverte la fermaient à présent presque systématiquement.

Un mardi matin, assis devant son ordinateur, Skorri consulta le site du département d'investigation sur les accidents de la circulation, comme il le faisait à intervalles réguliers depuis un an.

Les conclusions venaient d'être publiées.

ACCIDENT MORTEL PRÈS DE GRÍSAVÖLLUR.

Skorri fixa le titre un instant, fit rouler sa chaise de bureau jusqu'à la porte et la poussa. Puis il cliqua sur le lien. Des photos et une carte apparurent.

La jeep en pièces.

Retournée, loin de la route.

Des morceaux de métal dispersés çà et là.

Prises à distance, elles ne lui permettaient pas de distinguer les passagers décédés.

La description de l'accident était rédigée au conditionnel, il s'agissait du récit hypothétique de ce qui s'était passé. Le texte précisait qu'aucun témoin ne s'était manifesté, aussi était-il difficile de savoir ce qui avait provoqué la sortie de route du véhicule.

Sous-titre : *TRACES DE FREINAGE.*

Le cœur de Skorri tambourinant contre sa poitrine.

Sa main figée sur la souris.

Il fit défiler vers le bas.

"Sur les lieux, les traces de freinage d'un autre véhicule ont été décelées au milieu de la route, suggérant que le Pajero accidenté a peut-être croisé une autre voiture à cet emplacement, ou bien qu'un chauffeur a effectué un freinage brusque un peu plus tard, peut-être en remarquant la carcasse au loin. La police a publié un appel à témoins pour tenter de réunir des informations sur les éventuels passages sur ce tronçon à l'heure de l'accident, sans succès. Il est impossible d'affirmer avec certitude si la voiture qui a freiné a pu causer la sortie de route de la jeep."

Skorri lut et relut l'article.

Impossible d'affirmer avec certitude.

Absolument impossible.

"Putain de merde !" s'écria une voix dehors. Skorri sursauta. Jetant un coup d'œil par la fenêtre, il vit son père inspecter sa jeep recouverte de fientes – une telle quantité que le coupable ne pouvait avoir agi seul. "Ce sont des putains de goélands ! Ce n'est pas un merle qui vient se vider comme ça sur la voiture d'un honnête travailleur en plein milieu de la nuit." Muette, un sourire en coin aux lèvres, Sigga l'observait qui tentait de rattraper les dégâts. "Un oiseau qui se respecte chie à la lumière du jour ! Regarde-moi ça, c'est à peine si on distingue encore la carrosserie. Tu peux aller au lavage auto aujourd'hui ?" Elle secoua la tête. "Bordel de merde, dans ce cas il va falloir que j'y aille demain après le boulot."

Se laissant retomber contre le dossier de sa chaise, Skorri contempla le plafond.

L'esprit vide. Le silence. Rien.

Dehors, la voiture fit marche arrière pour sortir de l'allée.

C'était donc la fin. Pendant si longtemps, Skorri avait attendu le jour où il se ferait prendre. À présent, il avait la confirmation que ce jour ne viendrait jamais. On n'a pas ce qu'on mérite. Personne n'avait vu ce qui s'était passé, impossible de tirer la moindre conclusion avec certitude. C'était écrit noir sur blanc : il était passé entre les mailles du filet. Mais la nouvelle ne suscita aucune joie en lui. Bien au contraire, son chagrin ne fit que redoubler. Il baissa la tête, les lèvres tremblantes. L'affaire était bouclée, mais il était clair qu'elle ne prendrait jamais fin pour lui. Ces pensées anarchiques le poursuivraient jusqu'à sa mort. Il prit sa tête entre ses mains, s'allongea par terre et grinça des dents.

Puis il se releva, mit ses chaussures et quitta la maison. À pied, il longea les axes principaux pour retrouver la route nationale. À toute vitesse, les voitures le frôlaient avant de disparaître dans le couchant.

Il marcha ainsi pendant neuf heures et ne s'arrêta pas avant d'être arrivé sur le belvédère du parc national de Thingvellir, plongé dans l'obscurité. Il avait atterri là par hasard, simplement porté par ses jambes. Ses doigts glacés et engourdis tremblaient à la fois de froid et de faim. Au loin, on apercevait les lumières des chalets de vacances, qui évoquaient de petites étoiles. Dans le firmament, la pleine lune menaçante, comme si on la voyait à travers une loupe, étendait son voile blafard sur tout le paysage.

Téléphone : Harpa Glódís. Onze appels manqués. Elle avait forcément lu les conclusions de l'enquête.

Il était prêt à abandonner. À en finir. Il ferma les yeux tandis qu'une brise froide lui soufflait au visage. S'enfonçant dans la faille Almannagjá, il marcha en direction de la cascade Öxarárfoss qui brillait dans la nuit. Ses doigts rouges agrippèrent la roche humide tandis qu'il progressait vers la chute d'eau.

Le crachin glacial.

L'air froid.

Pas une âme aux alentours.

La pierre glissait sous ses baskets. Il redescendit tant bien que mal et s'agenouilla au bord de la rivière dont il but l'eau glacée à grandes gorgées avant de s'asperger le visage. Lâchant un soupir, il approcha son oreille de la surface pour en écouter le murmure et ferma les yeux. Il resta un moment ainsi, à quatre pattes au pied de la cascade, son jean trempé par l'herbe mouillée, les poings serrés sur le sol terreux de la rive. Et pourquoi pas s'y glisser ? Oui, la perspective n'était pas si déplaisante. Ses paupières se fermeraient pour la dernière fois au doux son de l'eau qui coule, l'ultime chanson, la musique du générique de fin, plus jamais il n'aurait à se réveiller en sursaut dans son lit, un nœud dans la poitrine, en sueur, paniqué, sentant affluer en lui la simple déception d'être éveillé. Le sommeil était la seule solution, la seule paix, la seule consolation, rien ne valait une longue nuit sans rêve. Maintenant, il pourrait s'endormir pour toujours au pied de cette chute d'eau en contemplant la nuit sauvage et sans fin. Avec un peu de chance, les puissantes pattes de la cascade maintiendraient son corps au fond de la rivière, où il se dissoudrait peu à peu, se disperserait sans laisser aucune trace.

Il plongea la main dans l'eau agitée qui lui monta bientôt jusqu'au coude. Une vague de froid se diffusa dans tout son corps. Les yeux toujours clos, il entendit soudain un lourd battement d'ailes qui recouvrit le tumulte de la cascade. Le bruit de puissantes griffes allant et venant sur la roche résonna contre les parois de la faille. Les paupières de Skorri s'ouvrirent sur ses iris d'un bleu vif dans la lumière de la rivière argentée. Un cri menaçant le fit sursauter, il se retourna et leva les yeux sur la chute. Éclairé par la lune, un énorme aigle gris-brun se tenait sur une saillie, les ailes déployées.

Retenant son souffle, Skorri eut un mouvement de recul.

Les ailes se replièrent contre le corps de l'animal, qui semblait calme. Il cligna lentement des paupières.

Skorri n'avait jamais vu un oiseau aussi beau et impressionnant. Il se leva puis, prudemment, se mit à grimper dans sa direction pendant que la créature le suivait du regard. "Tout va bien, joli aigle, gentil piou-piou, fit-il en tendant le bras. Je suis ton ami." Immobile, l'oiseau continuait de l'observer sans réaction. Puis il tourna la tête et arrangea ses plumes. De fines gouttes arrosant son visage, Skorri s'approcha encore et l'admira un instant. Ils échangèrent un regard, et l'oiseau s'envola vers les ténèbres nocturnes. Sans réfléchir, le jeune homme se lança à sa poursuite dans la mousse humide de rosée. Il sortit du sentier balisé pour traverser l'étendue de lave étincelante ; l'aigle n'était plus qu'une ombre qui se balançait dans la lumière de la lune. Bondissant sur les pierres, filant à travers les arbustes et les buissons, Skorri s'enfonça de plus en plus profondément dans les terres.

Soudain, ce fut comme si on lui avait fait un croche-pied et, poussant un cri, il tomba dans une crevasse.

Avant de plonger dans les entrailles de la terre, il parvint à se rattraper à une branche à moitié gelée qui ralentit sa chute et lui permit de prendre appui avec ses jambes sur les parois de la faille. Enfoncé jusqu'aux épaules, il se débattit, resserra sa prise sur la branche, essaya d'en attraper d'autres pour se sortir de ce piège. De ses lèvres s'échappaient des volutes de condensation. C'est alors qu'une silhouette lumineuse apparut dans la nuit à l'horizon. Une femme s'approchait. Pieds nus, elle marchait dans sa direction. Aveuglé, il gémit avec crainte. Mais lorsqu'il reconnut sa mère, il se tut, et ses yeux s'écarquillèrent.

"Pourquoi cours-tu ainsi seul dans les laves,
en effrayant oiseaux comme renards,
jeune héros ?"

"Mon esprit est un monstre.
Cette fois, j'ai vraiment perdu la tête.
Ma maman ! Non ! Éloigne-toi, fantôme !"

"Sois fort, ne crains rien, mon amour, mon ange.
Observe le visage de ta mère.
Regarde-moi."

"Je vois bien, mais l'œil trompe.
Ô, maman ! Tu étais cet aigle sage
qui m'a attiré hors de la rivière.
Depuis si longtemps je rêve de toi
et de ta douce voix qui me rassure.
Je te voyais dans tout ce qui est beau,
et la douleur me brûlait nuit et jour.
Je ne voulais que ta vie et tes mots
et noyais le parquet de chaudes larmes
jaillies de l'âpre source de mes yeux
jusqu'à perdre connaissance dans l'eau.

Une étoile vive dans le désert,
ton ange m'inonde de ses rayons,
d'une beauté si intense que j'en
reste sans voix."

"Me voici de retour
pour que tu enfouisses cette douleur
qui accable ton cerveau et ton cœur.
Ce qui s'est passé était une erreur.
Une colère juste a pris contrôle
de ton esprit jusqu'au bout de tes doigts.
Tiens-toi fort."

"Je suis suspendu, bientôt
je tomberai dans le creux de la terre.
Je vacille sous le poids de mon âme.
Cette rédemption m'est inatteignable,
je veux alors lâcher la branche et choir
vers ma mort – pour enfin trouver la paix."

"Elles te pardonneront, ces deux âmes
qui ont fui leur enveloppe charnelle
ce soir-là et survolent désormais
les étendues arborées du repos.
Ton havre ne sera pas cette faille.
Non, tu jailliras de tes cendres tel
un chevalier à l'armure brillante
lorsque tu auras franchi le brasier
d'un nouveau courroux qui t'emportera.
L'homme n'apprend rien d'une seule faute,
bientôt ta colère aura un dessein.
Mais pour le moment, profite et savoure
ce somptueux royaume de l'amour,
et passe de beaux jours sous le soleil
avec celle que tu admires tant."

"Cela m'apaise tant de le savoir,
comme si un glacier s'était liquéfié
dans mon cœur. Comme je les remercie !
Grands mercis, oiseaux miséricordieux !
Mais quand, dis-moi maman, quand recevrai-je
la punition que mon œuvre mérite ?"

"À la fin, les comptes seront réglés
lorsque ta sœur par les cris se libérera
à tout jamais de ton histoire tourmentée."

À ces mots, l'ange repartit dans les ténèbres sans jamais regarder par-dessus son épaule malgré les supplications de Skorri. Celui-ci s'agrippa encore plus fort à la branche, poussa sur ses cuisses et hurla sous l'effort tandis qu'il se hissait à la surface. En retournant vers la chute d'eau, il tira son téléphone de sa poche et appela Harpa Glódís.

Le lendemain, il était plus serein. Harpa Glódís l'avait enroulé dans une couverture et ramené à la civilisation. Cette fois, il était déterminé à avouer ce qu'il avait fait. Une fois seul chez lui, il appela le numéro trouvé sur le rapport de l'accident et dit vouloir s'entretenir avec le policier qui avait dirigé l'enquête. Il nota son nom, remercia son interlocuteur, puis raccrocha.

Il ouvrit l'annuaire en ligne já.is et tapa "commissariat de Reykjavík" dans le moteur de recherche.

Son téléphone. Ses pouces. Les yeux fixés sur l'écran.

Une voix de femme répondit.

Silence.

La femme demanda qui était à l'appareil.

…

D'une voix tremblante, Skorri s'excusa. Hésita. Il lut le nom du policier et demanda si celui-ci était disponible. La femme lui dit de patienter une seconde, qu'elle allait le mettre en relation.

Biiiiip. Biiiip. Biiiiip.

La respiration haletante de Skorri.

Le pied qui tapait sous le bureau.

Le doigt qui battait un rythme régulier contre sa tempe.

Biiiiip. Biiiip. Biiiiiip.

Revenant à l'autre bout du fil, la femme lui dit que le policier en question était absent. Skorri lui demanda s'il serait bientôt de retour. Elle lui répondit qu'elle ne savait pas. Il la pria de demander à quelqu'un. Elle lui dit qu'ils ne travaillaient pas dans le même bâtiment. Il lui demanda ce que ce policier était en train de faire, d'après elle. Elle lui dit qu'elle ne le connaissait pas, qu'elle ne travaillait ici que depuis six mois, que les employés du commissariat étaient nombreux. Skorri la remercia et raccrocha.

Il entra le nom du policier dans l'annuaire et obtint 114 résultats. Se mordant la lèvre, il secoua la tête.

Durant les heures suivantes, il rappela huit fois le commissariat, fut mis en relation avec le bureau du policier sans jamais obtenir de réponse. Il tenta de convaincre les opérateurs téléphoniques qu'il avait au bout du fil de lui dire quelque chose au sujet de cet homme ou de se renseigner pour savoir où il se trouvait. En vain. Ces informations étaient vraisemblablement confidentielles. Pensif, il croisa les mains sur son bureau.

Sur le site de la police, il partit en quête des adresses mail des employés jusqu'à trouver enfin celle qu'il cherchait.

Ctrl+C.

Il se connecta à sa boîte mail.

Composer un nouveau message.

Destinataire. Ctrl+V.

Objet : Concernant les conclusions du Département d'investigation sur les accidents de la circulation.

Effacer.

Objet : Informations importantes.

Objet : Informations très importantes.

Objet : Informations extrêmement importantes.

Puis il commença à écrire. La première phrase, où il se présentait, fut la plus longue à venir. Il rédigea ensuite un texte formel où il disait détenir des informations sur ce qui avait causé l'accident mortel sur la route 1. Il se relut, secoua la tête, effaça tout.

Objet : Aveu.

Il porta la main à sa bouche comme pour étouffer son désespoir.

Première phrase : *J'étais au volant de la voiture qui a causé la sortie de route du Mitsubishi Pajero…*

Des larmes se mirent à couler sur ses joues. D'une voix chevrotante, il lisait les mots au fil de leur apparition sur l'écran.

Lorsqu'il eut terminé son mail, il jeta un coup d'œil derrière lui puis se relut :

Je ne sais pas pourquoi ma voiture s'est déportée sur l'autre voie. Cela s'est passé très vite. J'ai sans doute été déconcentré l'espace d'une seconde. J'étais d'humeur soucieuse, je venais de recevoir une terrible nouvelle, mais pour être franc je ne me souviens plus très bien. C'était un accident, et je crois que le véhicule d'en face a mis du temps à réagir. J'ai freiné brusquement, puis je suis reparti, car j'avais très peur et je ne savais pas quoi faire. J'étais seul dans ma voiture.

Il signa de son nom, puis indiqua son numéro de téléphone.

Déplaçant le curseur sur le bouton “Envoyer”, il hésita. Il avait trempé le clavier de larmes en écrivant. Il essuya ses joues rouges avec la manche de son pull, puis observa d'un air grave son témoignage. Une soudaine sérénité s'empara de lui. Avec détermination, il cliqua. S'avouer coupable de deux homicides était donc aussi simple, aussi banal que cela. Un mail. Il soupira, puis tira ses cheveux en arrière, ferma les yeux et caressa doucement ses joues du bout des doigts. Plus rien d'autre n'importait que le moment présent, dans ce silence apaisé. Pour la première fois depuis un an, il parvenait à respirer normalement. Oh, ce soulagement !

La première idée qui lui vint fut d'aller à la pizzeria Eldsmidjan, rue Baldursgata, et de savourer une pizza au pepperoni. Son dernier repas en homme libre avant un long moment. Lorsque la police apparaîtrait sur le seuil du restaurant, il s'essuierait d'un geste digne le coin des lèvres avec une serviette en papier, avalerait une généreuse gorgée de Coca et se lèverait. Il voyait déjà les gros titres des journaux : "Un étudiant en droit placé en garde à vue", "L'autre facette de Skarphédinn Skorri, violent criminel", "Les amis et la famille du 'tueur de la route 1' le décrivent comme un idéaliste aimant la littérature". Lui-même s'exprimerait sur l'affaire avec une étonnante maturité, il évoquerait ses regrets et son chagrin, affirmerait avoir commis une grave erreur en ne se présentant pas immédiatement aux autorités, et ajouterait qu'il accepterait sa punition, quelle qu'elle soit.

Les lecteurs ne pourraient s'empêcher d'admirer ce jeune homme et d'éprouver de l'empathie pour lui – oui, ce gamin avait traversé un drame aussi terrible que formateur, et c'était affreusement douloureux pour nous tous. En tant que société.

Voilà les pensées qui tournoyaient dans l'esprit de Skorri lorsqu'un nouveau mail apparut sur l'écran. Sursautant, il l'ouvrit :

Mail Delivery Subsystem <mailer-daemon@googlemail.com>
Mon, Oct 5, 2008, 14:56
to me

This is an automatically generated Delivery Status Notification

Delivery to the recipient failed permanently:

Technical details of permanent failure: PERM_FAILURE: SMTP Error (state 9): 550 Requested action not taken: mailbox unavailable

Message d'erreur. L'adresse mail n'était pas valide. Le poing de Skorri s'abattit sur le clavier, qui rebondit sur le bureau.

Le soleil était en chute libre dans le ciel. Alfred l'observait depuis la vitre latérale de sa jeep. À cette époque de l'année, l'astre se comportait comme un travailleur quittant son poste un vendredi : il s'enfuyait après un dur été de labeur. La file avançait tout doucement vers la station de lavage automatique équipée de rouleaux à franges et d'éponges mécaniques dégoulinantes de savon. Un employé barbu vêtu d'un bleu de travail s'apprêtait à installer le Land Cruiser sur la plateforme et Alfred était sur le point de sortir lorsque le présentateur radio annonça l'interruption des programmes par une déclaration du Premier ministre. Perplexe, Alfred regarda l'homme qui l'attendait puis l'autoradio.

"Mes chers compatriotes, j'ai souhaité m'adresser à vous alors que la nation islandaise fait face à des difficultés majeures."

Il fit signe à l'employé qu'il voulait rester dans sa voiture, leva les pouces en l'air, et l'homme haussa les épaules. Les éponges se mirent à frotter les vitres, l'eau savonneuse tomba en cascade sur le toit, puis des ventilateurs surpuissants s'enclenchèrent. Alfred monta le volume à fond afin de mieux entendre les métaphores maritimes du Premier ministre : mer déchaînée, vents contraires et vagues furieuses s'abattaient à présent sur les marchés financiers.

"Aujourd'hui plus que jamais, l'Islande devra rester unie et forte face à l'adversité. Je vous encourage tous à préserver ce qui compte le plus dans votre vie, préserver ces valeurs qui survivront à l'ouragan qui fait actuellement rage."

L'ouragan du lavage automatique terminé, des hommes robustes en combinaison jaillirent de l'ombre avec des éponges pour caresser la carrosserie, puis ils ouvrirent toutes les portières et, armés de chiffons et d'aspirateurs, nettoyèrent l'intérieur du véhicule en échangeant des plaisanteries en polonais. Alfred resta figé, à écouter le discours du Premier ministre, lorsqu'un des hommes lui souleva prudemment les jambes pour aspirer la poussière sous ses semelles. "Dieu bénisse l'Islande", conclut le chef du gouvernement.

Quand la voiture ressortit à la lumière du soleil, le téléphone vibra dans sa poche. Le directeur de l'école de Tinna le salua d'un ton grave.

Skorri quitta sa chambre d'un pas précipité et enfila son manteau et ses chaussures pour courir au commissariat avant la fermeture. Puisque ses tentatives de contact par téléphone puis par mail s'étaient soldées par un échec, il ne lui restait plus qu'à s'y présenter en chair et en os. Ouvrant la porte à la volée, il vit la jeep de son père arriver. Il s'immobilisa sur le seuil, le souffle haletant.

Devait-il leur dire au revoir ?

Avant que la voiture ne se soit arrêtée, Tinna bondit du siège arrière. Les yeux rouges, elle passa en trombe devant son frère et monta s'enfermer dans sa chambre. L'air las, Alfred sortit à son tour.

– Qu'est-ce qui se passe ? demanda-t-il.

– Un gamin lui a volé son cahier et elle l'a tabassé.

Arquant les sourcils, Skorri ne put retenir un sourire.

– Où vas-tu comme ça ? reprit Alfred. Tu veux lancer la révolution ? Tu as suivi ce qui s'est passé ?

Skorri secoua la tête.

– Notre système bancaire s'est effondré. L'Islande est ruinée.

Alfred entra dans la maison avec un soupir. Skorri ne savait pas quoi dire.

– Ça va s'arranger, papa, lâcha-t-il finalement avant de lever les yeux sur la chambre de sa sœur où la lumière était allumée.

...

BRÈVE CONSIDÉRATION SUR L'EFFONDREMENT ÉCONOMIQUE DES CLASSES MOYENNES SUPÉRIEURES ET LA CULTURE DU DÉNI

Ça va s'arranger, avait dit le gamin, et il avait raison. À vingt ans, il n'était évidemment pas qualifié pour évaluer ce qui s'était passé ou allait se passer dans l'économie islandaise. Il était plutôt content que les banques aient disparu, même s'il ignorait ce que cela signifiait vraiment. Son pressentiment que tout allait s'arranger n'était précisément qu'une intuition : un homme comme papa n'a pas d'ennuis financiers.

Traduction : Le choc frappera quelqu'un d'autre que papa.

Cet optimisme tout islandais que représente la phrase *ça va s'arranger* se révèle parfois vrai, car en général quelqu'un d'autre arrange la situation. Quelqu'un d'autre subit le choc. Quelqu'un d'autre endosse la responsabilité. Quelqu'un d'autre encaisse le coup. Dire *ça va s'arranger* revient à dire *ça va retomber sur quelqu'un d'autre*. Et c'est évidemment ce qui a fini par se passer dans le cas des finances d'Alfred et Sigrídur. Mais avant cela, l'emprunt pour la voiture fit un bond et celui de la maison, indexé sur l'inflation, ne tarda pas à le rattraper. Une partie de leur épargne placée dans des fonds d'investissement tombés ou volés au cours du krach disparut. Sigrídur tapa sur des ustensiles de cuisine lors des manifestations hebdomadaires devant le Parlement, Alfred un peu dubitatif à côté d'elle, hésitant quant à son rôle et son opinion sur toute cette affaire.

Puis vinrent les débats sur Icesave*, et la menace du divorce plana.

Alfred voulait rembourser la dette.

Sigga refusait.

Conversation #1 dans un bouchon sur le boulevard Miklabraut : "Tu veux que les ouvriers, les instituteurs et les surveillants de piscine islandais payent pendant des décennies, voire des siècles pour les excès et les coups tordus de ces crapules ?" "Bien sûr que non." "Alors, quoi ?" "L'autre option est tout simplement pire, on deviendra le Cuba du Nord. Tu n'as pas entendu ce que disait ce professeur ? Si on ne rembourse pas, les gens feront la queue pour acheter du pain et du lait comme dans les pays soviétiques !"

Conversation #2, lors de l'anniversaire de leur mariage : "Ce sont nos banques qui ont plumé ces gens." "*Nos* banques ? Comment ça ? Tu avais des actions dans ces banques, toi ?" "Qui paiera, si ce n'est pas nous ? C'est aux contribuables anglais et hollandais de mettre la main au porte-monnaie parce que des banquiers islandais ont floué leurs petits vieux ? Tu trouves vraiment que c'est un meilleur scénario ? Ça te semble juste ?" "Ça ne devrait pas retomber sur le citoyen lambda, Alfred, c'est le cœur du problème. Les contribuables ne doivent pas payer pour ça, pas plus ici en Islande qu'en Angleterre ou aux Pays-Bas."

La conversation #3 eut lieu à l'étage après quelques verres de vin rouge. Skorri était au cinéma avec Kíara, et Tinna s'était enfermée dans sa chambre lorsque la dispute entre son père et sa belle-mère avait commencé à gagner en intensité. Ressortant pour aller aux toilettes, elle entendit

* Banque d'épargne, branche de Landsbankinn opérant notamment au Royaume-Uni et aux Pays-Bas. Elle a fait faillite lors de la crise de 2008, entraînant la suspension des comptes de leurs clients dans ces deux pays.

la voix fébrile de son père à travers la porte entrouverte de la salle de télévision. “Parce que les choses ont des conséquences, Sigga. Les. Actions. Ont. Des. Conséquences. Dans ce pays, cette école maternelle où nous vivons, c’est comme si rien n’en avait jamais. Voilà pourquoi nous croyons que cette dette va disparaître comme par miracle si on arrête d’y penser. C’est comme ça que nous gérons tout. Nous devons rembourser parce que c’est ce que nous méritons. Nous devons rembourser parce que, dans le cas contraire, nous n’apprendrons jamais.” “Nous ne rembourserons jamais, Alfred, ça ne passera pas, les gens ne sont pas des crétins, rétorqua Sigga. Ce n’est justement pas une question de le mériter ou pas. Tu peux me dire ce que les Islandais sont censés apprendre de ça ? Pourquoi est-ce au peuple de tirer les leçons du fait qu’un système financier amoral a ruiné toute une société ? À t’écouter, il faudrait dédouaner le véritable coupable, à savoir le système, pour remettre la responsabilité sur le dos des gens ordinaires qui n’ont rien fait à personne. D’ailleurs, c’est exactement ce que le système veut, lorsque l’élite financière aura tout rongé jusqu’à l’os et se sera attribué tous les bonus, on laissera le contribuable payer la note. Il faut que nous fassions bloc et que nous refusions.”

Et surprise, surprise. Ça s’est arrangé. C’est formidable, la façon dont les choses peuvent parfois s’arranger.

Quelqu’un d’autre finit par payer les dégâts occasionnés par les banques islandaises à l’étranger. La nation refusa les accords et le tribunal de l’Association européenne de libre-échange, dirigé par un Islandais, conclut que l’État islandais n’était pas tenu de rembourser les dettes engendrées par Icesave.

Lorsque les conclusions du tribunal tombèrent, Sigga eut un sourire sardonique, tandis qu’Alfred gardait le silence.

Les propriétaires islandais, comme eux, avaient peu de temps auparavant pu compenser leurs pertes grâce à un nouveau gouvernement qui leur avait promis une indemnisation pour faire face à l'augmentation de leurs emprunts après la crise: en somme, de leur donner l'argent de quelqu'un d'autre. Ainsi la situation s'arrangea-t-elle – en confiant la dette à quelqu'un d'autre et en laissant ensuite les classes les plus modestes d'Islande encaisser le coup – évalué à 70 milliards de couronnes.

...

Mais tout cela, Skorri ne pouvait pas le savoir ni le prévoir tandis que, se tenant devant la maison cet après-midi du 6 octobre 2008, il observait la fenêtre illuminée de sa sœur. Il avait compris que son rôle n'était pas de se rendre, mais d'être là pour elle, de s'assurer qu'elle ne s'attirerait pas d'ennuis. L'accident pesait visiblement lourd sur ses épaules, et l'avenir de leur petite famille semblait terriblement incertain. S'il était écroué, elle n'aurait plus personne sur qui compter, et devrait en outre subir la honte d'être sa sœur.

Le souvenir de la nuit précédente à Thingvellir était flou dans sa tête. Il avait sans doute été en proie à une sorte de psychose ou de dépression nerveuse fulgurante. Rien de tout ça n'avait vraiment eu lieu. Tout ce qu'il savait avec certitude, c'était qu'il avait failli se suicider par noyade dans une source. La phrase avec laquelle l'esprit de sa mère – ou quel que soit le nom de cette apparition – avait conclu leur échange lui revint d'un coup: "À la fin, les comptes seront réglés lorsque ta sœur par les cris se libérera à tout jamais de ton histoire tourmentée." Ah! Maintenant, il comprenait. Enfin, les éléments s'assemblaient. Un sourire se dessina sur ses lèvres et, l'espace d'un instant, le jardin fut baigné de soleil. Ce n'était donc pas son destin à lui qui était en jeu, mais celui de Tinna. Elle était l'élément central. Il lui avait imposé cette croix, l'avait emmenée avec lui dans la voiture pour la protéger, et maintenant il lui incombait de s'assurer que ce cauchemar ne gâcherait pas sa vie, qu'elle ne croulerait pas sous son poids. S'il n'était plus là, cela pourrait l'anéantir. Elle était petite, innocente, elle n'avait rien fait de mal. Elle était aussi différente, fragile, elle avait peu d'amis et ne s'épanouissait pas à l'école. Il fallait qu'il s'occupe d'elle, comme il l'avait toujours fait, car c'était elle qu'il aimait le plus, elle était son seul soleil dans ce monde stupide. Voir son frère derrière les barreaux la briserait pour toujours. Il devait poursuivre sa vie pour elle, pour qu'elle ne cède jamais à la colère ni aux *cris*, car la perdre représenterait véritablement la fin du monde, la seule punition qu'il ne supporterait pas. Il ne pourrait jamais revenir sur ce qu'il avait fait, ne pourrait jamais lui retirer ce souvenir traumatisant. Mais il pouvait être à ses côtés, la préserver de l'adversité. Comme un bouclier contre la cruauté du monde. Rentrant dans la maison, il grimpa l'escalier quatre à quatre en appelant son nom.

Ainsi fut-il sauvé, ainsi retrouva-t-il la lumière – en s'octroyant enfin un nouveau rôle.

Ce mensonge qui nous permet de vivre avec nous-mêmes, nous le qualifions de but dans la vie.

Peut-être avait-il finalement été pardonné.

IV

UNE BLONDE AFFAMÉE

Lorsque l'avion accéléra sur la piste, elle fut submergée par une vague d'impatience et, agrippant les accoudoirs, elle poussa un soupir. Les roues se soulevèrent du macadam, toutes ces tonnes d'acier se dissocièrent lentement de sa terre natale et s'envolèrent vers l'aube rougeoyante à l'est. Sirotant paisiblement son café instantané dans un gobelet en polystyrène, elle feuilleta un magazine. Les lumières étant éteintes dans la cabine, elle alluma la liseuse au-dessus de son siège. D'autres passagers autour d'elle somnolaient la bouche ouverte de part et d'autre du couloir. Ceux qui étaient assis côté hublot se pelotonnaient sous leur manteau contre la paroi de l'appareil. Tinna était trop enthousiaste pour fermer l'œil, même si elle avait pour ainsi dire passé une nuit blanche avant son vol matinal. Elle réclama une autre tasse de café au steward et, en attendant qu'il revienne, elle jeta un coup d'œil aux ecchymoses sur ses poignets rouges et couverts de griffures. Elle s'empressa de tirer sur ses manches pour les dissimuler.

L'été précédent, lorsque Tinna avait voyagé seule à l'étranger pour la première fois, Skorri l'avait appelée tous les jours. Parcourant les rues londoniennes en savourant sa liberté nouvelle, elle avait en même temps la sensation de ne pas vraiment être partie, car son frère ne cessait de faire irruption sur l'écran de son téléphone. C'était insupportable, mais elle n'osait pas le lui dire de manière aussi frontale. "Tu sais que tu t'inquiètes plus que papa ? avait-elle marmonné en décrochant à un coin de rue. J'apprécie le geste, hein, mais je suis une grande fille."

À présent, elle était soulagée, car enfin libre. Un sourire aux lèvres, elle inspira à fond, retint son souffle quelques secondes et vida l'air de ses poumons. Enfin libre ! Être assise ici, sur le siège 7D à bord du vol Icelandair en direction de Berlin, n'était que la conséquence de ce jour où, en plein cours d'histoire au lycée, quelque chose s'était brisé en elle. Elle s'était levée, avait pris la porte sans adresser un mot au professeur et avait quitté l'établissement. En attendant le bus à l'arrêt, elle avait contemplé le bâtiment avec la certitude de ne plus jamais y remettre les pieds.

L'idée de voyager l'avait longtemps séduite. Elle ne voulait pas d'une vie à la chaîne. *Va en cours.* Pour quoi faire ? *Pour réussir à tes examens.* Pour quoi faire ? *Pour te préparer à l'université.* Pour quoi faire ? *Pour que tu aies de bons résultats.* Pour quoi faire ? *Pour que tu aies un bon travail.* Pour quoi faire ? *Pour que tu aies un bon salaire et que tu sois respectée au sein de la société.* Pour quoi faire ? *Pour gagner de l'argent.* Pour quoi faire ? *Pour que tu n'aies pas à t'inquiéter.* Pour quoi faire ? *Pour faire ce que tu veux lorsque tu ne travailles pas, pour posséder une belle maison et nourrir les enfants que tu auras.* Pourquoi dois-je faire ça ? *Ça donne un but à l'existence.* D'après qui ? *C'est comme ça, c'est tout.* D'après qui ? *Regarde autour de toi, tout le monde le fait.* Pourquoi ? D'après qui ? Dans quel but ? D'après qui ? Pour quoi faire ?

En attendant, bye-bye l'Islande !

Plus de regards outrés de ses professeurs lorsqu'elle partageait ses opinions dans ses dissertations et ses exposés. Plus de publicités mettant en scène des jeunes souriants en train de déballer des cartons dans un appartement fraîchement repeint. Plus de ces instants gênants où un garçon avec qui tu avais participé à la finale du concours de lecture à voix haute des collèges te vend des médicaments contre la chlamydia à la pharmacie.

Le steward reparti, elle sirota son deuxième café. Comme ses deux voisins ronflaient, elle tira sa tablette, posa le gobelet, retroussa ses manches et scruta de nouveau ses poignets meurtris.

L'image demeurait gravée dans son esprit après toutes ces années.

La gifle.

La frénésie avec laquelle il avait déchiré son cahier avant d'en jeter les lambeaux par terre. Depuis cette scène, le simple fait de lire un livre éveillait en elle un sentiment de culpabilité, comme si elle commettait une faute. Encore aujourd'hui, elle osait à peine écrire le moindre mot signé de son vrai nom. Ce qui ne l'empêchait pas de bloguer sous pseudonyme. De nombreux élèves de son lycée qui lisaient ses publications la soupçonnaient d'en être l'auteur. Mais personne ne pouvait l'affirmer avec certitude, car elle ne l'avait jamais admis et niait toujours lorsque ses amis le lui demandaient. Elle tremblait à l'idée que son frère en découvre l'existence. L'année passée, il insistait pour l'emmener à l'école et venir la rechercher chaque jour. Tolérant tant bien que mal cette surveillance rapprochée, elle répondait avec patience lorsqu'il lui demandait où elle se trouvait et si tout allait bien. Elle faisait de son mieux pour se montrer compréhensive et ne voir que de l'amour dans ces démonstrations. Ils n'avaient plus reparlé de leur secret depuis des années.

D'un autre côté, elle était triste depuis longtemps et avait la sensation de ne pas être elle-même. Elle cachait ses rêves d'écriture au monde entier, ne les partageait avec personne. Elle osait à peine les admettre elle-même. Ils étaient trop enfouis ; ne pas savoir comment les reconquérir lui causait déjà de l'angoisse, alors les révéler au grand jour…

Son cœur abritait encore cette petite fille qui ne riait jamais autant que devant une jolie trouvaille à coucher sur le papier. Comment retrouver ce sortilège de l'enfance? Elle l'ignorait, voilà pourquoi elle avait l'impression d'être un imposteur, après tout ce temps passé à prétendre être quelqu'un d'autre. Pendant des années, elle s'était convaincue que brandir un stylo était un acte dangereux.

Le résultat : une tristesse abyssale, la haine de soi, une témérité destructrice.

Elle cherchait à s'anesthésier.

Elle avait longtemps essayé de réprimer son envie d'aventure. Or, cet automne-là, son frère s'apprêtait à partir à Oxford pour un master en philosophie du droit. Elle pouvait sans doute se permettre de voyager, elle aussi.

Elle n'aurait jamais pu prévoir sa réaction. Lorsqu'elle lui dit avoir acheté un aller simple pour Berlin, il sombra dans une crise frisant l'hystérie. Allant et venant à pas rapides comme un fou, il ne cessait de répéter non, non, non, hors de question, tu ne peux pas partir. Elle était abasourdie. En quoi cela le concernait-il? Pourquoi diable voulait-il lui mettre des bâtons dans les roues? Lui qui avait toujours été son héros. N'était-il pas le mieux placé pour comprendre ses envies d'ailleurs?

– Tu pars bien étudier en Angleterre cet automne, lui répliqua-t-elle tandis que, les bras croisés devant la fenêtre, il secouait la tête. Toi, tu as le droit de quitter l'Islande, mais pas moi? C'est ça? On est de retour au dix-neuvième siècle?

Adoptant une attitude défensive, il marmonna qu'il valait mieux qu'elle passe son bac d'abord, avant de s'écrier :

– Tu es beaucoup trop jeune!

Elle éclata de rire et, l'imitant, elle croisa les bras à son tour en le regardant, incrédule.

– Tu plaisantes...

– Tu restes ici, c'est pour ton bien, asséna-t-il en fronçant les sourcils.

– C'est ça, compte là-dessus !

– Tu devras me passer sur le corps pour entrer dans ce putain d'avion, cracha-t-il avant de sortir en claquant la porte.

Pour Tinna, c'était une menace en l'air. Et pourtant. Alfred n'était pas particulièrement enthousiaste à l'idée que sa fille parte à l'étranger, mais c'est lui qui dut finalement s'interposer lorsque ses enfants en vinrent aux mains le soir précédant son départ. La poussant brusquement, Skorri avait ouvert sa valise et éparpillé ses affaires sur le sol. Tinna s'était jetée sur lui et ils s'étaient roulés par terre en faisant un bruit de tous les diables jusqu'à ce qu'il parvienne à avoir le dessus.

Entrant dans la pièce en furie, leur père hurla :

– Qu'est-ce que c'est que ce bordel ?

– Elle ne partira pas, lâcha Skorri, à bout de souffle.

– Si, je vais partir, espèce de psychopathe !

Elle se débattait mais, resserrant sa prise sur ses poignets, il les maintint fermement plaqués contre le sol.

– Skarphédinn Skorri ! gronda Alfred. Lâche-la, ce n'est pas une manière de traiter ta sœur !

– Tu ne comprends pas, c'est dangereux pour elle de partir.

– Sa décision lui appartient, répliqua Alfred.

– Je fais ce que je veux de ma vie !

– Vous ne comprenez rien. Vous ne savez pas de quoi vous parlez.

– Moi non plus, je ne suis pas content qu'elle parte à l'étranger. Mais c'est son choix. Pour autant que je sache, il n'y a ni Boko Haram ni talibans à Berlin.

Sigga apparut sur le seuil.

– Je me suis rasé le crâne et je suis partie vivre à Copenhague quand j'avais vingt ans. Je louais une toute petite chambre à un homme qui travaillait comme électricien dans une prison. C'était affreux, et bien sûr c'est l'un de mes meilleurs souvenirs aujourd'hui. Tu ne peux pas priver ta sœur de cette expérience, même si c'est très généreux de vouloir la protéger.

– Laisse-la, Skorri, insista Alfred. Je ne suis pas sûr de survivre si je dois me battre contre toi.

Skorri lâcha prise et se mit à trembler. En une fraction de seconde, son expression changea radicalement, ses yeux se remplirent de larmes et il s'effondra comme un petit enfant. Il croisa les mains devant Tinna qui ne savait plus comment réagir tandis qu'il la suppliait de manière répétée de lui pardonner, affirmant qu'il ne voulait que l'aider et s'assurer qu'elle serait en sécurité. "Promets-moi qu'on restera en bons termes, qu'on ne se disputera jamais, promets-moi de ne jamais disparaître de ma vie." Perdue, Tinna s'essuya les yeux et fixa le fou furieux qui s'était agenouillé devant elle comme s'il se trouvait face à Dieu. Elle voulait juste essayer de nouvelles choses. Il sourit entre deux sanglots, ramassa les vêtements étalés par terre, les replia et lui demanda s'il pouvait l'emmener à l'aéroport.

– Ça ira, papa va me déposer, dit-elle en lui tapotant prudemment l'épaule avec un regard inquiet à son père.

– Attends, emporte mon vieux pull avec toi, lança Skorri avant de se précipiter dans l'entrée où, ouvrant le placard, il s'empara du pull en laine noir que Harpa Glódís lui avait tricoté. Il fait très froid là-bas en hiver. Il te sera bien utile.

Un sourire gêné aux lèvres, Tinna plia le pull et le glissa dans sa valise.

Elle remonta non sans difficulté les marches du métro avec ses bagages et sortit au soleil. La station se trouvait sur une place avec un marché. Les vendeurs de légumes hurlaient leurs promotions, les gens bavardaient en grignotant un kebab, ils achetaient de la viande, du poisson et du pain auprès des différents marchands. C'était la main de la liberté qui l'avait menée ici. Enfin, elle n'était personne ! Elle jeta un coup d'œil circulaire à la recherche de Romain, le garçon avec qui elle allait louer un appartement. Une amie l'avait mise en contact avec lui, et ils avaient fait connaissance sur Skype.

Il se tenait au milieu de l'esplanade, au pied d'une statue recouverte de tags, et observait les environs avec l'allure d'un mannequin qui vient de se réveiller. C'était un jeune homme d'une grande beauté. La carrure athlétique, il faisait au moins une tête de plus que les badauds autour de lui ; sous ses cheveux noirs frisés, la peau sombre de son visage, aussi lisse qu'un bois fraîchement poli, dessinait les contours d'une mâchoire carrée. Ses bras parcourus de veines saillantes évoquaient un paysage volcanique traversé de profondes fissures. Ses cils étaient tellement longs qu'on les voyait presque battre sous l'effet du vent. Ses traits étaient à la fois sévères, délicats et doux, comme s'ils avaient été créés par ordinateur. Il la prit dans ses bras et lui fit la bise.

Il travaillait chez un marchand de glaces, en plus de poser occasionnellement pour des catalogues publicitaires et de danser torse nu dans des discothèques, une casquette sur la tête. Sa mère était une Espagnole d'origine tunisienne et son père martiniquais. Après le divorce de ses parents, il avait souvent déménagé durant sa jeunesse pour atterrir à Berlin quelques mois avant Tinna. Ils s'entendirent immédiatement. Romain l'emmena dans un joli deux-pièces au troisième étage à quelques pas de la station de métro. La chambre qu'elle allait occuper donnait sur une rue animée. Les fenêtres étaient grandes, le plafond si haut qu'il fallait un escabeau pour changer l'ampoule du plafonnier, et les craquements du parquet lui donnaient l'impression d'être sur un vieux bateau. Remplie de plantes dans des pots en terre cuite, la petite cuisine n'était elle non plus pas dénuée de charme.

Rapidement, Tinna fut engagée pour travailler avec Romain chez le glacier, dont le principal avantage était l'absence quasi permanente du patron. La boutique était la propriété d'un vieux hippie sans cesse en vadrouille. Ils passaient leur temps ensemble. Le week-end, ils dansaient côte à côte dans les clubs et, peu à peu, Tinna commença à adopter de nouveaux codes vestimentaires, plus provocants, en adéquation avec la mode locale.

Elle accumulait des classiques achetés chez un bouquiniste et passait des heures dans des cafés à lire et à écrire. Enfin, elle avait le temps de se plonger dans ces œuvres, de prendre des notes, d'effectuer des recherches à leur sujet sur Internet et de s'instruire toute seule. Elle oubliait le temps et parfois ne revenait à elle qu'une fois la nuit tombée. Mais même si elle était seule, même si personne ne la suivait, même si elle n'était *personne* ici, en plus de griffonner ses pensées dans une langue que nul ne comprenait, elle s'assurait toujours qu'on ne puisse pas jeter un œil aux pages qu'elle noircissait. Elle avait tellement l'habitude d'écrire masquée qu'elle continuait d'utiliser un pseudonyme, y compris pour ces cahiers dont elle était pourtant l'unique lectrice.

Cependant, elle se sentit tout de suite mieux. S'être éloignée de chez elle avait libéré quelque chose en elle. Elle créait des récits à tiroirs, le plus souvent du point de vue d'un témoin de l'histoire, tombé dessus dans des circonstances inattendues, comme par exemple un douanier trouvant le journal intime d'une mule dans un camping-car rempli de drogue. Lorsqu'elle prenait le métro, elle notait des vers dans un petit calepin. Elle avait même commencé à composer des poèmes en anglais.

La peur continuait toutefois de la tenailler, et elle cédait fréquemment à la tentation de s'échapper par tout moyen. Romain ne mit pas longtemps à se rendre compte qu'il fallait garder un œil sur cette jeune fille islandaise lorsqu'ils sortaient, à cause de sa tendance à chercher l'extase. Pendant de longues périodes, elle ne mangeait presque rien. Une biscotte pour le dîner, une demi-part de gâteau à la carotte dans un café. Parfois, elle sombrait dans une telle transe qu'elle marmonnait dans le vide des phrases incompréhensibles en islandais. Il fallait alors l'asseoir et lui ordonner de boire de l'eau. "Je ne suis pas ta blonde affamée préférée?" lui demandait-elle en ricanant. Cela ne le surprenait pas, il avait déjà vu ce genre de phénomène et en avait lui-même fait l'expérience. Cette ville était pleine de gens qui se fuyaient. Tinna cherchait clairement à renier ce qu'elle désirait le plus. Rien ne nous effraie autant que ce dont nous rêvons.

C'était surtout dans cet état qu'elle laissait entrevoir qui elle était vraiment ; pour cela, elle avait besoin d'éteindre une partie de son cerveau. Un soir, ils étaient assis côte à côte parmi un groupe de fêtards dans un club. Les joues écarlates, elle sentait la sueur dégouliner sur son visage et ses yeux étaient comme deux grands lacs. Elle s'agrippait fermement à son ami qui lui massait le crâne tout en flirtant avec un autre homme. Tinna ne savait plus où elle était – ni où elle n'était pas – et son bien-être était total. Le corps entier chaud et doux comme une plume. Elle ressentait cette euphorie jusqu'au bout de ses doigts, comme l'instant après un orgasme. C'étaient les seuls moments où elle avait la sensation que son cœur battait en rythme avec l'univers. Plus de frontière entre elle et les autres. Elle n'avait ni début, ni milieu, ni fin. Tout n'était que gloire divine. Soudain, l'une de ses paupières se souleva, elle tira un stylo de sa banane et se mit à écrire sur les pectoraux saillants et fermes de Romain* :

At last my aching heart has found a home
In dungeons black of techno's wicked dome!
Shall I the dance floor grace with princely feet?
On pleasure pills my sorrow tastes so sweet!

* La traduction des 4 strophes à venir figure en fin d'ouvrage.

Le jeune homme sourit lorsqu'on lui lut la strophe tandis que Tinna, refermant les yeux, posait la tête sur son épaule.

Après cet épisode, elle commença à publier de courts poèmes en anglais sur Internet, sous le pseudonyme de Hamlet Raveur. Le prince danois était son personnage préféré. Son initiative attira vite l'attention et ses lecteurs se firent de plus en plus nombreux, car toutes sortes de communautés marginales issues du monde de la nuit fleurissaient sur le Net. Sa popularité bondit lorsqu'une revue berlinoise anglophone publia un article au sujet de son site dans une rubrique intitulée "*You can't miss...*"

Oui, si vous aviez goûté à la vie nocturne berlinoise, vous ne pouviez manquer Hamlet Raveur, le poète de la fête anonyme qui parvenait à capter la joie, la mélancolie et l'angoisse de l'homme moderne avec la voix de Hamlet le prince des Danois dans des clubs techno, où les gens parviennent ou pas à trouver l'amour et l'extase, à passer la porte de l'instantané pour pénétrer dans l'éternité, où toute porte de sortie peut de nouveau mener à la souffrance. Le Hamlet de Tinna était, comme son modèle, égocentrique et impertinent, furieux et fou, un nihiliste poétique.

Tonight the world may end its course outside
This club; Are you my dead and maddened bride?
In truth, your fortune means not much to me
These poison lips are doomed to thirst for thee.

Des scènes et des personnages de la pièce apparaissaient dans la peau de clients du club.

Did I see dance with fury from afar
My father's ghost at Panorama bar?
As marble did the stirring six-pack flare
And pearls of action drizzled from his hair.

Elle s'assurait également de glisser des références explicites à des habitués, des quartiers, des rituels et des événements que les clients du club comprendraient et apprécieraient. La strophe suivante évoquait le videur mondialement connu au visage tatoué et les lois obscures qui déterminaient si l'on pouvait entrer ou pas.

A riddle! Will I ever know? Somehow
The bouncer, Sven, my entry did allow.
In mural ink are scribbled on his face
The secret laws of darkness that we chase.

Son cœur s'emballait lorsque les *likes* affluaient, accompagnés de smileys pleurant de rire et de commentaires de filles qui demandaient au tragique Hamlet numérique de les retrouver sur la piste de danse. Elle souriait jusqu'aux oreilles en voyant son téléphone s'embraser, abritant l'écran des regards indiscrets avec sa main pendant qu'elle le faisait défiler. Jamais elle n'avait eu une telle reconnaissance. Ces *likes* ne changeaient pas la face du monde, ils n'avaient pas réellement d'importance, mais dans ces moments-là elle se sentait moins isolée, elle n'était plus la seule à rire de ces absurdités qui lui traversaient l'esprit. C'était le début d'une nouvelle ère, un minuscule pas vers l'acceptation de soi. Peut-être que sa passion avait un semblant de valeur, finalement. Là, dehors, des gens appréciaient sa création – et à sa juste valeur, ces *likes* se fichaient de qui elle était, d'où elle venait et de ce à quoi elle ressemblait –, même si c'était un phénomène aussi marginal qu'un Hamlet amateur de techno. À Berlin, les marginaux étaient si nombreux qu'elle bénéficiait d'un lectorat.

Elle gagna progressivement en confiance. Peu à peu, elle laissait entrevoir à la lumière du jour des éléments toujours plus intimes de sa personne. Oui, elle était en train de devenir elle-même, elle le sentait. Certes, elle était parfois seule, et oui, parfois elle redevenait cette petite fille qui voulait s'emmitoufler dans sa couette et pleurer, mais une nouvelle forme de légèreté s'était emparée d'elle, celle d'avoir trouvé la liberté dans son cœur, et d'avoir enfin cessé de jouer un rôle.

Un matin, alors que Romain s'apprêtait à aller manifester contre les mesures prévues par l'Union européenne à l'encontre de la Grèce, Tinna demanda à l'accompagner. C'était surprenant. Jusqu'ici, elle n'avait pas montré beaucoup d'intérêt pour ce type d'événements, et avait poliment refusé lorsqu'il l'y invitait – contrairement à son frère, elle n'avait jamais été du genre à vouloir sauver le monde. "Ça ne va pas être affreusement sérieux, ce rassemblement ?" commentait-elle en général. Elle s'était rapidement rendu compte de ce trait caractéristique de Berlin. C'était une ville pleine de charme, mais dont les habitants contrôlaient tellement chaque aspect de leur existence – prenant soin d'avoir les bonnes opinions, de s'inquiéter des bons problèmes, de désirer les bonnes choses – et mettaient une telle ferveur à lisser toutes les aspérités de leur personnalité qu'ils en devenaient absolument incapables de rire d'eux-mêmes. L'humour n'existait pas ici ! Or, le seul critère avec lequel Tinna jugeait les gens était leur capacité à rire de ce qu'ils estimaient sacré. Comme tout un chacun, elle avait plein d'idées pour rendre l'existence sur cette planète plus supportable, d'un autre côté elle détestait les individus sans humour qui n'avaient rien à partager à part leurs opinions sur la manière dont les autres devaient vivre leur vie. Oui, elle approuvait les combats de Romain et de ses amis, ce qui attendait la Grèce était terrible à lire, mais son royaume à elle n'était pas de ce monde, pour ainsi dire ; elle ne nourrissait qu'un intérêt superficiel pour la politique, n'avait même pas vraiment envie d'un monde meilleur, tout bien réfléchi. Elle n'aimait que l'inattendu.

Elle emprunta un pull noir bien trop grand à son colocataire et enfila un pantalon assorti – les couleurs sombres lui semblaient un choix approprié pour une telle manifestation – puis ils se mirent en route. Sur le chemin, le jeune homme lui noua un bandana noir sur le nez. L'ambiance était électrique. Romain l'attira à l'avant du cortège, où ils se retrouvèrent face à une armée de policiers. Son cœur s'emballa. Des fumigènes noyèrent la rue d'un brouillard épais et un affrontement éclata entre les manifestants et les forces de l'ordre. Un instant, elle perdit Romain de vue. Elle se fraya un chemin à travers la foule et la fumée jusqu'à ce qu'elle le retrouve en train de se débattre contre deux agents. Plus grand qu'eux, il résistait avec efficacité. Tinna se figea. Au même instant, un barbu aux cheveux longs se jeta sur les deux flics, permettant à Romain de leur échapper. L'homme lui ordonna de fuir tandis que les deux policiers le plaquaient brutalement au sol. "Cours, Romain, cours !" s'écria-t-il en anglais. Tinna attrapa le bras de son ami et inspecta les éraflures sur son visage. Il lui prit la main et l'emmena. Durant leur fuite, elle jeta un coup d'œil en arrière pour observer la lutte entre l'homme et la police. Qui était donc ce sauveur qui s'était sacrifié pour eux ?

À vingt-sept ans, Viktor Vestergaard faisait irruption dans la vie des gens comme une véritable comète. Veste en jean sur les épaules, cigarette roulée entre les lèvres, il parcourait les rues de la métropole en conquérant lumineux. Il participait à l'organisation de toutes sortes de manifestations telle que celle-ci, et le plus souvent on le trouvait au côté des plus ardents activistes, auprès de qui il s'était forgé une bonne réputation grâce à son dynamisme et à son courage.

Parmi ses amis berlinois, personne ne savait qu'il ne s'appelait pas Viktor Vestergaard mais Espen Christiansen et qu'il travaillait secrètement pour la police. Ces trois dernières années, il avait envoyé une fois par mois un rapport sur les activités des groupes politiques marginaux aux autorités européennes. Ses vêtements, son apparence, ses opinions, ses passions, tout ça n'était que pure fiction façonnée dans les salles de réunion de la police.

À ses camarades, il disait que son père était malade et qu'il devait lui rendre visite au Danemark à intervalles réguliers. C'était son prétexte pour rentrer dans la banlieue de Copenhague, où il avait une femme et un enfant.

Espen avait été élevé par une mère célibataire qui cumulait deux emplois et n'avait pas le temps de s'occuper de lui. Plus tard, elle avait perdu la raison. À onze ans, il se réveillait fréquemment au beau milieu de la nuit en l'entendant se lever et la retrouvait dans le salon, échevelée et pâle dans le halo projeté par la lune, en train de marmonner d'absurdes théories complotistes. Parfois, elle s'absentait pendant des jours. Elle l'avait même abandonné une fois chez un glacier.

Puis revenaient des temps meilleurs où elle reprenait pied, chantait, dansait partout dans l'appartement et vouait un amour infini à son fils. Lors de son douzième anniversaire, elle l'avait emmené assister à un match de football, lui avait offert un nouveau pantalon et l'un de ses livres préférés. Le soir, elle avait préparé du riz au lait et commandé une pizza, ses plats favoris. À la table de la cuisine, allumant une cigarette, elle lui avait dit : "J'espère que tu me comprendras un jour, mon chéri. Ce monde déteste les gens comme moi."

Il n'avait jamais oublié ces mots.

Malgré la souffrance, malgré le sentiment de solitude, jamais il n'avait laissé entrevoir la misère dans laquelle il grandissait. Il avait peu d'amis et avait fini par quitter la maison à l'âge de quatorze ans. Il n'avait plus jamais mentionné l'existence de sa mère, ou de "la vieille folle", comme les gamins du quartier l'appelaient. "Rentre chez la vieille folle!" "Ta mère compte se laver un jour?" "On fête Noël chez les fous?"

À Berlin, Viktor racontait à ses amis qu'il s'était rebellé contre son père, un homme d'affaires peu scrupuleux, avant d'enterrer finalement la hache de guerre lorsque ce dernier était tombé malade. Mais Espen Christiansen n'avait pas connu son père. Il s'agissait ou ne s'agissait pas d'un ouvrier saisonnier portugais.

À dix-neuf ans, il s'était inscrit à l'école de police et, trois ans plus tard, il travaillait déjà en civil pour la brigade des stupéfiants. Un rôle dans lequel il s'épanouissait. Encore un an après, il s'immisçait dans les rangs de mouvements politiques que les autorités estimaient nécessaire de surveiller. Il s'était rapidement forgé une réputation de génie dans ce domaine, et à présent il travaillait pour Europol, basé à Berlin depuis trois ans.

Le fait de savoir lire les autres, leurs désirs les plus profonds et leurs instincts avec une certaine facilité était un atout majeur. Il possédait une sensibilité exceptionnelle, percevait ce dont les gens avaient honte, ce qu'ils craignaient ou voulaient cacher, car se cacher constituait justement son quotidien. Se cacher de sa mère. De son environnement. De lui-même. Au cours d'une conversation, il surveillait chaque mouvement chez son interlocuteur. Chaque détail. Que faisaient ses doigts? Voyait-on ses pouces? Dans quelle direction pointaient ses pieds? Touchait-il ses cheveux? Ses mains avaient-elles tendance à remonter vers son cou?

De quoi as-tu peur? Qu'essaies-tu de protéger? Que refuses-tu de voir en toi?

Espen jouait avec les attentes et les idées des autres comme un concertiste, mais le comble du bonheur pour lui était de se laisser aller à son imagination. Pour sûr, il connaissait par cœur le scénario grossier du passé de Viktor Vestergaard, le révolutionnaire dyslexique, néanmoins c'était dans l'improvisation qu'il était le plus serein, au beau milieu de ce labyrinthe de mensonges qu'il tissait sans jamais douter, même s'il ignorait à quoi ressemblerait la phrase suivante.

Sa vie se recomposait à chaque instant.

Il n'était pas de ceux qui croient à leurs propres inventions. Non, mais sa quête de la vérité ne pouvait avoir lieu qu'à travers le mensonge. C'était sa manière à lui de reprendre enfin le pouvoir dans cette existence terrible qu'il avait si longtemps subie.

Un foyer familial plongé dans les ténèbres, pas de père, une mère dérangée.

Le passé était la seule véritable illusion.

Viktor Vestergaard était la vérité, dite avec des mensonges.

C'était l'homme qui s'était jeté dans la fosse aux lions sous le nez de Tinna pour sauver Romain. Tous deux parvinrent à s'éloigner tandis que Viktor se débattait et hurlait. Les policiers le menottèrent et le firent monter dans un fourgon où il se tut immédiatement, aspirant le sang qui dégoulinait de ses narines et penchant la tête en arrière.

– Ben alors, on la ramène plus ? lança l'un des flics en retirant son casque. Ou tu n'as plus besoin de jouer les héros devant tes copains ?

– Je suis l'un d'entre vous, souffla Viktor, la respiration haletante.

Se tournant vers la vitre, il suivit le déroulement de la manifestation.

Tinna le vit lors d'une fête quelques jours plus tard. Assis parmi ses amis à bavarder et à fumer, vêtu d'une chemise en jean déchirée et d'une vieille casquette, il dégageait la sérénité d'un homme qui aurait longtemps vécu dans une cabane en rondins loin de toute civilisation. Il avait les yeux noirs comme deux nuages chargés d'orage et sa barbe épaisse évoquait un flanc de montagne arboré. Quelqu'un mentionna les éraflures sur ses bras. "Merci la police ! s'exclama-t-il de sa voix chaude et grave en souriant. Les gars qui m'ont arrêté étaient bien braves. On a discuté dans leur fourgonnette. Je leur ai dit : vous ne voyez pas ce qui est en train de se passer ? Vous ne protégez pas le peuple, mais l'élite financière ! Nous sommes en pleine guerre pour l'avenir de la démocratie, de quel côté voulez-vous combattre ? Ils m'ont répondu : On est flics, notre opinion n'a aucune importance. Alors, je leur ai expliqué que c'était juste parce qu'on leur avait appris à la garder pour eux."

Ce fut Romain qui le présenta à Tinna. Ils finirent par parler de tout et de rien sur le balcon en partageant une bouteille de vin rouge. C'était à la fois reposant et rafraîchissant de laisser un peu tomber son armure ; dans ses conversations avec d'autres membres du groupe, il devait toujours rester dans son rôle et s'assurer de dire ce qu'il fallait. Avec elle, il pouvait rire. Il y avait un certain charme dans sa manière de raconter des histoires, dans ce léger sourire qui flottait sur ses lèvres, comme si elle ne pouvait cacher à quel point elle les trouvait amusantes. Il eut les larmes aux yeux lorsqu'elle lui fit le récit d'une de ses camarades de classe qui souffrait d'un terrible trouble de l'attention. Un jour, un extraterrestre avait tenté de prendre contact avec elle par le biais de son poste de radio, mais il n'était jamais parvenu à lui transmettre son message, car la jeune fille ne cessait de l'interrompre, ou bien perdait le fil de ce qu'il lui disait ; il finit alors par se taire et l'écouter. Il manqua également de s'étouffer lorsqu'elle lui parla d'un autre de ses camarades de classe qui, lorsque leur professeur leur avait demandé de citer un exemple de mot à double sens, avait levé la main et répondu d'une voix tonitruante : "*Étoile.*" Le regard interrogateur, l'enseignant lui avait demandé de s'expliquer, et le petit garçon avait pointé du doigt vers la fenêtre et dit avec toute sa sincérité : "D'abord, il y a l'étoile dans le ciel, ensuite il y a l'étoile d'araignée." Tinna sourit tandis que Viktor essuyait les larmes de ses yeux, hurlant de rire.

Lorsqu'il lui demanda ce qu'elle comptait faire à Berlin, elle retrouva le silence.

– Écrire, je voudrais écrire, finit-elle par admettre.

C'était étrange de prononcer ces mots à voix haute, de partager cela avec un parfait inconnu, et en même temps, elle ressentait comme un soulagement.

– Tu veux dire que tu es écrivaine ? demanda Viktor.

– Ce serait un peu ridicule de le formuler comme ça. Je ne fais que débuter.

– Nous sommes ce que nous faisons. Comment se passe une journée type pour toi ? Tu te réveilles et tu te mets à écrire ?

– Quand j'ai du temps, oui. Tout mon temps libre y est consacré.

– Donc, tu es écrivaine.

– Je suis quelqu'un qui écrit, j'imagine.

– Des romans, des articles, des poèmes ? poursuivit Viktor avec insistance.

– J'expérimente pour le moment.

– Lorsque tu sortiras un livre, assure-toi qu'il soit disponible en version audio, ajouta-t-il en allumant une cigarette. Je suis illettré !

Il voulait en fait dire que les textes longs lui posaient problème, de même qu'il avait du mal à écrire à cause de sa profonde dyslexie.

– C'est pour ça que je suis une telle pipelette. Voilà ce que je suis. Une pipelette. Et un soiffard. Santé !

Leur relation commença ainsi. Aux yeux d'Espen, Tinna était la petite amie parfaite pour améliorer sa couverture. Dans ce groupe, tout le monde lui faisait confiance, grâce à Romain. Peu passionnée par leur cause, elle ne souffrait pas de la paranoïa qui empoisonnait généralement ce genre d'assemblée. Il serait bien plus aisé de se détendre en sa compagnie qu'avec les autres. Et ce qui ne gâchait rien : elle était si belle dans l'été berlinois. Au moment d'écrire son rapport sur elle, il ne trouva pas l'énergie de se mettre au travail. Encore un rapport inutile sur une personne qui ne représentait strictement aucun danger.

Après trois ans dans la métropole, il s'était rendu compte que sa mission d'espionnage était complètement vaine. Plus qu'autre chose, il s'agissait à vrai dire d'inciter ces gens à commettre des exactions pour justifier leur surveillance. Créer le danger, créer la menace. Et après avoir été imprégné de cette idéologie marginale pendant si longtemps, il avait fini par se laisser convaincre de son bien-fondé. Il se surprenait parfois à ne plus mentir lorsqu'il prenait position en tant que Viktor. Le véritable ennemi n'était pas ces gens, non, ils y voyaient clair depuis une éternité – mais ils ne nourrissaient pas pour autant la moindre intention néfaste, ils voulaient simplement éveiller les consciences et secouer le système. Quelques crétins hypocrites parsemaient évidemment leurs rangs, comme partout ailleurs, mais dans leur ensemble, ces individus étaient pacifiques, optimistes et bienveillants.

L'ennemi, c'était le système pour lequel il travaillait. Il avait toujours cru que sa mission était noble, que les rapports qu'il écrivait à la nuit tombée servaient à protéger le commun des mortels, la société, que ces marginaux qu'il suivait avaient subi un lavage de cerveau, qu'ils se gavaient de toutes sortes de théories complotistes, qu'ils étaient prêts à tout. Ce n'était pas le cas. Si quelqu'un avait subi un lavage de cerveau, c'était plutôt lui. Le danger, c'était lui. Celui qui était prêt à tout, c'était lui. Mais que faire ? Sa famille au Danemark dépendait de lui et de son salaire. S'il démissionnait, la police le lâcherait complètement et prétendrait ne jamais l'avoir engagé.

Pouvait-il se laisser absorber par le rôle de Viktor Vestergaard ? Pouvait-il devenir Viktor ? Serait-ce difficile de se confondre avec l'homme qu'il avait prétendu être pendant trois ans ? Devrait-il alors tout avouer ? Ses amis lui pardonneraient-ils ? Toutes ces questions se bousculaient dans sa tête ce soir-là vers minuit, alors qu'il était assis devant ses papiers dans l'appartement situé à l'ouest de la ville qui lui servait de quartier général avec d'autres agents infiltrés de la police. Devant lui, un rapport arborant le nom de "Hrafntinna Helena Alfredsdóttir". Il le chiffonna et le jeta.

Il commença bientôt à espérer et à s'imaginer que Tinna pourrait être sa voie vers une nouvelle vie. Elle devait pressentir qu'il voulait quelque chose de plus sérieux, car elle lui expliqua un jour de but en blanc qu'une relation amoureuse ne l'intéressait pas. Dans la chambre baignée de soleil matinal, elle était assise sur le lit, les joues rouges, avec un bol de Honey Nut Cheerios. "Je ne veux pas posséder qui que ce soit, ni qu'on me possède", lui dit-elle. Déçu, il se sentit de nouveau envahi par l'impression d'être tiraillé entre deux mondes. Condamné à n'être personne pour l'éternité. Chassant sa tristesse, il se mit à réfléchir à la manière dont il pourrait peut-être la faire changer d'avis. Elle l'aimait clairement beaucoup, mais il y avait un obstacle sur la route, elle était conditionnée par quelque chose. Pourquoi était-elle hantée par l'idée d'être "possédée" ?

Ce jour-là, c'était d'après ce qu'elle lui avait dit l'anniversaire de son frère, et elle appréhendait visiblement l'appel qu'elle allait devoir lui passer. "Nous avons toujours été proches, d'une certaine manière. Il m'a beaucoup aidée quand j'étais petite, et la vie n'a pas toujours été tendre avec lui", expliqua-t-elle en se massant doucement la gorge.

Viktor hocha la tête. En l'observant, il crut comprendre que tout cela était lié à son frère, le dénommé

Skorri. Alors il l'interrogea. Que faisait-il dans la vie? À quoi ressemblait-il? Le regard de Tinna se fit plus distant, elle croisa les bras puis recommença à passer ses doigts sur son cou, la zone la plus fragile du corps. Viktor baissa furtivement les yeux sur ses jambes, également croisées dans leur jean taille haute. On aurait dit qu'elle cherchait à s'abriter dès que la conversation déviait vers Skorri, il flottait comme une ombre sur elle, et cette manière de porter la main à sa gorge donnait l'impression qu'elle voulait se protéger de l'étouffement. Pour le décrire, elle n'employait que de vagues généralités, jamais de détails, car plus elle en disait sur lui, plus elle ressentait sa présence. Elle refusait de le laisser remonter à la surface.

Voilà d'où semblait venir cette tension en elle, du plus grand paradoxe qui soit, et peut-être le plus humain : le désir de se libérer de l'amour, d'échapper à celui qui nous est le plus cher. Le fait de détester celui que l'on aime.

Tu aimes ton frère mais il t'étouffe.

T'empêche de retrouver ton souffle.

Tu ne veux pas être possédée par quiconque parce que tu l'as fui en venant ici.

Viktor sourit, lui attrapa doucement le coude et s'empara de la main plaquée contre son cou pour la lui caresser. “On va faire la fête ce soir.”

De son côté, Skorri venait de commencer son master à l'université d'Oxford où il assistait notamment à un cours intitulé *Rédemption judéo-chrétienne et démocratie au XXIe siècle*. Le professeur, un Américain grisonnant de petite taille, avait travaillé dans l'aile ouest de la Maison Blanche à l'époque de Bush père. “Nous sommes ici pour parler de la rédemption, car vouloir se racheter, se réhabiliter est ce qui caractérise l'humanité”, dit-il lors du premier cours. Assis au milieu de la salle avec son Macbook Air, un bloc-notes et un stylo devant lui, Skorri eut l'impression de recevoir un coup de poing dans le ventre.

Obsédé par ce cours, il se mit rapidement à partager ses opinions en classe et à contester celles qu'exprimait son professeur. Il écrivait des dissertations si inspirées que ce dernier finit par l'inviter dans son bureau afin de mieux connaître ce jeune Islandais. Durant sa longue carrière, il n'avait pas souvent rencontré des étudiants aussi prometteurs. Les encouragements et l'intérêt que lui portait son enseignant poussèrent Skorri à enregistrer ses propres considérations sur la rédemption avec son téléphone. Laissant libre cours à sa créativité, il relia le sujet à l'actualité islandaise. Il s'acheta un micro d'occasion sur eBay et se lança dans la confection d'un podcast depuis sa chambre d'étudiant. Chaque épisode mélangeait philosophie, droit, art, sport, politique et tout autre domaine qui lui traversait l'esprit. Au total, il réalisa cinq émissions qui connurent un grand succès et furent achetées pour être diffusées à la radio.

Tinna écouta le dernier épisode, qui parlait de Dieu, dans le bus, le soir de l'anniversaire de son frère. Elle devait rejoindre Romain, Viktor et d'autres amis dans un club mais, trop concentrée sur son écriture, elle avait pris du retard. De lourdes chaînes suspendues à son cou, elle portait sous son manteau un haut de maillot de bain et une mini-jupe. Les cheveux désormais coupés aux épaules, elle avait cessé d'y tresser des fleurs. Plus tôt dans la soirée, elle avait failli éclater en sanglots en bavardant avec Skorri, qu'elle avait appelé pour lui souhaiter un bon anniversaire. Il semblait d'humeur légère et la conversation était plutôt fluide, mais ils ne faisaient que parler de la pluie et du beau temps, de tout et de rien sauf du réel, comme un manège tournant autour de la vérité. Et il y avait cette distance, ce fossé, ce besoin qu'elle ressentait de se cacher de lui et qui lui brisait le cœur. Il ne lui venait même pas à l'esprit de lui dire ce qu'elle faisait vraiment de ses journées, ni de lui parler des gens qu'elle avait rencontrés. Assise à l'étage du bus, elle se maquilla les lèvres à l'aide de son téléphone et contempla par la fenêtre les lumières scintillantes de la ville. Des cyclistes, des feux rouges qui devenaient verts, les feux arrière des voitures, les silhouettes de leurs conducteurs. Elle eut la gorge nouée en écoutant la voix impassible de présentateur radio de son frère qui terminait l'épisode sur une réflexion poétique au sujet du désir si humain d'un nouveau départ.

Bien sûr, Tinna savait de quoi il parlait réellement. L'ensemble de cette série décrivait comme une ellipse autour de leur expérience passée. Elle était l'exemple frappant de ce paradoxe fondamental : les secrets les plus profonds se gardent au plus près de la surface. Ils demeurent à portée de main, chatouillent nos lèvres, et ne rêvent que de voir la lumière du jour. Ici, la vérité était exposée aux yeux de tous, mais masquée derrière un rideau de considérations philosophiques, de métaphores et d'anecdotes, car c'était la seule manière pour Skorri d'en parler sans la dire explicitement. Elle repensa encore à cette nuit effroyable. Dans son esprit, les phares de la jeep, au loin, ressemblaient à deux petites flammes d'allumette. Elle entraperçut deux visages déformés par la terreur avant qu'ils ne quittent la route et ne disparaissent dans les ténèbres nocturnes.

Question : Qu'est-ce que cela signifie lorsqu'un fils à papa nordique veut mourir dans un accident de voiture ?

Puis qu'il change d'avis.

Ce bon vieil athée de Skorri avait même commencé à parler de respect pour le divin. Elle-même avait toujours considéré Dieu comme l'autre face de leur secret. Quelqu'un devait bien avoir partagé ce traumatisme avec eux. Quelqu'un devait bien garder le silence avec eux et les étoiles. Et chaque fois que son esprit revenait à cette nuit-là, elle avait la sensation qu'en elle, on tendait l'oreille, qu'une présence écoutait. Elle en était certaine. La Passion de son frère l'avait enfin mené à ce territoire qu'elle-même avait instinctivement défriché depuis longtemps.

Dieu est une absurdité, une lubie improbable jusqu'à ce que notre douleur nous tire vers ses hauteurs. Avant toute chose, c'est un dieu du malheur, il habite le monde de ceux qui souffrent, c'est pourquoi il n'est jamais aussi proche que lorsque nous tremblons et nous tordons de chagrin. Ce n'est que dans ces moments que son langage s'ouvre à nous, que ses histoires acquièrent leur profondeur, que ses messages deviennent concrets.

Au micro, Skorri ne parlait pas comme un religieux, ce n'était pas la voix d'un prédicateur, pas le monologue d'un homme qui estime avoir vu la lumière, pas le message d'un sauveur de l'humanité qui prétend savoir ce que les autres doivent changer dans leur vie. C'était un homme qui comprenait à présent le pouvoir et la symbolique dans l'histoire d'un misérable injustement condamné à mourir sur une croix, qui comprenait pourquoi il s'agissait du récit le plus important et le plus influent de tous les temps, qui comprenait que sa propre quête de rédemption constituait en vérité l'essence de l'expérience humaine, parce qu'il s'était rendu compte que ce qui avait été accroché à cette croix il y a deux mille ans n'était pas le sauveur de l'humanité, mais l'humanité elle-même. Oui, c'était Skorri lui-même, et tous les individus qui naissent dans ce monde indifférent et se mettent un jour à réfléchir au bouton *reset*. Naître, c'est être crucifié. Pendant ces nombreuses années, il s'était trituré l'esprit au sujet de sa souffrance et de ses actions, il s'était perdu, s'était noyé encore et encore dans le gouffre de ses pensées, s'était demandé encore et encore ce qui avait causé son acte, mais à présent, on aurait dit que la porte de l'histoire humaine tout entière s'était ouverte devant lui, et qu'une voix issue des ténèbres lui disait : *Comprends-tu enfin ?*

Tinna avait les joues humides de larmes lorsqu'elle appuya sur le bouton Stop avant de se lever. Cela ne s'achèverait donc jamais. Inconsciemment, elle s'était imaginé qu'un jour le passé s'effacerait, que cette nuit sombrerait dans l'oubli, qu'ils feraient la paix avec ce drame, que la vie se poursuivrait. Mais elle comprenait désormais que, parfois, la vie ne se poursuit pas. Certaines choses ne disparaissent pas, ne s'oublient pas, ne se terminent pas. Notre existence est marquée par des événements, des rencontres, des accidents qui laissent une trace indélébile et se rejouent sans cesse dans notre mémoire, jusqu'à notre dernier souffle.

Son frère ne serait plus jamais le même. Cette douleur et ce chagrin ne l'abandonneraient plus. Il passerait toute sa vie à la frontière de la folie, en quête perpétuelle de quelque chose auquel se raccrocher, une justification, une excuse, un but. Pendant des années, elle avait elle-même été cette justification, cette excuse, ce but. Elle en était consciente. C'est pourquoi il était si intrusif, si autoritaire, si écrasant, c'est pourquoi il essayait de contrôler sa vie intérieure : il était convaincu de la protéger d'un ennemi qu'il avait lui-même invoqué, du fantôme de cette nuit sur la route 1, impossible à exorciser.

En outre, il l'avait emmenée de force cette fameuse nuit justement pour lui épargner la douloureuse vérité sur leur défunte mère. Le sujet interdit, jamais abordé. Leur mère qui avait trompé son mari avant de mourir, leur mère qui avait commis le péché mortel de faire vaciller la famille nucléaire, leur mère qui n'était qu'un être humain, bon sang, et avait simplement fait ce que les êtres humains font et ont toujours fait et feront toujours – c'est-à-dire ce qu'elle n'était pas censée faire.

Tinna était reconnaissante de savoir cela au sujet de cette mère dont elle ne se souvenait pas. Cela ne la perturbait pas le moins du monde. Au contraire, cette femme n'en était que plus réelle à ses yeux. Plus elle en entendait parler, plus l'image qu'elle se faisait d'elle s'éclaircissait : une femme qui s'était emmêlée dans une toile dont elle ne parvenait plus à sortir, qui vivait une vie en aucun cas malheureuse, mais qui n'était pas la vie dont elle rêvait ou qu'elle voulait. Désobéir, accomplir un acte aussi délicieusement stupide, inutile et vain que de laisser un autre pénis que celui de son quotidien la pénétrer, quelque chose qui suscite la condamnation et devait être dissimulé à ses proches pour toujours, cela avait été sa petite révolte, son refus inconscient.

Son adultère n'embarrassait pas Tinna. Il témoignait du courage de sa mère, de son désir de liberté, de son humanité. La honte était le pont entre leurs deux mondes. Et en même temps elle avait été le point de départ de la tragédie qu'elle partageait avec son frère. Tout cela avait commencé lorsque Skorri avait éprouvé le besoin – il le considérait même comme son devoir – de préserver Tinna et la vision qu'elle avait de sa mère.

Elle scintillait comme une chute d'eau enchanteresse sur la piste de danse. La sueur glissait de son front à ses joues vers sa poitrine avant de disparaître sous son maillot de bain. Quelques heures plus tard, elle était dans une telle transe qu'elle parvenait à peine à prononcer un mot. Pelotonnée dans les bras de Viktor, les yeux fermés, elle caressait la nuque de Romain à côté d'elle en se léchant les lèvres. Lorsque les effets diminuèrent, elle put enfin s'exprimer et, au cours d'un échange intime avec Viktor, ce qui devait arriver arriva : le secret s'échappa. Le jeune homme avait déjà partagé avec elle des récits sincères de son enfance et de sa vie.

Cela se passa rapidement, sans prévenir, comme lorsqu'un iceberg se détache d'un glacier et part à la dérive. Elle attira à elle la tête de Viktor, puis lui décrivit la manière dont les yeux de Skorri s'étaient plissés dans la lumière des phares de la jeep tandis que ses doigts lâchaient le volant. Elle lui raconta le bruit du métal et des vitres qui se brisaient, le silence quand la voiture avait plané au-dessus de la lave recouverte de mousse. Ensuite, elle referma les paupières et inspira profondément. Elle ne ressentait pas grand-chose. Elle avait simplement estimé devoir en parler à cet instant et dans ces circonstances. Là-bas, il n'y avait pas de temps, pas de reflets, donc pas de terreau pour les secrets. Ils ne faisaient qu'un, tous ensemble. S'ouvraient, se montraient, se partageaient, sans peur et sans rien dissimuler, rien d'autre n'avait d'importance. Viktor lui caressa les mains, hochant la tête en silence.

Les souvenirs sont les frontières du temps. Avec ces mots, le passé avait été déterré et ramené vers le présent. Les instants révolus avaient repris vie, et l'ancien monde était redevenu l'actuel.

Tinna avait de nouveau les cheveux longs lorsqu'elle dut revenir en Islande pour avorter, et Viktor était parvenu à la convaincre de le laisser l'accompagner. Ils n'avaient plus jamais reparlé du secret. Le lendemain de cette soirée, elle s'était réveillée en pleine crise d'angoisse et l'avait supplié de ne pas en dire un mot à qui que ce soit. Il lui avait assuré qu'elle pouvait lui faire confiance et peu à peu elle avait retrouvé la sérénité, à vrai dire plutôt heureuse et soulagée d'avoir pu vider son sac. Elle n'avait plus la sensation de porter le monde entier sur ses épaules au nom du serment conclu tant d'années auparavant. Viktor était un homme bon, serviable et fiable qui ne lui cachait rien non plus de son bagage. Mais ce n'était pas seulement ce soulagement inattendu qui la réjouissait. En racontant ce qui était arrivé, même à un simple étranger qui n'avait rien à y gagner, elle s'était enfin rebellée contre son frère. Elle se sentait enfin indépendante et, dans les jours qui avaient suivi sa révélation, elle avait même eu l'impression que, pour la première fois de sa vie, elle avait pris une décision autonome.

Après tout, elle aussi avait subi cette tragédie, même si elle n'avait pas causé l'accident; elle avait le droit de faire ce que bon lui semblait de cette expérience de vie. Skorri n'était pas le seul maître à bord.

C'était également sa décision à elle d'avorter. Quand Viktor avait suggéré qu'ils en discutent, elle lui avait rétorqué qu'il n'y avait pas de discussion. Elle ne comptait pas avoir d'enfant, ni maintenant ni plus tard. Il lui avait dit qu'il l'aimait et, pour seule réponse, elle avait ri, l'avait gentiment repoussé et lui avait dit d'arrêter de raconter des bêtises. Elle prévint sa famille qu'elle arriverait une semaine avant la grande fête d'anniversaire de son père, et qu'elle serait accompagnée. De son côté, Viktor était déterminé à profiter du voyage pour libérer Tinna des griffes de cet horrible frère pour de bon. Et, maintenant, il avait une arme efficace. Il avait déjà préparé son futur départ de la police et annoncé à la mère de son enfant qu'il ne reviendrait pas. S'il parvenait à éliminer ce Skorri de la vie de Tinna, il était certain de la faire changer d'avis sur les relations amoureuses. Avec elle, il réussirait peut-être à devenir lui-même.

Créer un conflit avec Skorri se révéla plutôt aisé. Le soir où ils arrivèrent en Islande, Alfred et Sigga les invitèrent à dîner chez eux. Venant de terminer ses études à Oxford, Skorri comptait se joindre à eux, avec Kíara. À mesure que Tinna et Viktor s'approchaient de la maison, l'ambiance se faisait de plus en plus lourde et menaçante. Nerveuse, dans la lune, les mains tremblantes, elle fit tomber son téléphone sur le trottoir. Viktor avait quant à lui hâte de rencontrer cet homme autour duquel tournait toute cette histoire. Ce barbare islandais qui voulait tout contrôler et traversait l'existence à coups de coude. Cet érudit d'Oxford qui portait un terrible crime sur la conscience. Skorri se tenait sur le seuil de la terrasse, un verre de vin rouge à la main, lorsqu'ils entrèrent. Pendant que Tinna prenait son père dans ses bras, Viktor tendit la main à Sigga en souriant, avant de se diriger vers Kíara puis Skorri pour se présenter.

– Ravi de faire ta connaissance, dit ce dernier avec un sourire en coin en lui serrant la main. Bienvenue ! Je peux te proposer un verre de vin ?

Viktor accepta, puis se vit offrir un morceau de poisson séché par Alfred, qui lui expliqua qu'on accueillait toujours les étrangers de cette manière chez lui.

– C'est un peu comme manger un pull en laine, commenta Skorri avec humour. Enfin… un pull en laine qui aurait très bon goût.

Il leva son verre.

Viktor comprenait mieux à présent l'emprise de cet homme sur la femme qu'il aimait. Skorri fascinait autant qu'il envahissait l'espace. Kíara semblait ouverte et amusante. S'il n'avait pas su ce qui se tramait derrière ces sourires, il aurait peut-être éprouvé de la jalousie envers ces gens qui vivaient si confortablement sur cette île singulière perdue au milieu de l'océan, élégants, cultivés et plutôt aisés, à mille lieues des maux qui ravageaient la terre.

Skorri prit sa sœur dans ses bras. Elle était visiblement heureuse de le voir, mais en même temps rongée d'angoisse à l'idée d'être de retour dans cet environnement qu'elle cherchait tant à fuir, de retour dans la maison de son enfance où les frontières du temps s'effaçaient. Sans s'en rendre compte, elle avait rangé ses chaussures à un emplacement bien précis de l'entrée, avait mis d'un geste réflexe son verre dans le lave-vaisselle dont elle reconnaissait chaque son ; sa voix devenait plus aiguë et enfantine lorsqu'elle s'adressait à son père et, dans la salle de bains, son reflet apparaissait exactement au même endroit qu'auparavant, juste au-dessus de la brosse à dents, de la petite serviette et du porte-savon. La vieille balance poussiéreuse n'avait pas bougé de sous le meuble. Sa chambre demeurait identique : même lit, mêmes posters, même bureau. Submergée par une vague de mélancolie, elle avait à la fois envie de s'échapper en courant et de rester.

Cette mélancolie était-elle due au fait que Tinna redevenait une enfant entre ces murs ? Non, nous ne replongeons pas en enfance lorsque nous revenons dans la maison où nous avons grandi, justement pas, et c'est la source de cette tristesse. Ici résonne l'écho chaleureux de notre jeunesse, disparue pour toujours.

À table, Alfred était en pleine forme, visiblement reconnaissant que sa famille soit de nouveau réunie. Et ce nouvel ami extraverti de Tinna était drôlement sympathique, en plus de porter un intérêt manifeste à la société islandaise. Il posait beaucoup de questions sur l'Islande, auxquelles Alfred prenait plaisir à répondre.

– Je me demande à quel point le Danemark et l'Islande ont réglé la question de leur passé commun. Les Islandais ont tourné la page ? demanda Viktor avant de boire une gorgée de vin.

– Comment ça ? fit Alfred.

– Vous étiez une colonie danoise, avec tout ce que ça implique. Ce n'est pas évident de dépasser ce genre de relation basée sur la violence.

– Nous ne le voyons pas vraiment de cette façon. Les Danois sont nos cousins, répondit Alfred, un peu déstabilisé.

Viktor haussa les sourcils.

– Cousins, frères et sœurs, les membres d'une même famille peuvent très facilement s'opprimer entre eux. C'est encore plus difficile à gérer que lorsque la nation dominante, l'oppresseur, est une force distante, des gens qui ne vous ressemblent pas, ne croient pas au même Dieu, ont des traditions totalement différentes.

Alfred éclata de rire.

– C'est très juste, acquiesça Sigga. Nous libérons notre colère ancestrale lors des compétitions sportives contre vous. Mais en dehors de ça, nous vous considérons comme nos cousins.

– La moitié des Islandais adorent passer des week-ends à Copenhague, ajouta Kíara. Un peu comme une femme battue espère toujours la reconnaissance de son mari violent ?

– Pardonnez-moi, dit Viktor en s'essuyant le coin des lèvres. Je ne voulais pas gâcher l'ambiance, on ne se comporte pas comme ça quand on est invité quelque part. C'est juste que ça m'intéresse.

Alfred proposa de trinquer avant de demander à Tinna de leur raconter sa vie sur le Vieux Continent.

Celle-ci était généralement mal à l'aise lorsqu'elle devait parler d'elle. Timide, elle essaya de protester, prétendit qu'elle n'avait pas grand-chose à dire.

– Tu dévores toujours autant de bouquins ? demanda Sigga.

Elle acquiesça, embarrassée, marmonnant un simple *humm* en baissant les yeux sur la table.

Le silence retomba quelques instants. Les verres accueillirent une nouvelle rasade de vin, les fourchettes heurtèrent les assiettes.

– Elle passe aussi son temps à écrire, dit soudain Viktor.

Tinna leva vers lui un regard sidéré qu'il soutint avec obstination.

– Formidable ! commenta Sigga.

– C'est génial, renchérit Kíara.

– Ça ne me surprend pas, ma chérie, dit Alfred. Mais je n'ai pas besoin de te rappeler à quel point la vie est dure pour les écrivains.

La bouche pleine, Skorri mâcha sa nourriture, reposa ses couverts d'un geste vif et avala. Ses doigts tremblaient de colère.

– Tu écris ? dit-il calmement à sa sœur.

Sans un mot, elle hocha la tête.

– Intéressant. Tu ne m'en avais pas parlé. Tu écris quoi ?

– On entend souvent dire que la vente de livres est en chute… commença Alfred.

– Attends une seconde, papa, l'interrompit Skorri en tendant la main vers lui. Qu'est-ce que tu écris, Tinna ?

– Je ne veux pas en parler, bafouilla-t-elle, terrifiée.

– Plus personne ne lit de livres. Va faire un tour en ville, rentre dans n'importe quel café ou bar, et écoute les gens. Ils ne parlent que des derniers ragots sur les réseaux sociaux, des séries HBO, des jeux vidéo. Les livres n'intéressent plus personne, ils ne changent plus le monde, asséna son frère.

– Je n'ai aucune envie de changer le monde, dit-elle d'une voix faible, le nez toujours baissé sur son assiette.

– Les histoires, les idées… Il fut un temps où elles dirigeaient le monde, pouvaient tout métamorphoser, mais cette époque est révolue.

– Je ne veux pas changer le monde, insista-t-elle, d'un ton plus appuyé.

– Ce sont les multinationales qui dirigent tout aujourd'hui. Les idées d'une personne lambda ne font pas le poids. Monte plutôt une start-up à Berlin, poursuivit Skorri, légèrement ivre. Crois-moi, personne ne lira ton bouquin. Les maisons sont pleines de bibliothèques, mais personne ne lit de livres. Personne. Personne ne lira ton livre.

– Skorri, j'en ai rien à foutre de changer le monde, cracha Tinna en lâchant ses couverts. Tu veux bien arrêter, s'il te plaît ?

– Dans ce cas, pourquoi tu fais ça ?

– Qu'est-ce qui t'arrive, Skorri ? intervint Alfred.

D'abord silencieuse, Tinna prit son courage à deux mains et lança un regard déterminé à son frère.

– J'ai juste envie d'apporter ma pierre à l'édifice. C'est tout ce qui m'intéresse, c'est tout ce que je veux.

Et tu te trompes, Skorri. Un jour, les gens liront un livre de moi.

– Et de quoi parlera-t-il? fit-il avec lenteur, tandis qu'un sourire froid se dessinait sur ses lèvres.

– Ce sera peut-être une tragédie à l'ancienne, répondit-elle rapidement.

– À quel sujet?

– Peut-être sur cet embryon que j'ai dans le ventre et que je compte faire éliminer demain matin, qui sait? Peut-être tout autre chose, quelque chose que tu ne soupçonnes même pas, quelque chose qui ne te regarde absolument pas, bordel de merde!

Elle se leva de table et se précipita vers la porte. S'excusant, Viktor lui emboîta le pas.

Je savais désormais ce qui avait causé la bagarre entre Skorri et Viktor une semaine plus tard, et comment leur conflit avait véritablement débuté. Skorri et Tinna n'échangèrent pas un regard lors de la fête d'anniversaire. Tandis que le grand frère circulait parmi les invités, la petite sœur s'était immédiatement réfugiée dans la cuisine où elle bavardait avec son père et sa belle-mère. Toute la semaine, Alfred avait pris soin de sa fille comme s'il s'agissait d'un oisillon blessé, malgré les protestations de cette dernière. "Tout va bien, papa. Je t'assure, tu n'as pas besoin de t'inquiéter pour moi. J'ai plus souffert lorsqu'on m'a retiré une dent de sagesse."

Entrant dans le salon, Viktor aperçut Skorri près de la bibliothèque. Il se força à sourire, salua les convives et se dirigea vers lui.

– Ça ne s'est pas très bien terminé l'autre jour, dit-il. Je n'aurais peut-être pas dû mentionner qu'elle écrivait. Je le regrette.

– Mais non, voyons, tu as été parfait, lâcha Skorri d'un ton ironique.

– Tu ne peux pas la contrôler, tu en es conscient? répliqua Viktor avec amabilité.

Skorri le fixa un instant puis but une gorgée de vin rouge.

– Quel genre d'individu es-tu au juste, Viktor? Je me suis posé la question ces derniers jours. Un anarchiste à Berlin. Qui se bat pour *toutes* les bonnes causes. Un homme au grand cœur. En guerre perpétuelle contre le mal. Tu sais ce que je crois?

Il enfonça un doigt dans son torse.

– Je crois qu'au fond, tu n'es pas du tout cette personne-là. J'ai l'impression que tu fais partie de ces gens qui sont en vérité le contraire de ce qu'ils prétendent. Comme Platon le demandait il y a deux mille cinq cents ans, le mieux n'est-il pas de commettre l'injustice tout en ayant l'air juste, pour que les autres se laissent charmer par l'illusion? N'est-ce pas le crime parfait? Tu es le bourreau féministe, le fondamentaliste libéral, tu te présentes en sauveur radical de l'humanité, en homme qui a vu la lumière, mais en vérité tu es un extrémiste autoritaire, plein de haine et de préjugés contre ceux qui sont différents de toi. Ce que je vois, là, face à moi, n'est qu'une façade. Je me trompe?

Un sourire rageur déforma les lèvres de Viktor qui planta son regard dans celui de son interlocuteur.

– Tu es intelligent, Skorri. Et tu chauffes, tu es encore plus près de la vérité que tu ne l'imagines. Mais tu sais quoi? Je ne passe pas mon temps à essayer de ruiner la vie de ma sœur comme toi.

– Elle en aura fini avec toi avant même que tu aies eu le temps de t'en rendre compte. Comment tu t'es senti quand elle s'est débarrassée de votre gamin?

Et le moment arriva. Enfonçant à son tour le doigt dans le torse de Skorri, Viktor s'approcha de son oreille et lui murmura:

– À toi de me le dire, je n'ai jamais tué un seul être humain, Skorri, alors en tuer deux…

Une poignée de phrases prononcées en une poignée de secondes suffirent à pulvériser les frontières temporelles. Les yeux de Skorri se figèrent, et à cet instant le temps cessa d'exister pour lui. Le passé n'était plus un rêve, plus cette mosaïque mouvante de souvenirs, mais une réalité palpable, inséparable du moment présent. Comme deux photons chacun à son extrémité de l'univers, ces deux instants s'étaient réunis tout en demeurant infiniment loin l'un de l'autre. Skorri était de nouveau assis derrière le volant, le Pajero volait de nouveau au-dessus de la roche couverte de mousse, sa sœur se cachait de nouveau les yeux sur le siège passager ; mais il se tenait aussi à côté de cette bibliothèque, le vin rouge oscillant dans son verre, le souffle allant et venant à travers ses narines ; son père était de nouveau ivre en train d'écouter les Cantiques de la Passion dans le chalet de vacances, en même temps qu'il était ici dans le salon en train de raconter des anecdotes amusantes. Skorri était cet enfant rieur dans les bras de sa mère en même temps qu'il contemplait son fantôme en même temps qu'il était un cadavre en putréfaction dans un cercueil sous la terre.

Aucune réaction logique possible, rien à dire, rien à faire. Son unique recours était de se battre, avec la seule chose qui appartenait avec certitude au moment présent, la seule chose réelle et concrète. Son corps était sa dernière arme. Alors ses yeux se baissèrent et il vit sa main se serrer, le sang affluer dans ses doigts, et une délicieuse vague de folie l'emporta. Il attrapa Viktor et brandit le poing.

V

QUI SOMMES-NOUS ?

Après notre voyage au fil du Hvalfjördur pour rejoindre la capitale, j'avais une idée assez précise de ce qui s'était passé et je comprenais à présent pourquoi la relation entre Skorri et sa sœur s'était ainsi délitée. Au moment où nos chemins se séparèrent, il insinua lourdement que je n'avais pas encore entendu toute l'histoire. Mais d'abord, il devait tenter de retrouver la trace de la jeune femme. C'est ce que je compris lorsqu'il me dit que sa "punition était imminente". La prophétie s'était enfin réalisée. Celle-là même qu'il pensait déjà concrétisée la première fois où il avait perdu le contact avec Tinna.

Skorri pensait ne plus jamais la revoir après l'épisode de la bagarre. Pour lui, cela signifiait que l'heure de payer sa dette avait sonné. Voilà pourquoi il avait sombré dans la dépression, adopté cette attitude autodestructrice, perdu son travail et fini à Borgarnes, caché du monde ; à chaque instant, il s'attendait à ce que la vie lui "règle ses comptes", comme le lui avait annoncé l'esprit de sa mère le soir où il avait failli se suicider à Thingvellir. À l'époque, il croyait sans doute que cela arriverait par le biais de Viktor. Ayant appris la vérité sur l'accident, le Danois le dénoncerait à la police, et la vie telle qu'il la connaissait s'achèverait ainsi. Et pourtant, rien. La prophétie ne s'était pas réalisée. La vie s'était poursuivie. Tinna et lui ne s'adressaient plus la parole, mais elle n'avait pas disparu à tout jamais, elle vivait toujours à Berlin.

En revanche, cette fois elle avait vraiment disparu, c'est pourquoi il déployait une telle énergie à vouloir la retrouver. Nous n'en fîmes pas mention dans la voiture, mais un soupçon terrifiant flottait entre nos mots. Il ne le disait pas à voix haute. Je ne le disais pas à voix haute. C'était pourtant évident. Tinna était peut-être morte. Peut-être s'était-elle suicidée. Peut-être était-ce la libération dont avait parlé l'esprit de sa mère, ce soir-là à Thingvellir.

Aussi terrible soit-elle, cette perspective me mena à la réflexion suivante : s'agissait-il de la véritable punition de Skorri ? Des fameux comptes à régler ? Que sa sœur mette fin à ses jours, par sa faute à lui ? Il avait déjà chassé Tinna jusqu'à Berlin, l'avait poussée dans les bras de ce loup danois en se battant avec lui et en anéantissant ainsi pour de bon toute possibilité de réconciliation avec elle. Par son comportement, il était parvenu à éloigner sa sœur de sa famille. Brisée et affaiblie, elle n'avait pu trouver la consolation que dans l'étreinte de ce Danois rassurant et généreux. Il était devenu le foyer qui lui manquait depuis que le sien en Islande était parti en fumée. Dès le début, ce type savait très bien ce qu'il faisait. Apprendre ensuite que son petit ami était un traître avait dû être le coup de grâce pour la pauvre Tinna. Elle avait perdu toute confiance envers le monde. Elle avait prétendu à son père être en proie à un simple chagrin d'amour afin de ne pas l'inquiéter, mais en vérité elle était à bout de forces, à bout d'espoir, et n'avait plus envie de vivre.

Ainsi Skorri avait-il permis à la prophétie de se réaliser : en luttant de toutes ses forces contre elle. Son destin était scellé depuis le début, l'histoire était déjà écrite, et elle devait toujours s'achever sur la mort de sa sœur. L'accident dramatique de la route 1, ce cauchemar survenu une nuit d'été alors qu'il sortait à peine de l'adolescence et qui avait marqué toute sa vie, n'avait finalement été que le prélude à la véritable tragédie : la mort de Tinna, l'être à qui il tenait le plus, l'être qu'il avait toujours voulu soutenir, aider, protéger, l'être pour qui il aurait sacrifié sa propre existence. C'est justement avec cet amour qu'il avait réussi à la détruire, à étouffer ses rêves, ses passions et à la plonger dans les profondeurs de la dépression et de la tristesse qui avaient fini par lui coûter la vie.

En route avec Skorri vers la capitale, j'avais compris que c'était l'histoire qu'il voulait me raconter. Le parcours de ce frère et de cette sœur illustrait la violence de l'amour, la cruauté du destin, il montrait le peu d'influence que les gens ont véritablement sur leur vie. Mais c'était aussi l'histoire d'un homme ordinaire. Un homme qui – pour parler crûment – avait tué sa sœur et tenait à ce que je relate son point de vue pour que le monde comprenne qu'il n'avait voulu que son bien.

C'était terrible, mais aussi logique dans une certaine mesure.

Skarphédinn Skorri, Skarphédinn Skorri.

Je l'avais observé alors que nous pénétrions dans le Kollafjördur. Qui était cet homme ? Fils à papa de Reykjavík, étudiant à Oxford, meurtrier psychopathe. Le CV du diable ? N'était-ce pas une sorte de diable que je voyais là, assis derrière le volant, lunettes de soleil sur le nez ? Un diable suffisamment intelligent pour comprendre qu'il était diabolique, pour comprendre pourquoi il l'était, et ce que cela signifiait vraiment. J'étais certaine qu'il partait en Allemagne à la recherche d'un corps, raison pour laquelle il s'était aussi brutalement effondré dans mon salon. Ce n'était pas parce que Tinna avait disparu. C'était parce qu'elle était morte.

Bien d'autres éléments me seraient toutefois révélés plus tard. En chemin, son téléphone avait bipé, annonçant un message du Petit qui l'invitait à déjeuner. Il passa d'abord chez son père et sa belle-mère, chez qui il comptait dormir avant son vol du lendemain matin. Mal rasé, les cheveux ébouriffés, Alfred était complètement inexpressif après de longues nuits blanches, tandis que Sigga, plus chaleureuse, prit Skorri dans ses bras avec un sourire.

Ils s'installèrent ensemble à la table de la salle à manger, puis le jeune homme demanda à son père de lui raconter les événements qui avaient mené à la disparition de Tinna. Poussant un soupir épuisé, Alfred se frotta les yeux. Il avait de profonds cernes. Tinna lui avait expliqué que certains de ses amis commençaient à émettre des soupçons vis-à-vis de Viktor. Il y avait des détails qui, mis bout à bout, leur semblaient étranges. Par exemple, l'un d'eux l'avait surpris dans un café en train de lire un journal et de prendre des notes dans un cahier. "C'était un peu bizarre pour un homme qui se prétendait lourdement dyslexique de se retrouver soudain à lire et à écrire dans un café comme un philosophe français, raconta Alfred. Mais il s'en est sorti avec un mensonge. C'est le problème avec ces idéalistes qui veulent sauver le monde : ils sont tellement naïfs."

La trahison fut révélée lorsque quelqu'un tomba sur une carte d'identité arborant sa photo avec un tout autre nom à quelques pas de son appartement. "D'un coup, ils découvraient l'existence d'un dénommé Espen dont personne n'avait jamais entendu parler, reprit Alfred. Cette fois-ci, il n'y avait plus vraiment de doute."

Le groupe se réunit pour délibérer, car il était clair que quelque chose ne tournait pas rond. Ils firent comme si de rien n'était, invitèrent Viktor à les retrouver chez l'un d'entre eux et, lui montrant la carte d'identité, ils exigèrent une explication. Au début, il essaya de gagner du temps, de nier. Mais il finit par s'effondrer et avouer. Son tissu de mensonges s'était effilé. Il prétendit avoir rompu tout contact avec la police depuis plus d'un an, affirma qu'il regrettait amèrement son travail passé, qu'il les aimait tous, qu'il aimait Tinna plus que sa propre vie. L'intéressée n'avait pas eu la force d'assister à cette confrontation. Viktor était ensuite simplement parti, et on ne l'avait plus revu.

D'après Alfred, Tinna avait été plutôt forte, étant donné les circonstances. Elle était restée étonnamment stoïque. Tout le monde connaît des chagrins d'amour, mais découvrir que son partenaire a menti sur sa véritable identité, c'est autre chose. "Elle m'a posé des questions à ton sujet la dernière fois que nous nous sommes parlé, enchaîna Alfred avec une sorte de tristesse apathique. J'ai été surpris. Elle voulait savoir ce que tu devenais. Ça m'a fait plaisir. Vous n'avez jamais voulu me dire ce qui était allé de travers entre vous, mais vous savez bien que mon souhait le plus cher est que vous enterriez la hache de guerre. Il faut que tu la retrouves, Skorri, il faut que nous la retrouvions. Je suis en train de perdre la boule, je ne parviens même pas à travailler. Si quelque chose lui arrive, je ne m'en remettrai pas. Je te jure, si je mets la main sur ce Viktor… je le tue !"

Skorri lui tapota le dos d'un geste consolateur et lui dit de ne pas s'inquiéter. Qu'elle finirait par refaire surface.

Je ne parviens même pas à travailler. Oh, papa – un Islandais dans toute sa splendeur, n'est-ce pas ? Le travail, c'est la vie. Il travaille jusqu'à ne plus avoir le temps de penser. Ne peut envisager une autre routine que de trimer toute la journée avant de s'endormir à bout de forces chaque soir devant la télé. D'un certain point de vue, la même existence que mille ans auparavant. Se retournant, Skorri regarda la bibliothèque et repensa à sa dernière conversation avec Viktor. "*Tu es encore plus près de la vérité que tu ne l'imagines*", avait-il dit avec un sourire en coin. Quel connard. Quel putain de connard ! C'était l'intuition qui avait dirigé les mots que Skorri lui avait adressés ce jour-là, il ne s'appuyait que sur le sentiment qu'éveillait en lui son interlocuteur. Un rejet physique. Il y avait quelque chose dans son comportement, dans sa façon de parler, dans son aura, dans son regard. C'était un menteur, un suprême hypocrite, un faux prophète, un imbécile, un crétin, un clown qui prenait des positions péremptoires et simplistes face à des affaires hautement complexes parce que cela convenait à son idéologie, une de ces innombrables ordures qui se faisaient passer pour de vaillants chevaliers dans la lutte entre le bien et le mal, tout ça pour que les filles écartent les jambes devant eux. Voilà ce qu'avait lu Skorri chez cet homme. Avec raison, dans une certaine mesure. Et en même temps, non. Il avait passé beaucoup de temps à le détester, mais jamais il ne lui serait venu à l'esprit que son mensonge était aussi raffiné, aussi réfléchi et diabolique. Un sale hypocrite, un mouton de Panurge, un bouffon, oui, pour sûr, mais… *un flic. Un policier ? Un espion au service du pouvoir ?* Sérieusement ?

– Je pense savoir pourquoi Tinna ne donne pas de nouvelles, dit le Petit avant de se racler la gorge.

Ils étaient assis dans un café peu fréquenté juste à la lisière du centre-ville de Reykjavík. Vêtu d'un sweat à capuche et d'une casquette, le procureur évoquait un personnage de film cherchant à se fondre dans la masse plutôt qu'un fonctionnaire de justice qui se levait aux aurores chaque matin. Skorri hocha la tête en silence. L'air embarrassé, son ami détourna les yeux.

– Je ne sais pas comment te dire ça.

– Vas-y, sois honnête.

Le Petit réduisit sa voix à un murmure.

– Il est mort. Le Danois. Viktor, dit-il en levant un regard grave sur Skorri, puis il ajouta après un soupir : Il s'est fait renverser dans le sud de la France.

Skorri baissa les yeux sur sa tasse.

– Je me suis renseigné auprès de flics que je connais, poursuivit le Petit. Il y a des sites sur le Net, des forums où les gens s'entraident pour retrouver la trace de quelqu'un.

Viktor n'était pas le premier espion à disparaître de la surface de la terre et à laisser un champ de ruines derrière lui. Tu étais loin d'être le seul à vouloir te venger de ce mec. Sur Internet, on échange des infos et des photos pour essayer de localiser ces agents secrets. Il faut trier, évidemment, mais avec un coup de main, on finit souvent par trouver ce qu'on cherche.

Le Petit tendit son téléphone à Skorri. Sur un forum, on annonçait qu'un homme renversé et tué quelques jours plus tôt dans un village du sud de la France n'était autre que Viktor Vestergaard.

– Il s'est fait percuter le matin dans un tunnel et kaput, dit le Petit tandis que Skorri acquiesçait en silence. Regarde, ici, il y a un autre post, daté d'il y a deux semaines.

Il ouvrit une nouvelle page et redonna son téléphone à Skorri. Sur l'écran, le gros titre *L'agent secret Espen Christiansen, alias Viktor Vestergaard, se cache dans un village en France* était suivi de clichés pris de loin, dignes d'un paparazzi. En dépit de ses cheveux courts et de sa barbe rasée, l'homme de la photo ressemblait effectivement à Viktor.

Skorri garda le silence en continuant de hocher la tête.

– Ce sale type n'a eu que ce qu'il méritait, j'imagine, enchaîna le Petit en remuant son café.

La file d'attente du midi avait commencé à se former devant la caisse – des clients visiblement venus chercher un café à emporter avant de repartir au travail – mais les tables autour d'eux restaient vides. Le Petit jeta un regard circulaire, sur le qui-vive, avant de se tourner de nouveau vers son ami :

– Il y a autre chose, Skorri, bafouilla-t-il, baissant encore la voix. En fait, euh… Hum, comment te dire… Je…

Il se tut. L'air sombre et les yeux brillants, il s'agita sur son siège, ajusta sa casquette et croisa les mains.

– Viktor est mort pendant l'Euro, il est mort pendant qu'on était là-bas, en France, ajouta-t-il avant de pincer les lèvres. Son décès est survenu ce fameux matin où j'avais perdu ta trace. Tu disais revenir d'une *after*, tu te rappelles ?

Le Petit baissa les yeux. Tous deux restèrent muets un instant.

– Je n'insinue rien, Skorri, ne crois pas que… enfin, tu vois… C'est juste…

Il retomba dans le silence. Skorri se mit à rire en faisant tourner son iPhone sur la table. Visiblement bouleversé, son ami ne cessait de croiser et de décroiser les doigts en respirant bruyamment.

– Je ne t'accuse de rien, Skorri… c'était un voyage génial, mais bien sûr ça m'a surpris que tu… enfin, c'était une bonne surprise, tu vois ? Je ne dis pas que… je… mon frère, tu peux juste…

Se redressant, il s'appuya contre le dossier de son siège, l'expression d'une sincérité désarmante.

– Tu peux juste me dire que ce n'est pas toi qui as fait ça ? S'il te plaît, dis-moi que c'est une pure coïncidence ! Skorri, mon frère, mon frère adoré, tu peux me dire la vérité ?

L'intéressé baissa les yeux sur la table et se cacha le visage dans ses mains. Les larmes se mirent à couler sur ses joues, tombant silencieusement autour de sa tasse de café. Lorsqu'il releva enfin la tête, il avait les joues rouges et les yeux gonflés. D'un geste tremblant, il prit la main de son ami.

"Tu as été un bon copain, Petit.
Notre lien s'est depuis longtemps rompu.
Et cet instant n'est que réminiscence.
Comme en scène, nous jouons les amis,
car ainsi prend fin l'union de deux frères.
Alors, ce qui s'est déroulé ou pas

en France sous ce beau soleil naissant
ne pourrait rien changer à nos adieux.
Tous les deux ans nous nous serions revus
au nouvel an, à la station-service,
tout au mieux, par le plus grand des hasards,
puis le silence nous aurait séparés
et les années se seraient écoulées
comme la neige au creux de notre paume.
Nous étions tels des princes de l'absurde
dont la couronne un jour doit expirer
et la joyeuse jeunesse – idées folles
toujours plus ambitieuses, rêves grands
qui nourrissent leur cœur de hardiesse
et d'amour envers la vie – se faner.
Pourquoi ? Car ils ne se défendent pas
quand le bataillon armé de la peur
astreint le simple à rejoindre ses rangs.
Ils paient leurs impôts, se comportent bien
et pulvérisent leur graine où il faut.
Nulle part ils ne restent très longtemps,
font des blagues dans l'air du temps moral.
C'est là que réside la trahison.
Ils enterrent leurs principes, leur âme,
jusqu'à épuiser le miel de leurs rêves
et, sous perpétuelle hypnose, plier.
Ils pensent pourtant respirer encore,
nourrir idéaux, valeurs et desseins.
Ô, péché suprême ! Ils ne vivent rien
qui sollicite leur instinct profond
dissimulé derrière ces mirages,
et ainsi ne se révèlent jamais.
Joueur sournois, le destin cloue les pions
dans un jeu maudit qui pille l'amour,
fait de l'homme un ver, un serpent gluant
qui ne désire qu'argent et statut,
amasse un bric-à-brac pour décorer

sa grise et vide vie en attendant
que la terre absorbe sa triste chair.
Depuis mes dix-neuf ans mon âme gît
dans l'antre sombre de la peur, inerte.
Elle goûte à présent le radieux jour,
et enfin se sont défaites les chaînes
de la créature enfouie sous ces os.
Certes, je pouvais bien tout essayer
et souiller mes mains pour la liberté.
Qui je suis vraiment je ne cache pas,
même s'il serait plus sain de me taire
– la souffrance est mère de vérité,
et le silence est temple du mensonge.
Fais à ta guise, mon ami perdu,
écoute ton cœur, ou ne le fais pas,
et demande au miroir ce qu'il renferme.
Dans un doux cocon d'idéaux vit le hâbleur
et cache son horreur humaine sous un leurre.
Les princes célébrés comme les moins connus
parcourent le monde sans point se mettre à nu."

Skorri se leva, glissa son téléphone dans la poche de sa veste et donna une tape sur l'épaule de son ami qui regardait droit devant lui, le visage inexpressif. "Le café, c'est pour moi. On se rappelle." Puis il sortit.

Skorri passa la nuit suivante éveillé dans son vieux lit à contempler le plafond. À l'aube, il dit au revoir à son père sur le seuil de la maison avant de s'installer dans un taxi pour rejoindre BSÍ, la station centrale d'autobus où il allait prendre la navette pour l'aéroport. À bord de l'avion, il enfonça un casque avec réduction de bruit sur ses oreilles et ferma les yeux. Lentement, sa tête s'inclina et ses lèvres s'entrouvrirent. Entre sommeil et veille, pris de visions inquiétantes, il sursauta et asséna un coup de coude accidentel à son voisin.

De l'aéroport de Berlin, il emprunta un taxi pour gagner l'appartement de Tinna. Il aperçut par la fenêtre un marché aux légumes, une boucherie, une culture étrangère, une vie de rue vibrante. À deux pas d'un distributeur de billets recouverts de tags, il s'arrêta devant une porte blanche avec un interphone portant un nom familier : "Alfredsdottir / Laperriere." Il appuya sur le bouton et, une seconde plus tard, la porte s'ouvrit dans un bourdonnement électrique. Le plafond était haut dans la cage d'escalier, ouverte sur une cour intérieure ensoleillée. Il grimpa les marches jusqu'au troisième étage où il trouva Romain sur le seuil de l'appartement. Visiblement tout juste réveillé, celui-ci lui tendit la main et l'invita à l'intérieur. Skorri posa son sac dans le couloir et le suivit dans la cuisine. Sur le gaz, une cafetière à l'italienne ronronnait. Romain coupa une banane en tranches au-dessus d'un bol de fromage blanc.

– Ça me fait bizarre de te rencontrer, dit-il. Pour être honnête, je ne m'attendais pas à ce que ça arrive un jour. Tu es presque un personnage mythique pour moi.

– Tu as des nouvelles ? Elle t'a appelé ? répondit Skorri.

Romain secoua la tête et lui tendit une tasse de café.

– Je comprends que ta famille s'inquiète, mais je ne sais pas si c'était très utile que tu viennes. J'ai déjà cherché partout.

Skorri observa le danseur aux traits encore ensommeillés. D'une taille impressionnante, il passait tout juste la porte. Il avait les bras musclés, et le torse à la fois large et svelte. Son corps était dépourvu de la moindre graisse. Les cheveux courts et décolorés, il portait une croix en or à l'oreille droite et un gros anneau à la gauche. Entre ses narines, trônant au-dessus d'une moustache soignée et de ses lèvres pulpeuses, un second anneau brillait.

– Il va falloir que tu me dises deux ou trois choses, reprit Skorri.

Romain lui raconta que Tinna avait cessé d'écrire à son retour d'Islande, après le soixantième anniversaire de son père. Viktor et lui avaient bien tenté de lui remonter le moral et de l'encourager à reprendre sa plume mais rien n'y faisait.

– Comment ça se passait entre eux, à ce moment-là ?

– C'était électrique. Elle était furieuse contre lui pour une raison que j'ignore, mais il n'a pas baissé les bras et a fini par réussir à la convaincre de le laisser revenir dans sa vie. Elle était brisée. Je ne sais pas quoi te dire. Il était présent, il a tout fait pour elle, et puis un beau jour ils se sont mis en couple pour de vrai. Cela dit, elle a continué de vivre ici pendant tout ce temps.

En bref, un couple moderne, ensemble sans être ensemble, avant d'officialiser leur relation auprès de leur entourage tout en vivant séparément pendant des années. Se glissant dans un couloir au vieux parquet qui grinçait, Skorri trouva la porte de la chambre de Tinna et demanda si ce qu'il avait entendu était vrai, à savoir que le château de cartes de Viktor s'était effondré lorsque quelqu'un l'avait aperçu en train de lire un livre. Lui emboîtant le pas, Romain acquiesça.

– J'ai toujours trouvé un peu étrange qu'il soit aussi cultivé dans autant de domaines, parce qu'il ne traînait pas beaucoup sur YouTube non plus. Enfin, un certain nombre d'entre nous s'étaient mis à le soupçonner d'être un traître. Son comportement bizarre, sa manière de disparaître régulièrement, d'être d'un coup injoignable avant de réapparaître quelques jours plus tard.

Romain tira son téléphone portable de sa poche, manipula l'écran quelques secondes puis le tendit à Skorri. Il s'agissait d'une vidéo prise chez quelqu'un, un groupe était réuni autour de Viktor qui, assis sur une chaise, sanglotait en demandant sans cesse pardon. "J'ai arrêté il y a longtemps, vous êtes mes amis, c'est vous que j'aime, tout ça c'était une grave erreur que je regretterai toute ma vie."

– Comment tu t'es senti après avoir découvert la vérité ? demanda Skorri.

– Terriblement mal, j'en avais la nausée. Je voulais le frapper. C'était un énorme choc, parce que je lui faisais une confiance aveugle, je le comptais parmi mes amis, un type vraiment cool à tout point de vue. Il m'a beaucoup aidé, et Tinna aussi, dans toutes sortes de démarches ici, à Berlin.

– Et elle, comment allait-elle après ça ?

Pensif, Romain garda un instant le silence.

– Ta sœur est assez spéciale, c'est une solitaire qui se suffit à elle-même.

Skorri ouvrit la porte de sa chambre et jeta un coup d'œil à l'intérieur, les narines soudain envahies de la même odeur que dans leur maison d'enfance à Reykjavík. Il ferma les yeux en inspirant profondément.

– C'était un vrai chagrin d'amour, bien sûr, poursuivit Romain. Elle pleurait le soir dans sa chambre. Mais elle n'était pas anéantie, si tu vois ce que je veux dire. Apprendre que le mec avec qui tu es depuis des années a une identité secrète, que ton amour n'était qu'une vaste supercherie, que tes sentiments ont été manipulés de manière aussi cruelle et détestable, c'est le genre de choses qui pourrait détruire n'importe qui. Pas Tinna. C'est quelqu'un de très sensible – et elle était assez angoissée et perdue en arrivant ici – mais en même temps elle est plutôt pragmatique et stoïque dans sa vision du monde.

De belle taille, la chambre était aménagée dans un style minimaliste. Une chaise et un bureau sous une des fenêtres. Un tapis au milieu de la pièce, sur lequel elle avait placé une jolie table basse et deux poufs. Une armoire ancienne imposante. Deux grandes plantes. Un fauteuil et un lit fait au carré. Elle avait aligné des livres sur les appuis des deux fenêtres, auxquels venaient s'ajouter deux piles disposées à des emplacements réfléchis et surmontées de bougies. On aurait presque dit une installation artistique. Skorri se pencha et balaya les titres du regard.

– Le point positif, c'est qu'elle s'est remise à l'écriture après cette histoire, dit Romain depuis la porte. Ça a déclenché quelque chose en elle, ça a brisé un barrage.

– Et Viktor, tu sais où il a atterri ? Vous avez essayé de vous renseigner ?

– Ça n'a aucune importance, il peut aller se faire foutre.

Ils se turent quelques instants. Skorri continua d'inspecter la chambre de Tinna avant de s'asseoir sur le lit.

– Tu penses qu'elle pourrait être avec lui ? enchaîna Romain, la mine soucieuse. Son ancien appartement est vide, il n'y a plus une trace de lui à Berlin.

Skorri s'allongea sur le matelas et se frotta les yeux, pris d'une soudaine fatigue.

– Tu as sans doute entendu pas mal de choses négatives à mon sujet, Romain, dit-il en riant.

– Pour être très franc, je pense que tu es un connard égocentrique, Skorri. Ces dernières semaines n'étaient rien à côté de l'époque où vous avez coupé les ponts. Elle était terrassée. Mais sache qu'elle n'a jamais parlé de toi en mal.

Romain quitta la chambre et, depuis le couloir, s'exclama :

– Tu peux loger ici si tu veux !

Skorri ressortit et parcourut la ville sans but réel. "Où es-tu, Tinna ?" se demandait-il sans cesse. Il s'installa dans un café et appela son père pour le tenir informé. Dehors, des hommes en survêtement fumaient à côté d'une Mercedes-Benz à la carrosserie rutilante. Autour de lui, les clients avaient la tête baissée sur leur ordinateur portable, et la machine à café grondait derrière le comptoir. "Tu devrais te rendre au commissariat le plus proche et demander de l'aide. Ça fait assez longtemps qu'elle a disparu, maintenant", dit Alfred. Ce qui n'était pas faux. Romain était digne de confiance. Il avait sans doute fait tout ce qu'il pouvait et connaissait bien la ville. Les deux options qui se présentaient à eux pour le moment étaient soit d'attendre patiemment que Tinna réapparaisse, soit de contacter la police. "Je ne pense pas que ce soit nécessaire, papa." À ces mots, Alfred s'emporta et lui demanda ce qu'il voulait dire. Pendant qu'il se faisait réprimander au téléphone, Skorri retira l'un de ses écouteurs et inspecta son environnement. Dans un coin face à lui, une jeune fille écrivait dans un cahier, plongée dans son monde. À la table voisine, un homme mince à lunettes et aux cheveux frisés soulignait des mots au stylo-bille dans un livre de poche.

Pris d'une soudaine idée, Skorri interrompit son père. "Papa, je te rappelle, je dois filer!" Il raccrocha, paya et sortit. Courant aussi vite que ses jambes le lui permettaient, il traversa des ponts, de larges avenues et un parc pour revenir au pied de l'immeuble de Romain et Tinna où il sonna à l'interphone. Son front ruisselait de sueur tandis qu'il montait les marches quatre à quatre. Romain l'accueillit en tenue de sport sur le seuil.

– Tu as… tu as fouillé? haleta-t-il en appuyant ses paumes sur ses genoux. Tu as fouillé sa chambre?

Romain le regarda avec surprise.

– Oui, enfin… Il n'y a peut-être pas grand-chose à fouiller. Tu veux dire, si j'ai vérifié qu'elle ne se cache pas sous son lit?

– Ses cahiers, imbécile! Les cahiers dans lesquels elle écrit! Tu les as ouverts?

Romain dit ne pas avoir vu le moindre cahier sur son bureau, et qu'il n'avait pas trouvé son ordinateur non plus.

– Accessoirement, je crois qu'elle n'écrit que dans votre petite langue d'elfes.

L'écartant du passage, Skorri se précipita dans la chambre et vida tous les tiroirs du bureau avant de fouiller dans la montagne de papiers, d'enveloppes et de documents divers. Secouant chacun des livres alignés sur les rebords des fenêtres, il y trouva un billet de vingt euros ainsi qu'une vieille carte postale parisienne de leur père et de leur belle-mère. Une photo de lui avec Tinna et leur mère tomba par terre. Il la ramassa, la gorge soudain nouée. Hrafntinna y était minuscule, dans les bras de Ragnheidur qui souriait et Skorri la serrait contre lui, les joues rouges, riant aux éclats et dévoilant ses dents de lapin. Il posa la photo sur le bureau et jeta un coup d'œil circulaire, puis se dirigea vers l'armoire. Pulls, tee-shirts et robes y étaient rangés par couleur. Il passa ses doigts dessus. Au fond étaient empilées des boîtes qu'il tira vers lui et inspecta. Il y dénicha un paquet de feuilles parfaitement lisses qui semblaient avoir été imprimées récemment. Skorri s'assit par terre et les larmes coulèrent sur ses joues à l'instant où il se mit à lire, avec lenteur et attention. Depuis le cadre de la porte, Romain le regardait mouiller le papier et hoqueter entre deux gloussements émus. Arrivant enfin à la dernière page, Skorri se figea :

À deux pas de la route s'écoule un ruisseau,
dans l'ombre de la nuit, il chante une élégie.
Les étoiles troublées dans les cieux abyssaux
tendent vers lui leurs doigts comme mus par magie.
Quand point le jour à l'aube, il se tait tout à coup,
clôt ses lèvres, les serre, et timidement passe.
Ô, combien l'œil du ciel serait saisi d'à-coups
s'il pouvait le voir la nuit sans sa carapace !
Mais je ne puis blâmer ce ruisseau peu prolixe
si, telle la luciole, il préfère le noir.
La lueur des bougies à la nuit mieux se fixe,
dans l'ombre les lèvres disent mieux les histoires.

J'emporte le pull noir que tu m'avais donné
pour, sans bruit, endormir là ce cœur bâillonné.

Skorri reposa la feuille et leva un regard inquiet sur Romain.

– Elle n'est pas ici. Elle est en Islande, dans notre chalet de vacances. Je dois acheter un billet d'avion tout de suite.

Après lui avoir souhaité bonne nuit, Skorri s'enferma dans la chambre de Tinna et s'allongea sur son lit où il dormit d'un sommeil agité pendant que la lune par la fenêtre répandait des lueurs argentées et que le vent sifflait dans le feuillage des arbres.

Le lendemain après-midi, il hissa son sac à dos sur ses épaules, la mine pâle et de profonds cernes sous les yeux. Recoiffant ses cheveux ébouriffés d'un geste doux, Romain lui demanda s'il devait l'accompagner en Islande pour l'aider dans ses recherches. Visiblement, Skorri n'était plus l'homme à éviter. Pinçant les lèvres, celui-ci secoua la tête.

– Ne t'inquiète pas, je vais la retrouver, dit-il avec un sourire forcé. Et un jour, je viendrai avec vous dans l'un de ces clubs.

Lorsqu'il fut installé sur son siège, on annonça un retard de vingt minutes. D'une pâleur cadavérique et en sueur, il ne cessait de prendre et de reposer son téléphone. L'hôtesse de l'air lui donna une couverture et un verre d'eau, qu'il renversa à cause du tremblement de ses mains. Voyant son désespoir, sa voisine, une femme d'une cinquantaine d'années au visage juvénile, enroulée dans un plaid et exhalant une agréable odeur d'encens, lui dit d'un ton amical : “Quand on a peur en avion, le mieux, c'est de respirer lentement et calmement. Allez-y, inspirez par le nez jusqu'au ventre.” Acquiesçant avec un sourire, il la remercia, ferma les paupières et essaya de se concentrer sur sa respiration. "Voilà, comme ça. Comme les bébés, on inspire et on gonfle le ventre." Skorri sentit enfin la sérénité le gagner quand l'avion fit marche arrière et rejoignit la piste de décollage.

La voiture de location quitta le parking de l'aéroport de Keflavík dans un nuage de fumée. À presque minuit, le paysage était plongé dans une demi-pénombre. Skorri maintenait fermement le volant alors que sa jambe tremblante allait nerveusement de la pédale d'accélération à celle de freinage. Il dépassa des dizaines de voitures dans un concert de vrombissements et de coups de klaxon bientôt noyés par la distance. De plus en plus proches, les lumières de la ville s'enflammaient.

Le reflet vaporeux de Skorri sur le pare-brise, concentré et figé.

Il fonça à travers la capitale dont la circulation était fluide à cette heure. Perchées sur des lampadaires, quelques mouettes à l'air sagace surplombaient fièrement le boulevard Kringlumýrarbraut. Sous le ciel estival d'un bleu froid, le mont Esja scintillait comme une perle. La luminosité était devenue quasi nulle quand il approcha Heidmörk, éclairant les balises jaunes dans le couchant. Des yeux rouges et blancs balayaient la route.

Il conduisit ainsi de manière presque automatique jusqu'au chalet, situé à gauche de la nationale, enfoncé dans une vallée. Il emprunta ce petit pont familier, ouvrit la clôture électrique avec son téléphone. La voiture garée dans l'allée gravillonnée, il coupa le moteur et sortit. Tout était éteint dans la maison. Dans l'air frais et immobile, on entendait au loin le chant timide de quelques oiseaux. La nuit paisible recouvrait le paysage comme un voile. En contrebas, le ruisseau gémissait faiblement. Le moteur fatigué de la voiture émettait des craquements intempestifs. Skorri traversa les arbustes qui formaient une couronne épaisse autour de l'allée et, repoussant les branches, se fraya un chemin vers le cours d'eau.

"Tinna!" lança-t-il, ses chaussures s'enfonçant dans la mousse et la terre. Les buissons étaient si serrés que ses vêtements s'imbibèrent rapidement de rosée tandis qu'il progressait vers le bas de la pente. "Tinna!" Il atteignit enfin un plat et, jouant encore des coudes à travers la végétation suintante, arriva bientôt sur la rive rocailleuse et glissante du ruisseau où se reflétait la lune. Il jeta un regard circulaire et entreprit de longer l'eau.

Aucun corps n'y flottait, ce qui apaisa son esprit. Avait-il peut-être mal compris? Le poème de Tinna ne se référait-il pas explicitement à cet endroit, au ruisseau serpentant au cœur de la belle vallée qui avait été leur refuge dans l'enfance? Ils y avaient pataugé sous le soleil estival, leur pantalon retroussé jusqu'aux cuisses, avaient érigé de petits cairns et jeté des brindilles dans le flux pour les voir s'éloigner vers la mer. Rien n'avait changé, le ruisseau comme son environnement étaient identiques. Skorri percevait plus que jamais l'écoulement du temps et la proximité de la mort en contemplant l'ondulation de l'eau, les pieds enfoncés dans le sol boueux. Nous ne sommes qu'une minuscule lueur, un flash à peine visible qui, tout juste apparu, est de nouveau aspiré par l'insondable forêt du temps. La rivière coule et coule et coule. Elle s'en fiche. Le soleil et la lune se lèvent et se couchent alternativement. Les hommes naissent. Les hommes meurent. Sans impact. Des planètes se forment, d'autres volent en éclats, pour rien. Des galaxies entières disparaissent dans le néant sans que personne le sache. Il n'y a qu'un recours pour un homme ordinaire. Se battre pour sa dignité jusqu'à la dernière goutte de sang contre la toute-puissance du destin qui lui est imposé. Skorri tomba à genoux et plongea la main dans les flots glacials, le dos parcouru d'un frisson. Il murmura:

“S’enfonçant dans l’onde, la main tremble et frémit,
Ô vieille rivière, que ton cœur est transi.”

– Skorri ? fit une voix faible émanant du buisson derrière lui. C’est toi ?

Il se retourna. Elle sortit du feuillage humide vêtue d’un pull en laine islandaise trop grand qui appartenait à leur père et dont les manches lui recouvraient entièrement les mains. Un bandeau coloré retenait ses cheveux qui tombaient en cascade sur ses épaules. Ses lacets défaits s’étalaient sur la roche. Elle s’immobilisa, son teint hâlé éclairé par un rayon de lune. Le temps avait affiné ses traits, et ses yeux avaient perdu toute lueur d’enfance. En dehors de cela, elle n’avait pas changé. Une légère bruine se mit à tomber du ciel.

– Je m’étais endormie, tes cris m’ont réveillée.

– Je croyais que… commença Skorri avant de se mordre la lèvre. J’ai trouvé ton sonnet… celui sur le ruisseau.

– Tu es allé à Berlin ? demanda Tinna.

– Papa est en train de devenir fou.

La lèvre inférieure tremblante, elle croisa les bras et ses yeux se gonflèrent de larmes. Elle n’avait pas vu son frère depuis si longtemps. Il n’avait pas changé. L’eau tombait de ses cheveux sur les cailloux. Face à elle, on aurait dit un mirage invoqué par la nature. Un instant, elle n’en crut pas ses yeux.

– Tu sais que, la dernière fois que j’ai parlé à papa, il m’a dit que tu étais subitement parti pour la France ? Pour assister au match contre l’Angleterre.

Elle gratta les semelles de ses chaussures contre la roche, baissa silencieusement la tête puis releva les yeux sur son frère.

– Tu es au courant que mon ex est mort à la même période, dans le même coin ? Quelqu’un l’a renversé.

Skorri ne répondit pas. Bouche bée, il regarda droit devant lui.

– Papa me disait avoir été surpris, poursuivit-elle. Surpris que tu aies tellement envie d'assister à ce match. Au point d'inviter le Petit.

– C'était tout ce qu'il méritait, Tinna, marmonna Skorri à voix basse. Il méritait de mourir.

– Tu l'as tué, n'est-ce pas? cracha-t-elle, la gorge nouée d'un sanglot. Tu as découvert où il se cachait, tu as utilisé le match de foot comme prétexte pour aller là-bas et tu l'as tué. Avoue.

– La manière dont il t'a trahie et utilisée était impardonnable. Je l'ai fait pour toi.

– Tu es un monstre.

– Un monstre? répéta Skorri, indigné, en posant la paume sur sa poitrine. Il t'a manipulée pour te pousser à lui raconter ce qui s'est passé et a ensuite utilisé ce secret pour détruire notre relation et te rendre complètement dépendante de lui. Et c'est *moi*, le monstre?

– Il n'avait pas l'intention de répéter ça à qui que ce soit, Skorri. Jamais de la vie.

– Pourquoi tu défends l'homme qui a détruit ta vie?

– C'est toi, le grand destructeur! *Toi.* Toi qui as détruit ma vie. Tu anéantis tout parce que tu es complètement dingue, tu l'as toujours été. J'ai déménagé à l'étranger justement pour te fuir!

– Tous mes combats, je les ai menés pour toi. Je t'ai tirée de ce chalet parce que j'essayais de te protéger, toi, ma petite sœur qui devait grandir sans sa mère, dit-il en pointant vers le chalet avant de la regarder avec une tendresse sincère. C'est ce serpent qui t'a trahie, Tinna. Pas moi. Il n'était pas celui qu'il prétendait être.

– Tu ne l'es pas plus que lui, Skorri! Personne ne l'est. Moi-même, j'ai prétendu être quelqu'un d'autre toute ma vie.

Ils se turent un instant et le gémissement de la rivière envahit bientôt le silence. Tinna savait que, derrière ses démonstrations de force et la violence dont il pouvait faire preuve, son frère n'agissait que par amour pour elle, et bien sûr il était sincèrement convaincu qu'il l'avait emmenée cette nuit-là pour lui épargner des souffrances. Il croyait nul doute à ce qu'il affirmait. D'un autre côté, son désir de contrôle était bien réel, oui, de même que les atrocités qu'il avait commises et la fureur dont il était capable. Face à elle, il arborait un air satisfait et fier comme un chat qui vient de massacrer un merle et n'a aucune notion de la monstruosité qu'il vient de perpétrer. L'amour l'avait rendu aveugle à la rage, la haine et la mort qu'il déchaînait. Voilà la vérité terrible, dévorante et paradoxale qui la frappait tandis que les larmes roulaient sur ses joues : rien n'illumine, et par conséquent n'aveugle, comme la lumière de l'amour ; et c'est dans ce même terreau que grandit et prospère le mal.

– Je suis en train d'écrire un livre, Skorri, dit Tinna, parvenant un instant à apaiser ses sanglots. J'y travaille ici depuis quelques jours. Ce sera un roman.

Elle regarda son frère droit dans les yeux. Il hocha la tête, et peu à peu son expression se fit plus sereine.

– Ça raconte quoi ? demanda-t-il.

– C'est l'histoire d'une sœur et d'un frère, répondit Tinna.

– Le frère est le grand méchant ?

– À vrai dire, c'est surtout son histoire à lui, dit-elle d'un ton compatissant, et ses lèvres tremblèrent lorsqu'elle se força à sourire. Un jeune idéaliste qui va prendre la mauvaise voie.

– Et qu'est-ce qu'il a d'intéressant, cet homme ? Il a l'étoffe d'un héros ?

– C'est un poète maudit qui s'ignore, répondit Tinna en haussant les épaules. L'un des *twists*, c'est que sa sœur est une poétesse en devenir, mais il ne veut surtout pas qu'elle écrive quoi que ce soit parce qu'il est terrifié à l'idée qu'elle y révèle quelque chose à son sujet. En vérité, c'est lui le poète, il exprime ses pensées les plus intimes en vers.

Soudain, ce fut comme si l'univers tout entier s'était immobilisé. Abasourdi, Skorri écoutait sa sœur, les yeux brillants et écarquillés. Puis ses lèvres s'entrouvrirent. "Un poète maudit", murmura-t-il avant de regarder vers le ciel avec un grand sourire. Il comprenait, il comprenait enfin. "Mon Dieu, c'est donc ça." Il éclata de rire et laissa la pluie inonder son visage. Il inspira profondément, bloqua sa respiration une seconde et soupira, la poitrine soudain légère. Fermant les paupières, il savoura cette douce sensation d'euphorie. Son chemin de croix était terminé, toute cette souffrance prendrait bientôt fin. Pendant des années, il avait vécu dans la terrifiante certitude que son destin et sa punition étaient liés à Tinna, qu'il lui fallait prendre soin d'elle à tout prix, ne jamais la laisser disparaître de sa vie, quoi qu'il advienne, ne jamais laisser le moindre conflit s'envenimer entre eux.

À la fin, les comptes seront réglés
lorsque ta sœur par les cris se libérera
à tout jamais de ton histoire tourmentée.

Les mots résonnèrent dans sa tête et, frappé de surprise, il éclata à nouveau de rire. Un rire au goût de joie et de désespoir à la fois, comme celui d'un homme qui assiste impuissant à un miracle. Revenant enfin à lui, il ouvrit les yeux et regarda sa sœur.

– Tu vas écrire mon histoire, dit-il. C'est ça, ma rédemption, c'est ça que maman voulait dire. Ce n'est pas par les cris, mais *par l'écrit* que tu te libéreras ! Et que tu *me* libéreras !

Muette, Hrafntinna renifla. Les larmes scintillaient sur ses joues rouges dans la lumière de la lune. Dépliant les doigts, Skorri posa sa paume contre sa poitrine pour sentir les battements de son cœur.

– Je suis libre, dit-il à voix basse avant que ses jambes ne cèdent sous son poids et qu'il ne tombe à genoux. Je suis libre.

Sans bouger, elle écouta les hoquets de son frère sous le crachin d'été quelques instants. Puis elle se dirigea vers lui et appuya la main sur son épaule. Il la prit par la taille et enfonça son visage dans son pull pour étouffer ses sanglots. Hrafntinna lui caressa les cheveux et murmura des paroles consolatrices en contemplant le ruisseau qui descendait paisiblement dans la vallée.

Un an plus tard.

Minuit est moite sur la mer Méditerranée. Un bateau de croisière évolue, scintillant comme un rêve, sur la surface plane de l'eau. Lentement, lentement il se fond dans la nuit. La brise joue avec les cheveux humides de Skorri sur le pont. Ses manches sont retroussées, sa chemise déboutonnée, son torse chaud et bronzé. Il sort de la douche de sa cabine après une longue journée au bord de la piscine. Le dîner ne va plus tarder. La lune pleine à craquer brille dans le ciel comme une salle de concert déserte.

Les chinos parcourent le pont, mains dans les poches, timides bavardages du soir.

Skorri contemple les discrètes ondulations de la mer qui recouvrent l'horizon plongé dans les ténèbres.

Son père se balade tranquillement dans la nuit. Il aime la chaleur, chemise blanche, pantalon marron clair et chaussures en cuir. Sigga le suit de près ; vêtue d'une robe blanche, elle s'accroche à son bras. Ils sont ici à la demande d'Alfred. Tous les quatre réunis. Une semaine de croisière au départ de Barcelone, avec des escales à Palma de Majorque, Marseille, La Spezia, Rome, suivies du retour vers la Catalogne. Le couple partage une suite, Tinna et Skorri ont chacun leur cabine ; valises ouvertes sur la moquette bleue, lambris et téléviseur accroché au mur.

Des stewards habillés en blanc partout, qui passent leur temps à tout récurer du sol au plafond, l'acier blanc est immaculé.

Le cigare qui crépite aux lèvres d'Alfred, les cheveux argentés, la braise orangée.

Au loin : des lumières vives, les bruits d'un cinéma de plein air, des piscines d'un bleu intense dans la nuit.

Alfred murmure quelque chose à l'oreille de Sigga et elle secoue la tête en riant.

Quelque part dans les entrailles du navire, Tinna applique du rouge sur ses lèvres devant un miroir doré. Elle porte une robe en soie bleu clair. Une enceinte posée sur une étagère diffuse une chanson rythmée.

L'étendue infinie de la mer et la brise.

La cendre du cigare.

Une table bien garnie dans la salle de réception, où de jeunes musiciens tirés à quatre épingles jouent sur des instruments classiques. Une contrebasse fredonne. Une fourchette dépose du saumon fumé sur une assiette. Les bouteilles vont et viennent à travers la salle comme en lévitation. Asperges grillées éclaboussées de sauce, gouttes d'huile d'olive sur la porcelaine, serviettes en papier, cuisiniers joyeux avec leurs couteaux rutilants, leurs bras épais, les flammes dans la cuisine, les poêles qui dansent sur le gaz, le champagne qui pétille. Silencieux, Skorri arbore un air satisfait. Il est comme ça depuis un an, parle peu mais contemple le monde avec sérénité. Ses dents parfaitement blanches contrastent avec son bronzage après toutes ces journées passées au bord de la piscine. Tinna remercie l'un des serveurs qui vient de remplir son verre. Ses joues roses, ses bras pâles. À cet instant, Alfred est au comble du bonheur. Le visage expressif, Sigga raconte une anecdote. L'ascension est lente, les rebondissements inattendus, sa serviette lui sert d'accessoire.

À la fin de son histoire, elle dit :

– Bon, et si nous trinquions ?

Les verres se soulèvent, cling, cling, cling.

– Joyeux anniversaire à votre mère, soixante ans aujourd'hui ! s'exclame Alfred en regardant ses enfants.

– Joyeux anniversaire, maman, dit Tinna.

Les yeux d'Alfred brillent.

Les yeux de Skorri se vident. Il a disparu, il est parti, ailleurs. Le temps se dissout et le voilà dans une tempête en plein mois de septembre avec sa mère sur le chemin du retour de l'école maternelle, sautant sur le lit de ses parents, nettoyant son nom sur sa pierre tombale, pleurant devant un distributeur de billets après un bal du lycée, frappant dans un ballon dans l'herbe humide au bord de la mer, à quatre ans avec ses parents sur la plage. Un orgasme sans capote, le ronronnement de la rivière, une rupture amoureuse. Puis il revient à lui.

– À maman, dit-il.

Alfred est ému. Ils sont réunis tous ensemble, ses enfants se parlent à nouveau, ils échangent des plaisanteries, tout est redevenu comme avant. Le cœur gonflé de reconnaissance, il songe que le monde lui a rendu au centuple ce qu'il lui avait pris. Il baigne dans la douce euphorie de l'ignorant, car il ne comprend pas ce qui s'est passé et ne soupçonne pas ce qui va venir. C'est juste un homme au sommet de son existence, un homme qui a réussi, remporté de nombreuses victoires, perdu d'importantes batailles. Un homme entouré de sa famille pour une croisière délicieuse sur la Méditerranée. Son fils passe ses journées affalé sur un canard gonflable dans la piscine, un cocktail à la main ; même s'il se décide parfois à grimper sur le toboggan, pour l'essentiel il gît à moitié ivre du matin au soir, ce qui n'a peut-être rien d'étonnant, après sa rupture amoureuse récente, mais il s'est rarement montré aussi paisible et silencieux. Aucun commentaire, pas de missile, zéro désaccord. Alfred ne se rappelle pas avoir déjà passé autant de temps avec lui sans qu'un conflit n'éclate. En bikini, verres fumés sur le nez, sa fille reste le plus souvent recroquevillée sur son ordinateur sous un soleil de plomb – elle se cache parfois sous une serviette pour mieux voir l'écran – ou bien feuillette des pages imprimées d'un air concentré avant de griffonner quelque chose dans un carnet. Alfred leur demande s'ils sont contents de leur repas, et c'est à qui répondra "oui" le plus vite.

– Ça avance, ton roman, Tinna ? demande Sigga.

La bouche pleine, elle hoche la tête avec enthousiasme.

– Je suis en train de réécrire les dernières pages.

– Et tu ne veux toujours pas nous dire de quoi il parle ? glisse Alfred.

– On ne pose pas ce genre de questions à un écrivain, réplique Sigga.

Skorri mange lentement, les yeux fermés.

– Votre mère aurait été si fière de vous, commente Alfred.

Rien ne le rend plus heureux que de voir ses deux enfants au même endroit.

Plus belle encore qu'un coucher de soleil sur le pont de ce navire est la pensée de ces deux-là complotant quelque chose, se faisant confiance, présents l'un pour l'autre. La tendresse qui règne entre eux ne fait qu'accroître son sentiment d'amour et de reconnaissance. L'amour a un effet boule de neige. Voir ceux qu'on aime aimer les autres nous mène à les aimer encore plus fort. Ainsi nous élevons-nous toujours plus haut vers l'immortalité.

S'excusant, Alfred se rend aux toilettes, urine, se lave les mains puis, les essuyant avec l'une des douces serviettes empilées à côté de la vasque, pense : *Une vie en contient en fait plusieurs. Toutes ces vies passées : était-ce vraiment moi ?* Il sort son téléphone de sa poche et relit le texte une fois encore. C'est une chanson tirée d'une autre vie. Une chanson qui dessine un monde disparu. Un monde qu'il a refusé de voir pendant des années. Le morceau préféré de Ragga. Il regarde autour de lui, balaie de nouveau l'écran, puis il s'éclaircit la gorge et sourit à son reflet dans le miroir. Abrité par l'écho des pissotières, il laisse jaillir un doux fredonnement tremblant dans les toilettes désertes.

*Je marche nu** ...

Le dessert : glace, gâteau au chocolat, verre de cognac. Mais les enfants commencent par aller prendre l'air frais marin sur le pont. Dans le noir, ils ne se sentent presque pas perdus au milieu de l'immensité bleue. La respiration de la Terre provoque un va-et-vient constant des vagues, auquel le navire demeure insensible. Ils sirotent un verre de vin. Au-dessus de leur tête, des guirlandes composées de grosses ampoules projettent une lumière chaude sur le sol. Skorri et Tinna s'appuient au bastingage tandis que l'écume bouillonne dans la pénombre sous leurs pieds.

Le torse nu, la chemise noire et le verre de vin à moitié plein au-dessus de la mer ténébreuse.

La main glissant sur le garde-corps, Tinna s'éloigne de quelques mètres pour consulter son téléphone, où l'attend un mail d'Adalbjörn Pétur Adalbjörnsson, le procureur. *Objet : Informations sur le voyage en France, traités d'extradition et prochaines étapes.* Elle ne l'ouvre pas, le lira et répondra plus tard. Elle éteint l'écran et range l'appareil.

– Mon premier jet sera bientôt prêt. L'éditeur va s'occuper de la relecture, dit-elle à son frère qui fixe l'étendue noire devant lui en silence.

– Génial, murmure-t-il en fermant les yeux, savourant le souffle du vent sur son visage.

– Mais je ne peux pas faire ça sans ton consentement, répond-elle, la gorge nouée. Je ne peux pas.

Devant son absence de réaction, elle insiste d'une voix désespérée :

– Skorri ?

---

* *Geng nakinn...* Paroles de la chanson "Frelsid" (La liberté) du groupe Nýdönsk.

– Tu crois que Médée a demandé l'autorisation à Absyrte avant de jeter son corps démembré à la mer ? répond-il calmement, les paupières toujours closes et l'air serein.

Tinna reste coite.

Observant par la fenêtre ses enfants qui discutent sous les étoiles, Alfred soupire et pose délicatement la main sur la vitre.

Plus tôt dans la journée, ils s'étaient arrêtés à Palma, et le bateau n'avait levé l'ancre qu'à la nuit tombée. La plupart du temps, Skorri restait à bord durant les escales, allongé sur son canard gonflable à la piscine pendant que les autres allaient se promener. Mais, cette fois, il les avait accompagnés. Ils avaient acheté de la glace à un marchand ambulant qui vendait aussi des churros et de la barbe à papa à deux pas du port. Palma était un paradis.

La façon dont les palmiers se balançaient au-dessus des pavés marmoréens parfaitement lisses qui bordaient la plage. Ces fabuleuses femmes qui descendaient d'un pas lent *las avenidas*. Les amants aux cheveux noirs et sans chaussettes qui se promenaient en se tenant par la taille. Les Espagnols qui fumaient avec insouciance aux coins des rues. Aucune destination. Les sandwichs au fromage trop secs. Les olives. Deux hommes s'enlaçant sous un parasol. Des déesses de bronze en petite tenue mâchonnant du chewing-gum sur un muret de briques. Adolescents brandissant un pistolet en plastique vers l'écran d'un jeu d'arcade. Sur les trottoirs, des vieillards installés sur des chaises pliantes à l'ombre. Le linge séchant sur un fil au sixième étage.

Les divines fontaines. Leur quiétude.

La société du soir. L'attente. La perspective de ne pas aller se coucher tout de suite. Tout encore à vivre, sans cesse, bien que la journée ait déjà été longue.

Leurs chemins se séparèrent : Alfred et Sigga prirent la direction de la vieille ville tandis que Tinna et Skorri erraient sans but. Sur les parkings, le *botellón*. Appuyés aux voitures, des jeunes buvaient dans des verres en plastique épais. Leur clameur. La joie de vivre. La peau humide et lisse. Les sourires et les regards dans le noir. Une enceinte placée sur le toit d'une voiture diffusait une musique entêtante. Des yeux suivirent Skorri et Tinna lorsqu'ils passèrent.

Des hommes moustachus en veste en jean vendant des appeaux et des montres. Des ados souriants et timides en maillot de foot se faisant dessiner par des artistes de rue. Des caricatures de célébrités vieilles de douze ans enveloppées dans des pochettes en plastique.

Retirant leurs chaussures, Skorri et Tinna rejoignirent la plage désertée. L'eau tiède de la mer Méditerranée leur léchait les chevilles et, au loin, une grande roue colorée tournait. Le soleil commençait à se coucher lorsqu'ils firent demi-tour, apercevant de nouveau les jeunes qui buvaient et s'amusaient sur le trottoir. La musique était plus forte, un garçon et une fille dansaient. Elle portait une robe rouge, ses longs cheveux noirs oscillaient de part et d'autre de son visage. Lui était vêtu d'une chemise bleu clair soigneusement repassée, d'un pantalon marron et de mocassins, les cheveux bruns frisés, les lèvres et les sourcils épais. Les yeux sombres et mystérieux de la jeune fille s'arrêtèrent sur Skorri. Il se mit à remuer au rythme de la musique tandis qu'il marchait puis, s'éloignant soudain de sa sœur, il alla danser avec les deux inconnus.

Le garçon en chemise bleue invita bientôt Tinna à les rejoindre. Son visage déterminé, ses mouvements doux empreints d'une chaleur toute méridionale, ses mocassins qui glissaient sur le macadam. La bouche de Tinna s'ouvrit dans une expression de curiosité, ses joues se teintèrent de rose et, l'espace d'un instant, elle faillit se laisser aller avant de finalement baisser les yeux.

– On sort dans un club ce soir, venez avec nous, *venga*, dit le garçon.

– *So much fun!* ajouta la jeune fille en robe rouge.

– J'aimerais bien, mais on vient du bateau, répondit Skorri d'un air sincèrement désolé.

– On s'en fout, eh ! *Come party. Vamos, vamos.*

– *All night.*

Skorri devait être tenté, songea Tinna en regardant son frère danser. Ne pas remettre les pieds à bord du paquebot. Oui, pourquoi pas ? Rien à foutre, au diable cette putain de croisière, c'étaient les derniers jours de sa jeunesse. Elle s'apprêtait à le priver de l'été de sa vie en écrivant un livre sur lui. Va, pars et danse toute la nuit. La piste de danse est l'un de ces rares lieux où le temps disparaît. Skorri pourrait y trouver l'éternel été ce soir. Oui, reste là, songea-t-elle, pendant qu'elle voyait ses jambes planer comme des plumes autour de cette si belle jeune fille. Une profonde tristesse s'empara de Tinna. Que voulait son frère, au juste ? Ne voulait-il pas que le livre sorte ? N'était-ce pas la punition qu'il désirait au fond de son cœur ? N'était-ce pas son unique voie vers la rédemption ? Le livre brillerait telle la vérité elle-même sur sa vie, et il pourrait grandir, devenir plus fort et enfin s'épanouir.

– On doit y aller, *ciao, amigos*, répliqua Skorri en lâchant la jeune fille.

Il s'éloigna sans se retourner et Tinna lui emboîta le pas en faisant un signe aux deux inconnus. Non loin de là, la proue du bateau scintillait dans la pénombre.

Alfred et Sigga terminent toutes leurs soirées au piano-bar du navire où un groupe joue un jazz minimaliste et où les barmen préparent des cocktails réputés. Ils s'y rendent après le dessert pour trinquer une nouvelle fois. L'ambiance est agréable, les clients assez nombreux. Lorsqu'ils se sont installés dans un box pour quatre, un serveur vient leur proposer la carte des alcools. Alfred montre quelque chose à Tinna sur son téléphone. Skorri s'oublie dans la contemplation des musiciens. À la fin du morceau, le bassiste annonce au micro qu'un numéro un peu spécial va suivre.

Tinna et Alfred se lèvent et se dirigent vers la scène où on leur tend un micro chacun. Skorri et Sigga échangent un regard interrogateur. Éclairé par un projecteur, Alfred sourit à l'assemblée. Intrigués, les clients se tournent vers eux. Commence alors l'accompagnement, et il se met à chanter d'une voix tremblante :

Je marche nu dans les locaux, souhaite à ce nouveau jour la bienvenue

je balaie les cheveux de mon visage.

Tinna prend le relais :

Le vent du nord me fait tomber sur toi
qui, sur le ventre,
respires la flore du pays.

Puis ensemble :

La liberté est douce, je fais ce que bon me semble.
Peut-on finir par se lasser d'exister ?

Sigga se balance d'avant en arrière et tape dans ses mains. Un sourire vient éclairer le visage de Skorri, c'est la chanson préférée de sa mère. Ému, il fredonne les paroles avec eux.

La liberté est douce, je fais ce que bon me semble.
Peut-on finir par se lasser d'exister ?

Père et fille se regardent dans les yeux en entonnant les couplets suivants. Dans les gestes et l'attitude de la jeune femme, Alfred voit sa défunte épouse lui apparaître subrepticement. La robe bleu clair et les cheveux comme un feu ardent. Oui, ce pourrait être sa mère. Lui transpire et sa peau bronzée contraste avec sa chemise blanche sur la scène. Oh, comme elle est fugace, la joie de vivre. Les autres clients applaudissent et les félicitent de leur performance lorsqu'ils descendent de scène en se tenant la main avant de retourner s'asseoir. Exalté et peinant un peu à tenir debout à cause de l'alcool, Skorri les prend tous les deux dans ses bras.

Un peu plus tard, Tinna le soutient sur le chemin du retour vers leurs cabines. Le bras autour de ses épaules, il continue à fredonner cette chanson sur la liberté. Elle s'arrête brusquement sur une marche et ne parvient plus à contenir son désespoir. Elle fond en sanglots, secoue la tête impuissante en affirmant ne pas pouvoir finir ce livre, ne pas pouvoir le publier, ne pas pouvoir lui faire ça, qu'il faut détruire ces documents, brûler ce manuscrit.

– On peut garder le silence, Skorri, on n'a pas besoin de partager ça avec qui que ce soit, je suis certaine de parvenir à convaincre le Petit de se taire, c'est ton ami, murmure-t-elle avec intensité, la voix toujours nouée. On peut simplement vivre, continuer de vivre comme si de rien n'était.

Mais lui ne s'arrête pas, il avance en titubant et en chantonnant. Dans la cabine plongée dans le noir, il s'effondre sur le lit, croise les pieds et reste ainsi allongé les bras grands ouverts jusqu'à ce que ses yeux se ferment et que sa tête tombe sur le côté. Tendant la main vers la lampe de chevet, il s'amuse à l'allumer et à l'éteindre de manière répétée. L'abat-jour est dirigé de telle sorte que son corps est éclairé mais que sa tête, tournée vers le mur, demeure dans l'ombre. Au bout d'un moment, à bout de forces, il lâche le fil, la lumière toujours allumée. Tinna l'observe un instant, le regard perdu. Elle s'apprête à ressortir à pas de loup lorsqu'il marmonne soudain dans les brumes du sommeil : "Tu me donneras quelques bonnes répliques, quelque chose comme… comme… quelque chose que je pourrais dire." Il respire lentement, profondément. Depuis le seuil, elle ne distingue pas son visage. Elle ouvre la bouche, l'expression soudain enfantine, comme si elle s'apprêtait à lui murmurer : "Dis-moi, Skorri, dis-moi ce que tu penses", parce qu'elle a soif de réponses, soif d'un indice, d'une explication, tout ce qui pourrait l'aider à voir à travers ces ténèbres opaques qui s'étendent devant elle. Elle voudrait tant savoir précisément ce qu'il veut. Les sourcils de Skorri se froncent, on dirait que quelque chose prend forme en lui, que des mots veulent sortir de ses lèvres, elles s'ouvrent lentement, avant de se refermer sans avoir prononcé une syllabe, rien ne vient, la pensée s'embourbe inachevée dans le sable du silence et les muscles se détendent sur son visage à nouveau empreint de sérénité.

– Bonne nuit, doux prince, murmure Tinna en fermant prudemment la porte derrière elle.

Le moment est venu. Prise de nausée, elle remonte l'escalier et se dirige d'un pas hésitant vers le pont où elle est accueillie par l'air frais nocturne. Peut-elle vraiment écrire ce livre ? Lui faire une chose pareille ? La question ne cesse de la hanter tandis qu'elle contemple la mer. Personne autour d'elle. Les guirlandes lumineuses éclairent sa solitude et, tendant l'oreille, elle écoute le moutonnement bavard de l'écume en contrebas. Montant un nouvel escalier, elle rejoint la piscine scintillante, où sont alignées des chaises longues blanches. Elle s'agenouille et rampe jusqu'au bord de l'eau. Le peut-elle ? Elle jette un regard circulaire. Elle est seule. Le silence est presque divin. La couleur de sa robe semble prolonger celle de l'eau. Levant les yeux au ciel, elle observe les étoiles muettes dans le firmament noir avant de baisser la tête à nouveau et de s'approcher lentement, si lentement de l'eau où apparaît peu à peu son reflet sur la surface parcourue de ridules, d'abord les cheveux, puis le front et les yeux, oui, me voilà, mes mains tremblent et je sursaute, les larmes coulent encore sur mes joues et je voudrais d'un coup devenir poussière et m'envoler vers la mer. Non, je ne peux pas écrire cette histoire, je n'en ai pas la force, car elle est indicible et requiert un autre auteur que moi.

Je me redresse et aperçois une pile de chaises longues à quelques pas de moi. Le nom de leur marque est incrusté dans le plastique. Je m'approche. Hannah Solar Inc. Je caresse les lettres et éclate de rire. Hanna, c'est un beau prénom, oui, ça marche. Hanna Sunnudóttir, fille de Sunna, fille de soleil, mon double qui porte le nom d'une chaise longue sur un bateau de croisière en pleine Méditerranée.

Oh, Hanna, Hanna, mon fantôme adoré, tu m'apparais entière d'un coup : jeune, queer, cheveux courts, une de ces filles qui m'admiraient au lycée, parce qu'elles avaient mal interprété ma tristesse et mon mystère, me prenaient pour quelqu'un que je n'étais pas du tout. Tu raconteras l'histoire, c'est toi mon apôtre, mon rêve, celle qui fera entrer le lecteur dans le récit que je partage avec Skorri, que tu rencontreras à Borgarnes lors de l'été 2016.

C'est toi, l'écrivain dont nous avons tous les deux besoin.

Il est bien possible que je ne manque pas de raisons de détester mon frère. Tu peux le dire. Je ne protesterai pas. Mais c'est un grand homme. Je l'aime de tout mon cœur. Je finirai par lui pardonner. Je suis sur le chemin. Tout ne sera qu'amour entre nous. Je sais ce que les gens diront. Ils jugent, s'indignent, haïssent. Toujours la même histoire. Ils tirent des conclusions sans fondement, sans comprendre. Ils me disent complice, folle, brisée. Ils se persuadent simplement de ce qui renforce leur propre vision du monde, parce que c'est ce que font les faibles d'esprit. Cela ne me concerne pas. L'amour véritable est violent. C'est le prix à payer pour l'expérience humaine la plus belle qui soit. Mon frère est un grand homme. Il s'est battu, il a pleuré, il a aimé. Dans sa jeunesse, il a connu un baptême du feu plus effroyable que tout ce à quoi la plupart d'entre nous devrons faire face au cours de notre vie. Il a dû affronter des forces qui dépassent bien des mortels. Il a ainsi découvert en lui des dimensions indescriptibles qui pour nous autres demeurent nimbées de ténèbres, et nous resteront étrangères jusqu'à la fin de nos jours. Voilà pourquoi son monde à lui est plus grand, plus vaste. Si tu ne comprends pas... Crois-moi. Il se relèvera, étendra ses ailes et s'envolera.

Écoute-moi bien. C'est le grand secret que je veux te faire comprendre. Le savoir fait toute la différence. C'est à toi de décider qui tu es. Tu en es le seul juge. Ce que les autres pensent et disent n'a rien à voir, n'a aucun impact. C'est ce qui nous rend si merveilleux, si magiques, nous avons tous le pouvoir de changer, de reprendre à zéro, d'appuyer sur le bouton *delete* et d'effacer toutes les phrases, de nous métamorphoser en quelque chose de plus grand, de parsemer la nuit de nouvelles étoiles. Rien n'est gravé dans le marbre, tu peux changer le manuscrit, changer de rôle ; si tu en perçois la mélodie, alors entame cette révolution dans ton cœur.

Nous sommes des œuvres d'art tracées dans le sable, qui disparaissent sous chaque vague pour mieux se renouveler.

Traduction des poèmes de Hrafntinna

At last my aching heart has found a home
In dungeons black of techno's wicked dome!
Shall I the dance floor grace with princely feet?
On pleasure pills my sorrow tastes so sweet!

Enfin mon cœur tourmenté a trouvé son refuge
Dans les cachots noirs du temple fou de la techno!
Honorerai-je la piste de danse de pieds princiers?
Les pilules d'extase rendent mon chagrin si doux.

Tonight the world may end its course outside
This club; Are you my dead and maddened bride?
In truth, your fortune means not much to me
These poison lips are doomed to thirst for thee.

Ce soir le monde peut prendre fin à l'extérieur
De ce club; es-tu ma promise morte et folle?
En vérité, ta fortune ne m'importe guère
Ces lèvres poison sont vouées à avoir soif de toi.

Did I see dance with fury from afar
My father's ghost at Panorama bar?
As marble did the stirring six-pack flare
And pearls of action drizzled from his hair.

Ai-je vu au loin danser avec fureur
Le fantôme de mon père au Panorama bar?
Tel le marbre ses abdos élancés scintillaient
Et de ses cheveux tombait un crachin de perles.

A riddle! Will I ever know? Somehow
The bouncer, Sven, my entry did allow.
In mural ink are scribbled on his face
The secret laws of darkness that we chase.

Une énigme! Saurai-je un jour? Curieusement
Le videur, Sven, a autorisé mon entrée.
En encre murale sont griffonnées sur son visage
Les lois secrètes des ténèbres que nous poursuivons.

BIBLIOTHÈQUE NORDIQUE

Gudbergur BERGSSON
Deuil
Il n'en revint que trois

Steinar BRAGI
Installation
Excursion

Jens-Martin ERIKSEN
Anatomie du bourreau

Arnaldur INDRIDASON
La Cité des jarres
La Femme en vert
La Voix
L'Homme du lac
Hiver arctique
Hypothermie
La Rivière noire
Betty
La Muraille de lave
Étranges rivages
Le Livre du Roi
Le Duel
Les Nuits de Reykjavik
Opération Napoléon
Le Lagon noir
Dans l'ombre
La Femme de l'ombre
Passage des Ombres
Les Fils de la poussière

Ce que savait la nuit
Les Roses de la nuit
Les Fantômes de Reykjavik
La Pierre du remords
Le Mur des silences
Le Roi et l'Horloger

Vagn Predbjørn JENSEN
Le Phare de l'Atlantide

Eiríkur Örn NORÐDAHL
Illska
Heimska
Gaeska
Troll

Sigrún PÁLSDÓTTIR
Un coup de tête

Lilja SIGURDARDÓTTIR
Piégée
Le Filet
La Cage
Trahison
Froid comme l'enfer

Arni THORARINSSON
Le Temps de la sorcière
Le Dresseur d'insectes
Le Septième Fils
L'Ange du matin
L'Ombre des chats
Le Crime
Treize jours

BIBLIOTHÈQUE ÉCOSSAISE
dirigée par Keith Dixon

Chris BROOKMYRE
Sombre avec moi
Les Ombres de la toile
L'Ange déchu
Coupez !

John BURNSIDE
La Maison muette
Une vie nulle part
Les Empreintes du diable
Un mensonge sur mon père
Scintillation
L'Été des noyés
Le Bruit du dégel

Dominic COOPER
Le Cœur de l'hiver
Vers l'aube
Nuage de cendre

Meaghan DELAHUNT
Le Livre rouge

Chris DOLAN
La Colonie
Une femme infréquentable

Jennie ERDAL
La Mystérieuse Nuance de bleu

Jenni FAGAN
La Sauvage
Les Buveurs de lumière
La Fille du Diable

Lewis GRASSIC GIBBON
Sunset Song
La Vallée des nuages

Alasdair GRAY
Lanark
Le Faiseur d'histoire

Kirstin INNES
Reine d'un jour

Doug JOHNSTONE
Voyou

Jackie KAY
Poussière rouge

James KELMAN
Le Poinçonneur Hines
Le Mécontentement
Faut être prudent au pays de la liberté
Si tard, il était si tard
Mo a dit
La Route de Lafayette

Mick KITSON
Manuel de survie à l'usage des jeunes filles
Analphabète
Poids plume

Liam MCILVANNEY
Les Couleurs de la ville
Là où vont les morts
Le Quaker

James MEEK
Un acte d'amour
Nous commençons notre descente
Le Cœur par effraction
Vers Calais, en Temps ordinaire

James ROBERTSON
Le Fanatique
Le Nègre de Dundee
Le Chercheur de vérité

Suhayl SAADI
Psychoraag

Alexander TROCCHI
Young Adam

Louise WELSH
Le Tour maudit
De vieux os
La Fille dans l'escalier

Cet ouvrage a été composé par
Atlant'Communication
au Bernard (Vendée)

ACHEVÉ D'IMPRIMER SUR ROTO-PAGE
PAR L'IMPRIMERIE FLOCH À MAYENNE
EN AVRIL 2023

N° d'édition : 2850001 – N° d'impression : 102475
Dépôt légal : mai 2023

Imprimé en France